中国青少年最想知道的

经典故事

孙一寒/编著

中国致公出版社

图书在版编目(CIP)数据

中国青少年最想知道的经典故事/孙一寒编著. —北京:中国致公出版社,2011.1

ISBN 978-7-5145-0005-9

Ⅰ.①中… Ⅱ.①孙… Ⅲ.①故事—作品集—世界 Ⅳ.①I14

中国版本图书馆 CIP 数据核字(2010)第 230878 号

中国青少年最想知道的经典故事

编　　著: 孙一寒
责任编辑: 维　民

出版发行: 中国致公出版社
(北京市西城区德胜门东滨河路 11 号西门　电话 66168543　邮编 100120)
经　　销: 全国新华书店
印　　刷: 香河宏润印刷有限公司
印　　数: 1—5000 册

开　　本: 710mm×1000mm　1/16 开
印　　张: 14
字　　数: 200 千字
版　　次: 2011 年 1 月第 1 版　　2011 年 1 月第 1 次印刷

ISBN 978-7-5145-0005-9　　**定　　价:** 26.00 元

前　言

在这个世界上，真正经济实惠、物美价廉的东西莫过于一本好书。什么是好书？好书的定义是什么？有益读者增长新知，抑或能帮助读者解决问题。否则，即便包装华丽精美、内容贴近事实，也不能称为真正的好书。

读一本好书，就犹如和一位高尚的人交谈；读懂一本书，就犹如交到一位知心朋友。

好的书籍中往往包含着诸多有益的故事，使读者在阅读的同时还可领略到故事中的精彩和精髓，并且一同经历一场刺激的精神探险。收藏到本书中的经典故事，每一篇都可谓是一部书，只是由于篇幅有限，我们只能节选最精彩的部分和读者一同来分享。

如今能真正契合青少年精神层次的图书实属不多，为了让青少年读者朋友在面对机械刻板的正面教育和纷繁复杂的社会环境的同时，能拥有一本通过阅读净化心灵的图书，可谓是一件美好的事情。

我们力求在超越传统故事类读物的基础上，创制出一种有益于青少年人格成长与知识扩充的阅读载体，希望成为青少年喜爱阅读、乐于接受、可资引用的修养读本、嘉言美文、知识手册。

本书筛选的经典故事，读者最低目标定位于9岁学生，适应中小学生至直社会大众阅读。全书结构分为六类：一是上下五千年传说故事，二是惊险传奇故事，三是名人趣闻故事，四是成语故事，五是中外童话篇，六是民间故事。平均每编选三万字的故事。称之为经典，是因为这些故事是人类活动最丰硕长久的果实，是生活中最宝贵的财富，经历时代的大浪淘沙，经久不衰，得以流传至今，仍被人们津津乐道。青少年读后能增长知识，开阔眼界，满足情趣和猎奇的心理需要，还能励志，开智生慧，是青少年学生鲜见的课外读物。

我们不奢求本书能成为不朽之作，只求读者在翻开此书的时候，心灵上会感受到一缕清新，足矣！

目　录

第一编　上下五千年传说

中华文化历史久远，在上下五千年的历史里，有许多动人的、有意义的故事，其中有许多是有文字记载的。至于五千年以前远古时期的情况，虽没有文字记载，但也流传了一些美丽、动人的神话故事。

第二编　惊险传奇故事

多姿多彩的世界衍生出一个个精彩的传奇故事，它们蕴含着慰藉心灵的感动，故事中的每条真理都辉映着一个斑斓的世界，它们不仅给青少年的生活增添了丰富的色彩，还让他们从中学到更多人生的道理，开启他们善良、诚实、美好的人生之旅。

第三编　名人趣闻故事

现今的青少年朋友们热衷追星，喜欢明星们光鲜的外表和迷人的微笑。

其实，除了这些明星以外，从古至今的许多名人身上都有许多值得我们借鉴和学习的地方，读过此编，你将感触颇多。

第四编　成语故事

成语是历史的积淀，每一个成语的背后都有一个含义深远的故事。经过时间的打磨，千万人的口口相传，每一个成语又是那么深刻隽永、言简意赅。阅读成语故事，可以了解历史、通达事理、学习知识、积累优美的语言素材。

第五编　中外童话篇

童话对于每个人来说是美丽而又熟悉的，因为它伴随着我们成长的每个阶段；童话对于每个人来说是清新的，犹如清晨一缕阳光照耀每个人的心房。

童话故事可以为人们带来快乐，也带来对正义与邪恶、善良与凶残、诚实与虚伪、勤劳与懒惰的认识。

第六编　民间故事

民间故事是从远古时代起就在人们口头流传的一种以奇异的语言和象征的形式讲述人与人之间的种种关系，题材广泛而又充满幻想的叙事体故事。就像所有优秀的创作一样，民间故事从生活本身出发，但又并不局限于实际情况以及人们认为真实的和合理的范围之内。它们往往包含着超自然的、异想天开的成分。

第一编　上下五千年传说

开卷提示

中华文化历史久远，在上下五千年的历史里，有许多动人的、有意义的故事，其中有许多是有文字记载的。至于五千年以前远古时期的情况，虽没有文字记载，但也流传了一些美丽、动人的神话故事。

钻木取火的传说

原始人群到氏族公社初期人类生活是怎样进化的，我国古代也有许多传说。这些传说多半是古人根据远古时代的原始人生活想象出来的。传说中有一些大人物，这些人往往既是首领，又是发明家。

原始人的工具十分简单，周围又有许多猛兽，随时随地会遭到它们的伤害。后来，他们看到鸟儿在树上做窝，野兽爬不上去，不能伤害它们。原始人就学着鸟儿的样子，在树上做起窝来，也就是在树上造一座小屋，这样就安全多了。后来的人把这叫做“构木为巢”。是谁发明的呢？当然是大家一起摸索出来的。但是在传说中，人们却把这件事说成是有一个人教大家这样做的，他的名字叫做“有巢氏”。

最早的原始人还不知道利用火，东西都是生吃的，不仅生吃植物果实，就是打来的野兽，也是生吞活剥，连毛带血地吃了。后来，才发明了用火（在周口店的北京人遗址上，已发现用火的痕迹，说明那时候已经知道利用火）。

火的现象在自然界早就有了，火山爆发，有火；打雷闪电的时候，树林里也会起火。可是原始人最初看到火时，不会利用，反而怕得要命。后来偶尔捡到被火烧死的野兽，拿来一尝，味道挺香。经过多次试验，人们渐渐学会用火烧东西吃，并且想办法把火种保存下来，使它常年不灭。

又过了相当长的时期，人们把坚硬而尖锐的木头在另一块硬木头上使劲地钻，钻出火星来；也有的把燧石（燧音 suì）敲敲打打，敲出火来。这就懂得了人工取火（从考古材料发现，山顶洞人已经懂得人工取火）。这是谁发明的呢？当然是劳动人民，但是传说中又说成是一个人，叫做“燧人氏”。

人工取火是一个了不起的发明。从那时候起，人们就随时可以吃到烧熟的东西，而且食物的品种也增加了。据说，燧人氏还教人捕鱼。原来像鱼、鳖、蚌、蛤一类的东西，生的有腥臊味不能吃，有了取火办法，就可以烧熟吃了。

不知过了多长时间，人们开始用绳子结网，用网去打猎，还发明了弓箭，这比只用木棒、石器打猎要强得多。不但平地上的走兽，就是天空上的飞鸟，水里的游鱼，都可以射杀、捕捉。捕来的鸟兽，多半是活的，一时吃不完，还可以留着、养着，留到下次吃，这样，人们又学会了饲养。这种结网、打猎、养牲口的活，都是人们在劳动中共同积累起来的经验，但传说中都说发明这些手艺的人是“伏羲氏”，或者叫“庖牺氏”（庖牺音 páoxī，庖是厨房，牺是牲口的意思）。

这种渔猎的时期又不知经过了多少年，人类的文明越来越进步。最初，人们偶尔把一把野谷子撒在地上，到了第二年，发现地面上生出苗来，一到秋天，又长成了更多谷子。于是，人们就大量栽种起来。他们用木头制造一种耕地的农具，叫做耒耜（音 lěisì，一种带把的木锹）。他们用耒耜耕地，种植五谷，收获量就更大了。后来传说中把这些种庄稼的人说成是一个人，名叫“神农氏”。

传说中的神农氏还亲自尝过各种野草野果的味儿，有甜的，也有苦的，甚至碰到有毒的。他不但发现了许多可以吃的食物，还发现了许多可以治病的药材，据说医药事业就是从那时候开始的。

从有巢氏到神农氏，这些传说中的人物实际上是不存在的。但是从构木为巢，钻木取火，一直到渔猎、畜牧，发展农业，反映了原始人生产力的发展，倒是有一定道理的。1952 年，在陕西西安半坡村发现了一处大约六七千年以前的氏族村落遗址。根据从遗址中发掘出来的东西，我们可以知道，那个时期的人已经学会饲养和农耕了。

黄帝打败凶兽般的蚩尤

大约在四千多年以前，我国黄河、长江流域一带住着许多氏族和部落。黄帝是传说中最有名的一个部落首领。

以黄帝为首领的部落，最早住在我国西北方的姬水附近，后来搬到涿鹿（今河北省涿鹿、怀来一带），开始发展畜牧业和农业，定居下来。

跟黄帝同时期的另一个部落首领叫做炎帝，最早住在我国西北方姜水附近，据说跟黄帝族是近亲。炎帝族渐渐衰落，而黄帝族逐渐兴盛起来。

这时候，有一个九黎族的首领名叫蚩尤（音 chīyóu），十分强悍。传说蚩尤有八十一个兄弟，他们全是猛兽的身体，铜头铁额，吃的是沙石，凶猛无比。他们还制造刀戟弓弩等各种各样的兵器，常常带领他的部落，侵扰别的部落。

有一次，蚩尤侵占了炎帝的地方，炎帝起兵抵抗，但他不是蚩尤的对手，被蚩尤杀得一败涂地。炎帝没办法，逃到涿鹿请求黄帝帮助。黄帝早就想除去这个各部落的祸害，就联合各部落，准备人马，在涿鹿的田野上和蚩尤展开一场大决战。

关于这次大战，有许多神话式的传说。据说黄帝平时驯养了熊、罴（音 pí）、貔（音 pí）、貅（音 xiū）、虎等野兽，打仗时，他就把这些猛兽放出来助战。蚩尤的兵士虽然凶猛，但是遇到黄帝的军队，加上这一群猛虎凶兽，也招架不住，纷纷败逃。

黄帝带领兵士乘胜追杀，忽然天昏地黑，浓雾迷漫，狂风大作，雷电交加，使黄帝的兵士无法追赶。原来蚩尤请来了“风伯雨师”助战。黄帝也不甘示弱，请天女帮助，驱散了风雨。一刹那间，风止雨停，晴空万里，终于把蚩尤打败了。也有一种传说，说是蚩尤用妖术制造了一场大雾，使黄帝的兵士迷失了方向。黄帝用“指南车”来指引，带领兵士，沿着蚩尤逃跑的方向追击，结果把蚩尤捉住杀了。这些神话反映出这场战争是非常激烈的。

各部落看到黄帝打败了蚩尤，都很高兴。黄帝受到了许多部落的拥护。但是，炎帝族和黄帝族也发生了冲突，双方在阪泉（今河北涿鹿县东南）打了一仗，炎帝失败。从此，黄帝成了中原地区的部落联盟首领。

传说中的黄帝时代有许多发明创造，像造宫室、造车、造船、制作五色衣裳，等等，这些当然不会是一个人发明的，但是后来的人都把它们记在黄帝的名下了。

传说黄帝有个妻子名叫嫘（音 léi）祖，她亲自参加劳动。本来蚕只有野生的，人们还不知道蚕的用处，嫘祖教妇女养蚕、缫丝、织帛。从那时候起，就有了丝和帛了。

黄帝还有一个史官仓颉（音 cāngjié），创制过古代文字。我们没有见到过那个时期的文字，也没法查考了。

中国古代的传说都十分推崇黄帝，后代的人都认为黄帝是华夏族的始祖，自己是黄帝的子孙。因为炎帝族和黄帝族原来是近亲，后来又融合在一起，所以我们也常常把自己称为炎黄子孙。为了纪念这位传说中的共同祖先，后人还在现在的陕西黄陵县北面的桥山上造了一座“黄帝陵”。

尧舜让位给贤人

传说黄帝以后，先后出了三个很出名的部落联盟首领，名叫尧（音 yáo）、舜（音 shùn）和禹（音 yǔ）。他们原来都是一个部落的首领，后来被先后推选为部落联盟的首领。

那时候，做部落联盟首领的，有什么大事，都要找各部落首领一起商量。

尧年纪大了，想找一个人继承他的职位。有一次，他召集四方部落首领来商议。

尧说出他的打算后，有个名叫放齐的说：“你的儿子丹朱是个开明的人，继承你的位子很合适。”

尧严肃地说：“不行，这小子品德不好，专爱和人争吵。”另一个叫讙兜（音 huāndōu）的说：“管水利的共工，工作倒做得挺不错。”

尧摇摇头说：“共工能说会道，表面恭谨，心里另是一套。用这号人，我不放心。”

这次讨论没有结果，尧继续物色他的继承人。有一次，他又把四方部落首领找来商量，要大家推荐。到会的一致推荐舜。

尧点点头说：“哦！我也听说这个人挺好。你们能不能把他的事迹详细说一说？”

大家便把舜的情况说开了：舜的父亲是个糊涂透顶的人，人们叫他瞽叟（音 gǔsǒu，就是瞎老头儿的意思）。舜的生母早死了，后母很坏。后母生的弟弟名叫象，傲慢得没法说，瞽叟却很宠他。舜生活在这样一个家庭里，待他的父母、弟弟很好。所以，大家认为舜是个德行好的人。

尧听了很高兴，决定先把舜考察一下。他把自己的两个女儿娥皇、女英嫁给舜，还替舜筑了粮仓，分给他很多牛羊。那后母和弟弟见了，又是羡慕，又是妒忌，和瞽叟一起用计，几次三番想暗害舜。

有一回，瞽叟叫舜修补粮仓的顶。当舜用梯子爬上仓顶的时候，瞽叟就在下面放起火来，想把舜烧死。舜在仓顶上一见起火，就想找梯子下去，梯子已经不知去向。幸好舜随身带着两顶遮太阳用的笠帽。他双手拿着笠帽，像鸟张开翅膀一样跳了下来，一点也没受伤。

瞽叟和象并不甘心，他们又叫舜去淘井。舜跳下井后，瞽叟和象就在地面上把一块块土石丢下去，想把井填没，把舜活活埋在里面，没想到舜下井后，在井边掘了一个通道，钻了出来，又安全地回家了。

象不知道舜早已脱险，他得意洋洋地回到家里，对瞽叟说：“这一回哥哥准死了，这个妙计是我想出来的。现在我们可以把哥哥的财产分一分了。”说完，他向舜住的屋子走去，哪知道，他一进屋子，舜正坐在床边弹琴呢。象心里暗暗吃惊，很不好意思地说：“哎，我多么想念你呀！”

舜也装做若无其事，说：“你来得正好，我的事情多，正需要你来帮助我呢。”

以后，舜还像过去一样和和气气地对待他的父母和弟弟，瞽叟和象也不敢再暗害舜了。

尧听了大家介绍的舜的事迹，又经过考察，认为舜确是个品德好又很能干的人，就把首领的位子让给了舜。这种让位，历史上称做“禅让”。其实，在氏族公社时期，部落首领老了，用选举的办法推选新的首领，并不是什么稀罕事儿。

舜接位后，也是既勤劳又俭朴，像老百姓一样劳动，受到大家的信任。过了几年，尧死了，舜还想把部落联盟首领的位子让给尧的儿子丹朱，可是大家都不赞成。舜才正式当上了首领。

大禹治水

尧在位的时候，黄河流域发生了很大的水灾，庄稼被淹了，房子被毁了，老百姓只好往高处搬。不少地方还有毒蛇猛兽，伤害人和牲口，叫人们过不了日子。

尧召开部落联盟会议，商量治水的问题。他征求四方部落首领的意见：派谁去治理洪水呢？首领们都推荐鲧（音 gǔn）。

尧对鲧不大信任。首领们说："现在没有比鲧更强的人才啦，你试一下吧！"尧才勉强同意。

鲧花了九年时间治水，却没有把洪水制服，因为他只懂得水来土掩，造堤筑坝，结果洪水冲塌了堤坝，水灾反而闹得更凶了。

舜接替尧当部落联盟首领以后，亲自到治水的地方去考察。他发现鲧办事不力，就把鲧杀了，又让鲧的儿子禹去治水。

禹改变了他父亲的做法，用开渠排水、疏通河道的办法，把洪水引到大海中。他戴着箬笠，拿着锹子，和老百姓一起劳动，并带头挖土、挑土。经过十三年的努力，终于把洪水引到大海，地面上又可以种庄稼了。

禹新婚不久，为了治水，到处奔波，多次经过自己的家门，但都没有进去。有一次，他妻子涂山氏生下了儿子启，婴儿正在哇哇地哭，禹在门外经过，听见哭声，也狠下心没进去探望。

当时，黄河中游有一座大山，叫龙门山（在今山西河津县西北）。它堵塞了河水的去路，把河水挤得十分狭窄。奔腾东下的河水受到龙门山的阻挡，常常溢出河道，闹起水灾来。禹到了那里，观察好地形，带领人们开凿龙门山，把这座大山凿开了一个大口子。这样，河水就畅通无阻了。

后代的人都称颂禹治水的功绩，尊称他是大禹。

舜年老以后，也像尧一样，物色继承人。因为禹治水有功，大家都推选禹。舜一死，禹就继任了部落联盟首领。

这时已到了氏族公社后期。生产力发展了，一个人生产的东西，除了维持自己的生活，还有了剩余。氏族、部落的首领们利用自己的地位，把剩余产品作为自己的私人财产，变成氏族的贵族。部落和部落之间发生战争，捉住了俘虏，不再把他们杀掉，而是把他们变成奴隶，为贵族劳动。这样，就渐渐形成奴隶和奴隶主两个阶级，氏族公社开始瓦解。

传说禹年老的时候，曾经到东方视察，并且在会稽山（在今浙江绍兴一带）召集许多部落的首领。去朝见禹的人手里都拿着玉帛，仪式十分隆重。有一个叫做防风氏的部落首领，到会最晚。禹认为防风氏怠慢了他的命令，就把他斩了。这说明，那时候的禹已经从部落联盟首领变成名符其实的国王了。禹原来有个助手叫做皋陶（音 gāoyáo），曾经帮助禹治理政事。皋陶死后，皋陶的儿子伯益也做过禹的助手。按照禅让的制度，本来是应该让伯益做禹的继承人的。但是，禹死以后，禹所在的夏部落的贵族却拥戴禹的儿子启继承了禹的位子。

这样一来，氏族公社时期的部落联盟的选举制度正式被废除，变为王位世袭的制度。我国历史上第一个奴隶制王朝——夏朝出现了。

神箭手后羿

夏启当上国王以后，有一个部落有扈（音 hù）氏不服，起兵反抗。启和有扈氏的部落发生了一场战争，最后启把有扈氏灭了，把俘虏来的人罚做牧奴。其他部落看到有扈氏的样子，没有人再反抗了。

夏启死后，他的儿子太康即位。太康是个十分昏庸的君主，他不管政事，专爱打猎。有一次，太康带着随从到洛水南岸去打猎。他越打越起劲，去了一百天还没有回家。

那时候，黄河下游的夷族，有个部落首领名叫后羿（羿音 yì），野心勃勃，想夺取夏王的权力。他看到太康出去打猎，觉得是个机会，就亲自带兵守住洛水北岸。等到太康带着一大批猎得的野兽，兴高采烈地回来的时候，走到洛水边，对岸全是后羿的军队，拦住他的归路。太康没法，只好在洛水南面过着流亡生活。后羿还不敢自立为王，另立太康的兄弟仲康当夏王，把实权抓在自己手里。

后羿是一个著名的弓箭手，他的射箭是百发百中的。有一个神话，说古时候空中本来有十个太阳，将地面照得像烤焦似的，给庄稼带来严重的灾害。大家请后羿想法子，后羿拈弓搭箭，“嗖嗖”地几下，把空中的九个太阳射了下来，只留下一个太阳。这样，地面上气候适宜，不再闹干旱了。又说，古时候大河里有许多怪兽，经常兴风作浪，造成水灾，把禾苗淹没，人畜淹死，也是后羿用箭把这些怪兽都射死了，人们的生活才恢复了正常。这些神话说明后羿的箭术很高明，是大家公认的。

后羿一开始还只是做仲康的助手。仲康一死，他干脆把仲康的儿子相撵走，夺了夏朝的王位。他仗着射箭的本领，也作威作福起来。他和太康一样，四处打猎，把国家政事交给他的亲信寒浞（音 zhuó）。寒浞瞒着后羿，收买人心。有一次，后羿打猎回来，寒浞派人把他杀了。

寒浞杀了后羿，夺了王位，怕夏族再跟他争夺，一定要杀死被后羿撵走的相。

相逃到哪儿，寒浞就追到哪儿。后来，相终于被寒浞杀了。那时候，相的妻子正怀着孕，被寒浞逼得没法，从墙洞里爬了出去，逃到娘家有仍氏部落，生下个儿子叫少康。

少康长大后，给姥姥家看牲口；后来听到寒浞正在派人追捕他，又逃到舜的后代有虞氏那儿。

少康从小在艰难的环境中长大，练了一身本领。他在有虞氏那里招收人马，开始有了自己的队伍；后来，又得到忠于夏朝的大臣、部落帮助，反攻寒浞，终于把王位夺了回来。

夏朝从太康到少康，中间经过大约一百年的混战，才恢复过来。历史上称做“少康中兴”。

少康灭了寒浞，可是夷族和夏朝之间的斗争还没完。夷族人有很多出名的射手，他们的弓箭很厉害。后来少康的儿子即位，发明了一种可以避箭的护身衣，叫做“甲”，战胜了夷族，夏的势力又向东发展了。

商汤和伊尹

黄河下游有个部落叫商。传说商的祖先契（音 xiè）在尧舜时期，跟禹一起治过洪水，是个有功的人。后来，商部落因为畜牧业发展得快，到了夏朝末年汤做了首领的时候，已经成为一个强大的部落了。

夏王朝统治了大约四百多年，到了公元前16世纪，夏朝最后的一个王夏桀（音 jié）在位。夏桀是个出名的暴君，他和奴隶主贵族残酷压迫人民，对奴隶镇压更重。夏桀还大兴土木，建造宫殿，过着荒淫奢侈的生活。

大臣关龙逄（音 páng）劝说夏桀，认为这样下去会丧失人心。夏桀勃然大怒，把关龙逄杀了。百姓恨透了夏桀，诅咒说："这个太阳什么时候才会灭亡，我们宁愿跟你同归于尽。"

商汤看到夏桀十分腐败，决心消灭夏朝。他表面上对桀服从，暗地里不断扩大自己的势力。

那时候，部落的贵族都是迷信鬼神的，把祭祀天地祖宗看做最要紧的事。商部落附近有一个部落叫做葛，那儿的首领葛伯不按时祭祀。汤派人去责问葛伯。葛伯回答说："我们这儿穷，没有牲口做祭品。"

汤送了一批牛羊给葛伯做祭品。葛伯把牛羊杀掉吃了，仍不祭祀。汤又派人去责问，葛伯说："我没有粮食，拿什么来祭呢？"

汤又派人帮助葛伯耕田，还派一些老弱的人给耕作的人送酒送饭，不料在半路上，葛伯把那些酒饭都抢走，还杀了一个送饭的小孩。

葛伯这样做，激起了大家的公愤。汤抓住这件事，就出兵把葛先消灭了。接着，他又连续攻取了附近几个部落。商汤的势力渐渐发展了，但是并没引起昏庸的夏桀的注意。

商汤的妻子带来的陪嫁奴隶中，有一个名叫伊尹（音 yǐn）。传说伊尹开始到商汤家的时候，是个厨司，服侍商汤。后来，商汤渐渐发现伊尹跟一般奴隶不一样，商汤和他交谈以后，才知道他是有心装扮成陪嫁奴隶来找汤的。伊尹向汤谈了许多治国的道理，汤马上把伊尹提拔为自己的助手。

商汤和伊尹商量讨伐夏桀的事。伊尹说："现在夏桀还有力量，我们先不去朝贡，试探一下，看他怎么样。"

商汤按照伊尹的计策，停止了对夏桀的进贡。夏桀果然大怒，命令九夷发兵攻打商汤。伊尹一看夷族还服从夏桀的指挥，赶快向夏桀请罪，恢复了进贡。

过了一年，九夷中的一些部落忍受不了夏朝的压榨勒索，逐渐叛离夏朝，汤和伊尹才决定大举进攻。

自从夏启以来，同姓相传已经四百多年，要把夏王朝推翻，也不是一件简单的事。汤和伊尹商量了一番，决定召集商军将士，由汤亲自向大家誓师。

汤说："我并不敢叛乱，实在是夏桀作恶多端，上帝的旨意要我消灭他，我不敢不听从天命啊！"他接着又宣布了赏罚的纪律。

商汤借上帝的旨意来动员将士，再加上将士恨不得夏桀早早灭亡，因此，大家作战非常勇敢。夏、商两军在鸣条（今山西运城安邑镇北）打了一仗，夏桀的军队被打败了。

最后，夏桀逃到南巢（今安徽巢县西南），汤追到那里，把桀流放在南巢，一直到他死去。

这样，夏朝就被新建立的商朝代替了。

盘庚迁都

商汤建立商朝的时候，最早的国都在亳（音 bó，今河南商丘）。在以后三百年当中，都城一共搬迁了五次。这是因为王族内部经常争夺王位，发生内乱；再加上黄河下游常常闹水灾。有一次发大水，把都城全淹了，人们就不得不搬家。

从商汤开始传了二十个王，王位传到盘庚手里。盘庚是个能干的君主。他为了改变当时社会不安定的局面，决心再一次迁都。

可是，大多数贵族贪图安逸，都不愿意搬迁。一部分有势力的贵族还煽动平民起来反对，闹得很厉害。

盘庚面对强大的反对势力，并没有动摇迁都的决心。他把反对迁都的贵族找来，耐心地劝说他们："我要你们搬迁，是为了想安定我们的国家。你们不但不谅解我的苦心，反而产生无谓的惊慌。你们想要改变我的主意，这是办不到的。"

由于盘庚坚持迁都的主张，挫败了反对势力，终于带着平民和奴隶，渡过黄河，搬迁到殷（今河南安阳小屯村）。他在那里整顿商朝的政治，使衰落的商朝出现了复兴的局面，以后二百多年，一直没有迁都。所以商朝又称做殷商，或者殷朝。

从那时候起，经过三千多年的漫长日子，商朝的国都早就变为废墟了。到了近代，人们在安阳小屯村一带发掘出大量古代的遗物，证明那里曾经是商朝的国都，人们就叫它“殷墟”。

从殷墟发掘出来的遗物中，有龟甲（就是龟壳）和兽骨十多万片，在这些龟甲和兽骨上面都刻着很难认的文字。经过考古学家的研究，才把这些文字弄清楚。原来商朝的统治阶级是十分迷信鬼神的，他们在祭祀、打猎、出征的时候，都要用龟甲和兽骨来占卜一下，确定是否吉利。占卜之后，就把当时发生的情况和占卜的结果用文字刻在龟甲、兽骨上。这种文字和现在的文字有很大的不同，后来人们就把它叫做“甲骨文”。我们现在使用的汉字就是从甲骨文演变过来的。

在殷墟发掘的遗物中，还发现大量的青铜器皿、兵器，种类很多，制作很精巧。有一个叫做“司母戊”的大方鼎，重量有875公斤，高130多厘米，大鼎上还刻着富丽堂皇的花纹。这样大的青铜器说明，在殷商时期，冶铜的技术和艺术水平都是很高的。但是也可以想象得出，像这样巨大的精美的大鼎，不知道渗透着多少奴隶的血汗哩！

考古工作者还在殷墟发掘了殷商奴隶主的墓穴。在安阳武官村一座商王大墓中，除了大量的珍珠宝玉等奢侈的陪葬品之外，还有许多奴隶被活活杀死殉葬。在大墓旁边的墓道里，一面堆着许多无头尸骨，一面排列着许多头颅。据甲骨片上的文字记载，他们祭祀祖先，也大批屠杀奴隶做供品，最多的竟达到2600多个。这是当年奴隶主残酷迫害奴隶的罪证。

从殷墟出土的甲骨文中，我们对殷商时期的社会情况有了比较确凿的考证。所以说，我国最早有文字记载的历史，是从商朝开始的。

周公辅成王力尽心诚

周武王建立了周王朝以后，过了两年就害病死了。他的儿子姬诵继承王位，这就是周成王。那时候，周成王才13岁，而且刚建立的周王朝还不大稳固，于是由武王的弟弟周公旦辅助成王掌管国家大事，实际上是代理天子的职权。历史上通常不称周公旦的名字，只叫他周公。

周公的封地在鲁国，因为他要留在京城处理政事，不能到封地去，所以，等他的儿子伯禽长大后，他就派伯禽代他到鲁国去做国君。

伯禽临走的时候，问他父亲有什么嘱咐。周公说："我是文王的儿子，武王的弟弟，当今天子的叔叔，你说我的地位怎么样？"

伯禽说："那自然是很高的了。"

周公说："对呀！我的地位确实很高，但是我每次洗头发的时候，一碰到急事，就马上停止洗发，把头发握在手里去办事；每次吃饭的时候，听说有人求见，我就把来不及咽下的饭菜吐出来，去接见那些求见的人。我这样做，还怕天下的人才不肯到我这儿来呢。你到了鲁国，不过是个国君，可不能骄傲啊！"

伯禽连连点头，表示一定记住父亲的教导。

周公尽心尽力辅助成王，管理国事，可是他的弟弟管叔、蔡叔却在外面造谣，说周公有野心，想要篡夺王位啦！

纣王的儿子武庚虽然被封为殷侯，但是受到周朝的监视，觉得很不自由，巴不得周朝发生内乱，重新恢复他的殷商的王位，于是，他就和管叔、蔡叔串通一气，联络了一批殷商的旧贵族，还煽动东夷中的几个部落，闹起叛乱来。

武庚和管叔等人制造的谣言，闹得镐京也沸沸扬扬，连召公奭听了也怀疑起来。成王年小不大懂事，更闹不清是真是假，对这位辅助他的叔父也有点信不过。

周公心里很难过，他首先同召公奭披肝沥胆地谈了一次话。他告诉召公奭，他绝没有野心，要召公奭顾全大局，不要轻信谣言。召公奭被他这番诚恳的话感动，消除了误会，重新和周公合作。周公在安定了内部之后，毅然调动大军，亲自率领大军东征。

这时候，东方有几个部落像淮夷、徐戎等，都配合武庚，蠢蠢欲动。周公下命令给太公望，授权给他，各国诸侯如有不服周朝的，都由太公望征讨。这样，由太公望控制了东方，他自己全力对付武庚。

费了三年的工夫，周公终于平定了武庚的叛乱，把带头叛乱的武庚杀了。管叔一看武庚失败，觉得自己没有面目见他的哥哥和侄儿，上吊自杀了。周公平定了叛乱，把霍叔革了职，对蔡叔办了一个充军的罪。

在周公东征的过程中，一大批商朝的贵族成了俘虏。因为他们反抗周朝，所以叫他们"顽民"。周公觉得让这批人留在原来的地方不大放心；同时，他又觉得镐京在西边，要控制东部的广大中原地区很不方便，于是就在东面新建一座都城，叫做洛邑（今河南洛阳市），把殷朝的“顽民”都迁到那里，派兵监视他们。

打那以后，周朝就有了两座都城。西部是镐京，又叫宗周；东部是洛邑，又叫成周。

周公辅助成王执政了七年，总算把周王朝的统治巩固下来，他还制订了周朝的典章制度。到周成王满20岁的时候，周公把政权交给成王管理。

从周成王到他的儿子康王两代，前后约五十多年，是周朝强盛和统一的时期，历史上叫做“成康之治”。

周幽王为佳人一笑乱点烽火

周宣王死了以后，儿子姬宫涅（音 niè）即位，就是周幽王。周幽王什么国家大事都不管，光知道吃喝玩乐，打发人到处找美女。有个大臣名叫褒珦（音 bāoxiàng），他劝谏周幽王，周幽王不但不听，反而把褒珦下了监狱。

褒家的人千方百计要把褒珦救出来。他们在乡下买了一个漂亮的姑娘，教会她唱歌、跳舞，把她打扮起来，献给周幽王，替褒珦赎罪。这个姑娘算是褒家人，叫褒姒（音 sì）。

幽王得了褒姒，高兴得不得了，就把褒珦释放了。他十分宠爱褒姒，可是褒姒自从进宫以后，心情闷闷不乐，没有露出过一次笑脸。幽王想尽办法叫她笑，她怎么也笑不出来。

周幽王出了一个赏格：有谁能让王妃娘娘笑一下，就赏他一千两金子。

有个马屁鬼叫虢（音 guó）石父，替周幽王想了一个鬼主意。原来，周王朝为了防备犬戎的进攻，在骊山（今陕西临潼东南，骊音 lì）一带造了二十多座烽火台，每隔几里地就是一座。如果犬戎打过来，把守第一道关的兵士就把烽火烧起来；第二道关上的兵士见到烟火，也把烽火烧起来。这样一个接一个地烧着烽火，附近的诸侯见到了，就会发兵来救。虢石父对周幽王说：“现在天下太平，烽火台长久没有使用了。我想请大王跟娘娘上骊山去玩几天。到了晚上，咱们把烽火点起来，让附近的诸侯上当赶来。娘娘见了这许多兵马扑了个空，保管会笑起来。”

周幽王拍着手说："好极了，就这么办吧！"

他们上了骊山，真的在骊山上把烽火点了起来。临近的诸侯得了这个警报，以为犬戎打过来了，赶快带领兵马来救。没想到赶到那儿，连一个犬戎兵的影儿也没有，只听到山上一阵阵奏乐和唱歌的声音，大伙儿都愣了。

幽王派人告诉他们说，辛苦大家了，这儿没什么事，不过是大王和王妃放烟火玩，你们回去吧！

诸侯知道上了当，憋了一肚子气回去了。

褒姒并不知道他们在干什么，她看见骊山脚下来了好几路兵马，乱哄哄的样子，就问幽王是怎么回事。幽王一五一十地告诉了她。褒姒真的笑了一下。

幽王见褒姒露出了笑脸，就赏给虢石父一千两金子。

幽王宠着褒姒，后来干脆把王后和太子废了，立褒姒为王后，立褒姒生的儿子伯服为太子。原来王后的父亲是申国的诸侯，得到这个消息，就联结犬戎进攻镐京。

幽王听到犬戎进攻的消息，惊慌失措，连忙下命令把骊山的烽火点起来。烽火倒是烧起来了，可是诸侯因为上次上了当，谁也不理会他们。

烽火台上白天冒着浓烟，夜里火光冲天，可就是没有一个救兵到来。

犬戎兵一到，镐京的兵马不多，勉强抵挡了一阵，被犬戎兵打得落花流水。犬戎的人马像潮水一样涌进城来，把周幽王、虢石父和褒姒生的伯服杀了。那个不露笑脸的褒姒，也被抢走了。

到这时候，诸侯们才知道犬戎真的打进了镐京，于是联合起来，带着大队人马来救。犬戎的首领看到诸侯的大军到了，就命令手下的人把周朝多年来聚敛起来的宝贝财物一抢而空，放了一把火才退走。

中原诸侯打退了犬戎，立原来的太子姬宜臼（音 jiù）为天子，他就是周平王。诸侯也回到各自的封地去了。

没想到诸侯一走，犬戎又打过来，周朝西边大多数的土地都被犬戎占了去。周平王恐怕镐京保不住，打定主意，把国都搬到洛邑。

公元前770年，周平王迁都洛邑。因为镐京在西边，洛邑在东边，所以历史上把周朝在镐京做国都的时期，称为西周；迁都洛邑以后，称为东周。

孔子周游列国

吴王阖闾在伍子胥、孙武的帮助下，大败楚国，声势很大，连中原一些大国都受到威胁，首先受到威胁的是齐国。齐国自从齐桓公死后，国内一直很不安定。后来齐景公当了国君，用了一位有才能的大臣晏婴当相国，刷新朝政，齐国又开始兴盛起来。

公元前500年，齐景公和晏婴想拉拢邻国鲁国和中原诸侯，把齐桓公当年的事业重新恢复起来，就写信给鲁定公，约他在齐鲁交界处开个会。

那时候，诸侯开会，要有大臣当助手，称做“相礼”。鲁定公决定让鲁国的司寇（管司法的长官）孔子担任此职。

孔子名叫孔丘，是鲁国陬邑（今山东曲阜东南，陬音zōu）人。他父亲是个地位不高的武官。孔子3岁就死了父亲，他母亲带着他搬到曲阜住下来，把他抚养成人。据说他从小很爱学礼节，没有事的时候就摆上小盆小盘等，学着大人祭天祭祖的样子。

孔子年轻的时候，读书很用功。他十分崇拜周朝初年那位制礼作乐的周公，对古礼特别熟悉。当时读书人应当学的“六艺”，也就是礼节、音乐、射箭、驾车、书写、计算，他都比较精通。他办事认真。最初他当过管理仓库的小吏，物资从来没有缺少过；后来又当管理牧业的小吏，牛羊就繁殖得很多。没到30岁，名声就渐渐大了起来。

有些人愿意拜他做老师，他就索性办了个私塾，收起学生来。鲁国的大夫孟僖子（僖音xī）临死时，嘱咐他的两个儿子孟懿子和南宫敬叔到孔子那儿去学礼。通过南宫敬叔的推荐，鲁昭公还让孔子到周朝的都城洛邑考察周朝的礼乐。

孔子35岁那年，鲁昭公被鲁国掌权的三家大夫——季孙氏、孟孙氏、叔孙氏轰走了。孔子就到齐国，求见齐景公，与齐景公谈了他的政治主张。齐景公待他很客气，还想用他。但是相国晏婴认为孔子的主张不切实际，结果齐景公没有用他。孔子于是又回到鲁国，仍旧教他的书。跟随孔子学习的学生越来越多。

到了公元前501年，鲁定公派孔子做中都（今山东汶上县）宰，第二年，做了司空（管理工程的长官），又从司空调做了司寇。

鲁定公把准备到齐鲁交界处与齐国会盟的事告诉了孔子，孔子说：“齐国屡次侵犯我边境，这次约我们会盟，我们也得有兵马防备着，希望把左右司马都带去。”

鲁定公同意孔子的主张，又派了两员大将带了一些人马，随同他前往。

在会议上，由于孔子的相礼，鲁国取得了外交上的胜利。会后，齐景公决定把侵占的鲁国汶阳（今山东泰安西南）的三处土地还给鲁国。

齐国的大夫黎鉏认为孔子留在鲁国做官对齐国不利，劝齐景公给鲁定公送一班女乐去。齐景公同意了，就挑选了 80 名歌女送到鲁国。

鲁定公接受了这班女乐，天天吃喝玩乐，不管国家政事。孔子想劝说他，他躲着孔子。这件事使孔子感到很失望。孔子的学生说：“鲁君不办正事，咱们走吧！”

打那以后，孔子离开鲁国，带着一批学生周游列国，希望找个机会实行他的政治主张。可是那个时候，大国都忙于争霸，小国则面临着被吞并的危险，整个社会正在发生变革。孔子宣传的一套恢复周朝初年礼乐制度的主张，当然没有人接受。

他先后到过卫国、曹国、宋国、郑国、陈国、蔡国、楚国，这些国家的国君都没有用他。

有一次，孔子在陈、蔡一带，楚昭王打发人请他。陈、蔡的大夫怕孔子到了楚国后，对他们不利，发兵在半路上把孔子截住。孔子被围困在那里，断了粮，几天都没吃上饭。后来，楚国派了兵来，才替他解了围。

孔子在列国奔波了七八年，碰了许多钉子，年纪也老了。最后，他还是回到鲁国，把精力放到整理古代文化典籍和教育学生上。

孔子在晚年还整理了几部重要的古代文化典籍，像《诗经》、《尚书》、《春秋》等。《诗经》是我国最早的一部诗歌总集，共收集了从西周到春秋时期的诗歌三百零五篇，其中有不少是反映古代社会生活的民间歌谣，它在我国文学史上占有很重要的地位。《尚书》是一部我国上古历史文献的汇编。《春秋》是根据鲁国史料编成的一部历史书，它记载着公元前 722 年到公元前 481 年的大事。

公元前 479 年，孔子去世。他死后，他的弟子继续传授他的学说，形成了儒家学派，孔子成了儒家学派的创始人。孔子的学术思想在后世影响很大，他被公认为我国古代第一位大思想家、大教育家。

田忌赛马弱对强

齐国的大将田忌，很喜欢赛马，有一回，他和齐威王约定，要进行一场比赛。

他们商量好，把各自的马分成上、中、下三等。比赛的时候，要上等马对上等马，中等马对中等马，下等马对下等马。由于齐威王每个等级的马都比田忌的马强得多，所以比赛了几次，田忌都失败了。

田忌觉得很扫兴，比赛还没有结束，就垂头丧气地离开赛马场，这时，田忌听见有人叫他，抬头一看，人群中有个人，原来是自己的好朋友孙膑。孙膑拍着他的肩膀说：

“我刚才看了赛马，齐威王的马比你的马快不了多少呀。”

孙膑还没有说完，田忌瞪了他一眼：

“想不到你也来挖苦我！”

孙膑说：“我不是挖苦你，我是说你再同他赛一次，我有办法准能让你赢了他。”

田忌疑惑地看着孙膑：

“你是说另换一匹马？”

孙膑摇摇头说：

“连一匹马也不需要更换。”

田忌毫无信心地说：

“那还不是照样得输！”

孙膑胸有成竹地说：

“你就按照我的安排办事吧。”

齐威王屡战屡胜，正在得意扬扬地夸耀自己的马匹，他看见田忌陪着孙膑迎面走来，便站起来讥讽地说：

“怎么，莫非你还不服气？”

田忌说：“当然不服气，咱们再赛一次！”说着，“哗啦”一声，把一大堆银钱倒在桌子上，作为他下的赌钱。

齐威王一看，心里暗暗好笑，于是吩咐手下，把前几次赢得的银钱全部抬来，另外又加了一千两黄金，也放在桌子上。齐威王轻蔑地说：

“那就开始吧！”

一声锣响，比赛开始了。

孙膑先以下等马对齐威王的上等马，第一局输了。齐威王站起来说：

“想不到赫赫有名的孙膑先生，竟然想出这样拙劣的对策。”

孙膑并不理他。接着进行第二场比赛。孙膑拿上等马对齐威王的中等马，获胜了一局。齐威王有点心慌意乱了。

第三局比赛，孙膑拿中等马对齐威王的下等马，又胜了一局。这时齐威王目瞪口呆了。

比赛的结果是三局两胜，当然是田忌赢了齐威王。

还是同样的马匹，由于调换一下比赛的出场顺序，就得到转败为胜的结果。

孙膑庞涓斗智

魏惠王也学秦孝公的样，要找一个商鞅式的人才。他花了好些金钱招徕天下豪杰。当时有个叫庞涓的魏国人来求见，向他讲了些富国强兵的道理。魏惠王听了挺高兴，就拜庞涓为大将。

庞涓真有点本领。他天天操练兵马，先从附近几个小国下手，一连打了几个胜仗，后来连齐国也打败了。从那时候起，魏惠王更加信任庞涓。

庞涓自以为是了不起的能人，可是他知道，他的同学齐国人孙膑（音bìn）本领比他强。据说孙膑是吴国大将孙武的后代，只有他知道祖传的《孙子兵法》。

魏惠王也知道孙膑的名声，有一次他与庞涓说起孙膑。庞涓派人把孙膑请来，与他一起在魏国共事。哪知庞涓存心不良，在魏惠王面前诬陷孙膑私通齐国。魏惠王十分恼怒，把孙膑办了罪，在孙膑的脸上刺了字，还剜掉了他的两块膝盖骨。

幸好齐国有一个使臣到魏国访问，他偷偷地把孙膑救了出来，带回齐国。

齐国大将田忌听说孙膑是个将才，就把他推荐给齐威王。齐威王也正在改革图强，他和孙膑谈论兵法后，大为赏识，只恨没早点见面。

公元前 354 年，魏惠王派庞涓进攻赵国，围了赵国的国都邯郸（音 hándān，今河北邯郸西南）。第二年，赵国向齐威王求救。齐威王想拜孙膑为大将，孙膑忙推辞说："不行。我是个受过刑的残废人，当了大将，会让人笑话。大王还是请拜田大夫为大将吧。"

齐威王就拜田忌为大将，孙膑为军师，发兵去救赵国。孙膑坐在一辆有篷帐的车子里，帮助田忌出主意。

孙膑对田忌说："现在魏国把精锐的兵力都派去攻赵国，国内大多是些老弱残兵，十分空虚。咱们不如去攻魏国大梁。庞涓知道了，一定会放弃邯郸，往回跑。我们在半道上等着，迎头痛击他一顿，准能把他打败。"

田忌就按照这个计策行动。庞涓的军队已经攻下邯郸，忽然听说齐国打大梁去了，立刻吩咐退兵。刚退到桂陵（今河南长垣西北），正碰上齐国兵马。双方一开仗，庞涓大败。

齐国大军得胜而归，邯郸之围也解除了。

公元前 341 年，魏国又派兵攻打韩国。韩国也向齐国求救。那时候，齐威王已经死了。他的儿子齐宣王派田忌、孙膑带兵救韩国。孙膑又使出他的老办法，不去救韩，却直接去攻魏国。

庞涓得到本国的告急文书，只好退兵赶回去，齐国的兵马已经进魏国了。

魏国发动大量兵力，由太子申率领，抵抗齐军。这时候，齐军开始退兵。庞涓察看了齐军扎过营的地方，发现齐军的营盘占了很大的地方。他叫人数了数做饭的炉灶，足够十万人吃饭。庞涓吓得说不出话来。

第二天，庞涓带领大军赶到齐国军队第二次扎营的地方，数了数炉灶，只够五万人吃饭了。

第三天，他们追到齐国军队第三次扎营的地方，仔细数了数炉灶，只够两万人用了。庞涓这才放了心，笑着说："我早知道齐军都是胆小鬼。十万大军到了魏国，才三天工夫，就逃散了一大半。"他吩咐魏军没日没夜地按着齐国军队走过的路线追上去。

一直追到马陵（今河北大名县东南），正是天快黑的时候。马陵道路十分狭窄，旁边都是障碍物。庞涓恨不得一步赶上齐国的军队，就吩咐大军摸黑往前赶去。忽然前面的兵士回来报告说："前面的路被木头堵住啦！"

庞涓上前一看，果然见道旁的树全砍倒了，只留下一棵最大的没砍，细细瞧去，那棵树的一面还刮去了树皮，上面影影绰绰还写着几个大字，因为天色昏暗，看不清楚。

庞涓叫兵士拿火来照。有几个兵士点起火把来。趁着火光一瞧，那树上面写的是："庞涓死于此树下。"

庞涓大吃一惊，连忙吩咐将士撤退，然而一切都晚了。四周不知道有多少箭，像飞蝗似的冲魏军射来。一时间，马陵道两旁杀声震天，到处是齐国的兵士。

原来这是孙膑设下的计策，他故意天天减少炉灶的数目，引诱庞涓追上来。他算准魏兵在这时辰到达马陵，预先埋伏下一批弓箭手，吩咐他们只等树下有火光，就一齐放箭。庞涓走投无路，只得拔剑自杀。

齐军乘胜大破魏军，把魏国的太子申也俘虏了。

从此以后，孙膑的名气传遍了各诸侯国。他写的《孙膑兵法》一直流传到现在。

屈原洁身自好沉大江

楚国自从被秦国打败以后，一直受秦国欺负，楚怀王又想重新和齐国联合。秦昭襄王即位以后，很客气地给楚怀王写信，请他到武关（今陕西丹凤县东南）相会，当面订立盟约。

楚怀王接到秦昭襄王的信，左右为难。不去呢，怕得罪秦国；去呢，又怕有危险。他就和大臣们商量。

大夫屈原对楚怀王说："秦国强暴得像豺狼一样，咱们受秦国的欺负不止一次了。大王一去，准上他们的圈套。"

可是怀王的儿子公子子兰却一个劲儿地劝楚怀王去，他说："咱们一直把秦国当做敌人，结果死了好多人，又丢了土地。如今秦国愿意与咱们和好，怎么能推辞人家呢?"

楚怀王听信了公子子兰的话，就到秦国去了。

果然不出屈原所料，楚怀王刚踏进秦国的武关，立刻被秦国预先埋伏下的人马截断了后路。在会见时，秦昭襄王逼迫楚怀王把黔中的土地割让给秦国，楚怀王没答应。秦昭襄王就把楚怀王押到咸阳软禁起来，要楚国大臣拿土地来赎他。

楚国的大臣们听到国君被押，就把太子立为新的国君，拒绝割让土地。这个国君就是楚顷襄王。公子子兰当了楚国的令尹。

楚怀王在秦国被押了一年多，吃尽苦头。他冒险逃出咸阳，又被秦国派兵追捕了回去。他连气带病，没有多久就死在秦国。

楚国人因为楚怀王受秦国欺负，死在外头，心里很不平。特别是大夫屈原，更是气愤。他劝楚顷襄王搜罗人才，远离小人，鼓励将士，操练兵马，为国家和怀王报仇雪恨。

可是他的劝告不但不顶事，反倒招来了令尹子兰和靳尚等人的仇视。他们天天在楚顷襄王面前说屈原的坏话。

他们对楚顷襄王说："大王没听说屈原数落您吗？他总是对人家说：大王忘了秦国的仇恨，就是不孝；大臣们不主张抗秦，就是不忠。楚国出了这种不忠不孝的君臣，哪能不亡国呢？大王，您想想这叫什么话！"

楚顷襄王听了大怒，把屈原革了职，放逐到湘南去。

屈原到了湘南以后，经常在汨罗江（今湖南省东北部，汨音 mì）一带一边走，一边吟诵着诗歌。

附近的庄稼人知道他是一个爱国的大臣，都很同情他。有一个经常在汨罗江上捕鱼的渔父，很佩服屈原的为人，但就是不赞成他那愁闷的样子。

有一天，屈原在江边遇见渔父。渔父对屈原说："您不是楚国的大夫吗？怎么会弄到这等地步呢？"

屈原说："许多人都是肮脏的，只有我是个干净人；许多人都喝醉了，只有我还醒着。所以我被赶到这儿来了。"

渔父不以为然地说："既然您觉得别人都是肮脏的，就不该自命清高；既然别人喝醉了，那么您何必独自清醒呢！"

屈原反对说："我听人说过，刚洗过头的人总要把帽子弹弹，刚洗过澡的人总喜欢掸掸衣上的灰尘。我宁愿跳进江心，埋在鱼肚子里，也不能拿自己干净的身子跳到污泥里，染得一身脏。"

由于屈原不愿意随波逐流地活着，到了公元前 278 年五月初五那天，他终于抱着一块大石头，跳到汨罗江里自沉了。

附近的庄稼人得到这个消息，都划着小船去救屈原。可是一片汪洋大水，哪儿有屈原的影子。大伙儿在汨罗江上捞了半天，也没有找到屈原的尸体。

渔父很难受，他对着江面，把竹筒子里的米撒了下去，算是献给屈原的。

到了第二年五月初五那一天，当地的百姓想起这是屈原投江一周年的日子，又划了船把竹筒子里的米撒到水里祭祀他。后来，他们又把盛着米饭的竹筒子改为粽子，划小船改为赛龙船。这种纪念屈原的活动渐渐成为一种风俗，到了现在，人们把每年农历五月初五称为端午节。

屈原死后，留下了一些优秀的诗歌，其中最有名的是《离骚》。他在诗歌里痛斥卖国的小人，表达了他忧国忧民的心情，对楚国的一草一木都寄托了无限的深情。

毛遂脱颖而出

秦国大军攻打赵都邯郸，赵国虽然竭力抵抗，但力量不足。赵孝成王要平原君赵胜想办法向楚国求救。平原君是赵国的相国，又是赵王的叔叔，他决心亲自上楚国去和楚王谈判联合抗秦的事。

平原君打算带二十名文武双全的人才和他一起去楚国。他手下有三千个门客，可是真要找文武双全的人才，却并不容易。挑来挑去，他只挑中十九个人，其余的都看不上了。

他正在着急的时候，有个坐在末位的门客站了起来，自我推荐说："我能不能来凑个数呢？"

平原君有点惊异，说："您叫什么名字？到我门下有多少日子了？"

那个门客说："我叫毛遂，到这儿已经三年了。"

平原君摇摇头，说："有才能的人活在世上，就像一把锥子放在口袋里，它的尖很快就冒出来了。可是您来这儿三年，我没有听说您有什么才能啊。"

毛遂说："这是因为我到今天才叫您看到这把锥子。要是您早点把它放在袋里，它早就戳出来了，难道光露出个尖就算了吗？"

旁边十九个门客认为毛遂在说大话，都带着轻蔑的眼光笑他。可平原君倒赏识毛遂的胆量和口才，就决定让毛遂凑上二十人的数，当天辞别赵王，上楚国去了。

平原君与楚考烈王在朝堂上谈判合纵抗秦的事。毛遂和其他十九个门客都在台阶下等着。从早晨谈起，一直谈到中午，平原君为了说服楚王，把嘴皮子都说干了，可是楚王说什么也不同意出兵抗秦。

台阶下的门客等得实在不耐烦，可是谁也不知道该怎么办。有人想起毛遂在赵国说的一番豪言壮语，就悄悄地对他说："毛先生，看你的啦！"

毛遂不慌不忙，拿着宝剑，上了台阶，高声嚷着说："合纵不合纵，三言两语就可以解决了。怎么从早晨说到现在，太阳都直了，还没说停当呢？"

楚王很不高兴，问平原君："这是什么人？"

平原君说："是我的门客毛遂。"

楚王一听是个门客，更加生气，骂毛遂说："我和你的主人商量国家大事，轮到你来多嘴？还不赶快下去！"

毛遂按着宝剑跨前一步，说："你用不着仗势欺人。我主人在这里，你破口骂人算什么？"

楚王看他身边带着剑，又听他说话那股狠劲儿，有点害怕起来，就换了和气的脸色对他说："那您有什么高见，请说吧。"

毛遂说："楚国有五千多里土地，一百万兵士，原来是个称霸的大国。没有想到秦国一兴起，楚国连连打败仗，甚至堂堂的国君也当了秦国的俘虏，死在秦国。这是楚国最大的耻辱。秦国的白起，不过是个没有什么了不起的小子，带了几万人，一战就把楚国的国都——郢都夺了去，逼得大王只好迁都。这种耻辱，就连我们赵国人也替你们害羞。想不到大王倒不想雪耻呢。老实说，今天我们主人跟大王来商量合纵抗秦，主要是为了楚国，也不是单为我们赵国啊！"

毛遂这一番话，真像一把锥子，句句戳痛楚王的心。他不由得脸红了，接连说："说的是，说的是。"

毛遂接着问了一句："那么合纵的事就定了吗？"

楚王说："决定了。"

毛遂回过头，叫楚王的侍从马上拿鸡、狗、马的血来。他捧着铜盘子，跪在楚王的跟前说："大王是合纵的纵约长，请您先歃血（歃血就是把牲畜的血涂在嘴上，表示诚意，是古代订立盟约时的一种仪式。歃音 shà）。"

楚王歃血后，平原君和毛遂也当场歃了血。楚、赵结盟以后，楚考烈王就派春申君黄歇为大将，率领八万大军，奔赴赵国。

秦王灭六国一统天下

秦王政杀了荆轲，当下就命令大将王翦加紧攻打燕国。燕太子丹带着兵马抵抗，哪里是秦军对手，马上被秦军打得稀里哗啦。燕王喜和太子丹逃到辽东，秦王政又派兵追击。燕王喜被逼得没有办法，只好杀了太子丹，向秦国谢罪求和。

秦王政又向尉缭讨主意。尉缭说："韩国已经被咱们兼并，赵国只剩下一座代城（今河北蔚县），燕王已逃到辽东，他们都快完了。目前天冷，不如先去收服南方的魏国和楚国。"秦王政听从尉缭的计策，就派王翦的儿子王贲（音 bēn）带兵十万先攻魏国。魏王派人向齐国求救，齐王建没有理他。公元前 225 年，王贲灭了魏国，把魏王和大臣都捉住，押到咸阳。

接着，秦王政就打算去打楚国。他召集将领们议论了一下，先问青年将领李信，打楚国要多少人马。李信说："不过二十万吧。"

他又问老将军王翦。王翦回答说："楚国是个大国，用二十万人去打楚国是不够的。依臣的估计，非六十万不可。"

秦王政很不高兴，说："王将军老了，怎么这样胆小？我看还是李将军说得对。"就派李信带兵二十万往南方去。

王翦见秦王不听他的意见，就告病回老家去了。

李信带了二十万人马到了楚国，不出王翦所料，打了个大败仗，兵士死伤无数，将领也死了七个，只好逃了回来。

秦王政大怒，把李信革了职，亲自跑到王翦的家乡，请他出来带兵，说："上回是我错了，没听将军的话。李信果然误事。这回非请将军出马不可。"

王翦说："大王一定要我带兵，还是非六十万人不可。楚国地广人多，他们要发动一百万人马也不难。我说我们要出兵六十万，还怕不够呢。再要少，那就不行了。”

秦王政赔笑说：“这回听将军的啦!”就给王翦六十万人马。出兵那天，还亲自到灞上给王翦摆酒送行。

王翦大军浩浩荡荡向楚国进攻。楚国也出动全国兵力抵抗。

王翦到了前方，要兵士修筑壁垒，暂不出战。楚国大将项燕一再挑战，他也不理睬。

过了一段时间，项燕想：“王翦原来是上这儿驻防的。”他就不怎么把秦国的军队放在心上了。没想到在项燕不防备的时候，秦军突然发起攻势，六十万人马排山倒海似的冲杀过去。楚国的将士好像在梦里被人家当头一棍，晕头转向地抵抗了一阵，各自逃命。楚国的兵马越打越少，地方越失越多。秦军一直打到寿春（今安徽寿县西)，俘虏了楚王负刍。

项燕得知楚王被俘的消息，渡过长江，想继续抵抗。王翦造了不少战船，训练水军，渡江追击。项燕觉得大势已去，叹了口气，拔剑自刎。

王翦灭楚之后，回到咸阳。由他的儿子王贲接替做大将，再去收拾燕国。燕国本来已经十分虚弱，哪里抵挡得住秦军的进攻。公元前222年，王贲灭掉燕国，还攻占了赵国最后留下的代城。

到这时候，剩下的只有一个齐国。齐国大臣早已被秦国重金收买。齐王建向来不敢得罪秦国。每逢诸侯向他求救，他总是拒绝。他满以为齐国离秦国远，只要死心塌地听秦国的话，就不用担心秦国的进攻。到了其他五国一一被秦国吞并掉，他才着急起来，派兵去守西面的边界。

可是已经晚了。

公元前221年，王贲带了几十万秦兵像泰山压顶一样，从燕国南部直扑临淄。其他诸侯国已经完了，往哪儿去讨救兵呢？这时候，齐王建才觉得自己势孤力单。没有几天，秦军就进了临淄，齐王建没说的，投降了。

六国诸侯只想保持自己的地位，彼此之间互相攻打，想拿别国的土地来补偿自己的损失，企图维持小规模割据的局面，却给了秦国各个击破的机会。秦国在不到十年的时间里，把六国一个一个灭掉了。

自从公元前475年进入战国时期起，各诸侯国经过二百五十多年的纷争，终于结束了长期的诸侯割据的局面，建立了一个统一的多民族的封建国家——秦王朝。

大泽乡起义

秦始皇为了抵抗匈奴，建造长城，发兵三十万，征集了民夫几十万；为了开发南方，动员了军民三十万。他又用七十万囚犯，动工建造了一座巨大豪华的阿房宫（阿房音 ē páng）。到了二世即位，从各地征调了几十万囚犯和民夫，大规模修造秦始皇的陵墓。这座坟开得很大很深，把大量的铜熔化了灌铸地基，上面盖了石室、墓道和墓穴。二世又叫工匠在大坟里挖成江河湖海的样子，灌上了水银，然后把秦始皇葬在那里。

安葬完后，为了防备将来有人盗坟，还叫工匠在墓穴里装了杀人的设备，最后竟残酷地把所有造坟的工匠全都埋在墓道里，不让一个人出来。

那时候，全中国人口不过两千万，前前后后被征发去筑长城、守岭南、修阿房宫、造大坟和从事别的劳役的人，合起来差不多有二三百万人，耗费了不知多少人力和财力，逼得百姓怨声载道。

公元前209年，阳城（今河南登封东南）的地方官派了两个军官，押着九百名民夫到渔阳（今北京市密云西南）去防守。军官从这批壮丁中挑了两个个头大、能干的人当屯长，叫他们管理其他的人。这两个人一个叫陈胜，阳城人，给人当长工；一个叫吴广，阳夏（今河南太康县）人，是个贫苦农民。

陈胜年轻的时候就是个有志气的人。他与别的长工一起给地主种田，心里常常想，我年轻力壮，为什么这样成年累月地给别人做牛做马呢？总有一天，我也要干点大事业出来。

有一次，他和伙伴们在田边休息，他对伙伴们说：“咱们将来富贵了，可别忘了老朋友啊！”

大伙儿听了好笑，说：“你给人家卖力气种地，哪里来的富贵？”

陈胜叹了口气，自言自语地说：“唉，燕雀怎么会懂得鸿雁的志向呢！”

陈胜和吴广本来不相识，后来当了民夫，碰在一起，同病相怜，很快就成了朋友。他们只怕误了日期，天天急着往北赶路。

到大泽乡（今安徽宿县东南）的时候，正赶上连天大雨，水淹了道，没法通行。他们只好扎了营，停留下来，准备天一放晴再上路。

秦朝的法令很严酷，被征发的民夫如果误了期，就要被杀头。大伙儿看着雨下个不停，急得真像热锅上的蚂蚁似的，不知道怎么办才好。

陈胜偷偷跟吴广商量："这儿离渔阳还有几千里，怎么也赶不上限期了，难道我们就白白地去送死吗？"

吴广说："那怎么行，咱们开小差逃吧。"陈胜说："开小差被抓回来是死，起来造反也是死，一样是死，不如起来造反，就是死了也比送死强。老百姓吃秦朝的苦也吃够了。听说二世是个小儿子，本来就轮不到他做皇帝，该登基的是扶苏，大家都同情他；还有，楚国的大将项燕，立过大功，大家都知道他是条好汉，现在也不知道是死了还是活着。要是咱们借着扶苏和项燕的名义，号召天下，楚地的人一定会来响应我们。"

吴广完全赞成陈胜的主张。为了让大伙儿相信他们，他们利用当时人大多迷信鬼神，想出了一些计策。他们拿了一块白绸条，用朱砂在上面写上"陈胜王"三个大字，把它塞在一条人家网起来的鱼肚子里。兵士们买了鱼回去，剖开鱼后，发现了这块绸子上面的字，十分惊奇。

到了半夜，吴广又偷偷地跑到营房附近的一座破庙里，点起篝火，先装作狐狸叫，接着喊道："大楚兴，陈胜王。"全营的兵士听了，更是又惊又害怕。

第二天，大伙儿看到陈胜，都在背后点点戳戳地议论着这些奇怪的事，加上陈胜平日待人和气，就更加尊敬陈胜了。

有一天，两个军官喝醉了酒。吴广故意跑去激怒军官，对他们说，反正误了期，还是让大家散伙回去吧。军官果然大怒，拿起军棍责打吴广，还拔出宝剑来威吓他。吴广夺过剑来顺手斫倒了一个军官。陈胜也赶上去，把另一个军官杀了。

陈胜把兵士们召集起来说："男子汉大丈夫不能白白去送死，死也要死得有个名堂。王侯将相，难道是命里注定的吗！"

大伙儿一齐高喊："对呀，我们听您的！"

陈胜叫弟兄们搭个台，做了一面大旗。旗上写了一个斗大的"楚"字。大伙儿对天起誓，同心协力，推翻秦朝。他们公推陈胜、吴广为首领。九百条好汉一下子就把大泽乡占领了。临近的农民听到这个消息，都拿出粮食来慰劳他们，青年们纷纷拿着锄头、铁耙到营里来投军。人多了，没有刀枪和旗子，他们就砍了许多木棒做刀枪，削了竹子做旗杆。就这样，陈胜、吴广建立了历史上第一支农民起义军。历史上把这件事称做“揭竿而起”（揭，音 jiē，就是举起的意思）。

起义军打下了陈县（今河南淮阳）。陈胜召集陈县父老商量。大家说：“将军替天下百姓报仇，征伐暴虐的秦国。这样大的功劳，应该称王。”

陈胜就被拥戴称了王，国号叫做“张楚”。

充满杀机的鸿门宴

项羽接受了章邯的投降之后，想趁着秦国混乱，赶快打到咸阳去。

大军到了新安（今河南新安）后，投降的秦兵纷纷议论说：“咱们的家都在关中，现在打进关去，受灾难的还是我们自己。要是打不进去，楚军把我们带到东边去，我们的一家老小也会被秦朝杀光。怎么办?”

部将听到这些议论，便向项羽报告。项羽怕管不住秦国的降兵，就起了杀心，除了章邯和两个降将之外，一夜之间，竟把二十多万秦兵全部活活地埋在大坑里。从那以后，项羽的残暴可就出了名。

项羽的大军到了函谷关，瞧见关上有兵守着，不让进去。守关的将士说：“我们是奉沛公的命令，不论哪一路军队，都不准进关。”

项羽这一气非同小可，命令将士猛攻函谷关。刘邦兵力少，不消多大工夫，项羽就打进了关。大军接着往前走，一直到了新丰、鸿门（今陕西临潼东北），驻扎下来。

刘邦手下有个将官曹无伤，他想投靠项羽，便偷偷地派人到项羽那儿密告，说：“这次沛公进入咸阳，是想在关中做王。”

项羽听了，气得瞪着眼直骂刘邦不讲理。

项羽的谋士范增对项羽说：“刘邦这次进咸阳，不贪图财货和美女，他的野心可不小哩。现在不消灭他，将来后患无穷。”

项羽下决心要把刘邦的兵力消灭。那时候，项羽的兵马四十万，驻扎在鸿门；刘邦的兵马只有十万，驻扎在灞上。双方相隔只有四十里地，兵力悬殊，刘邦的处境十分危险。

项羽的叔父项伯是张良的老朋友，张良曾经救过他的命。项伯怕仗一打起来，张良会陪着刘邦遭难，就连夜骑着快马到灞上去找张良，劝张良逃走。

张良不愿离开刘邦，却把项伯带来的消息告诉了刘邦。刘邦请张良陪同，会见项伯，再三辩白自己没有反对项羽的意思，请项伯帮忙在项羽面前说句好话。

项伯答应了，并且叮嘱刘邦亲自到项羽那边去赔礼。

第二天清早，刘邦带着张良、樊哙和一百多个随从，到了鸿门拜见项羽。刘邦说："我跟将军同心协力攻打秦国，将军在河北，我在河南。我自己也没有想到能够先进了关。今天在这儿和将军相见，真是件令人高兴的事。哪知道有人在您面前挑拨，叫您生了气，这实在太不幸了。"

项羽见刘邦低声下气地和他说话，满肚子气都消了。他老老实实地说："这都是你的部下曹无伤来说的。要不然，我也不会这样。"

当天，项羽就留刘邦在军营喝酒，还请范增、项伯、张良作陪。

酒席上，范增一再向项羽使眼色，并且举起他身上佩带的玉玦（音 jué，古代一种佩带用的玉器），要项羽下决心，趁机把刘邦杀掉。可是项羽只当没看见。

范增看项羽不忍心下手，就借个因由走出营门，找到项羽的堂兄弟项庄说："咱们大王（指项羽）心肠太软，你进去给他们敬酒，瞧个方便，把刘邦杀了算了。"

项庄进去敬了酒，说："军营里没有什么娱乐，请让我舞剑助助兴吧。"说着，就拔出剑舞起来，舞着舞着，慢慢舞到刘邦面前来了。

项伯看出项庄舞剑的用意是想杀刘邦，就说："咱们两人来对舞吧。"说着，也拔剑起舞。他一面舞剑，一面用身子护住刘邦，使项庄刺不到刘邦。

张良一看形势十分紧张，就向项羽打个招呼，离开酒席，走到营门外找樊哙。樊哙连忙上前问："怎么样了？"

张良说："情况十分危急，现在项庄正在舞剑，看来他们要对沛公下手了。"

樊哙跳了起来说："要死死在一起。"他右手提着剑，左手抱着盾牌，直往军门冲去。卫士们想拦住他。樊哙拿盾牌一顶，就把卫士撞倒在地上。他拉开帐幕，闯了进去，气呼呼地望着项羽，头发像要往上直竖起来，眼睛瞪得大大的，连眼角都要裂开了。

项羽十分吃惊，按着剑问："这是什么人，到这儿干什么？"

张良已经跟了进来，替樊哙回答说："这是替沛公驾车的樊哙。"

项羽说："好一个壮士！"接着，就吩咐侍从的兵士赏他一杯酒，一只猪腿。

樊哙一边喝酒，一边气愤地说："当初，怀王跟将士们约定，谁先进关，谁就封王。现在沛公进了关，可并没有做王。他封了库房，关了宫室，把军队驻在灞上，天天等将军来。像这样劳苦功高，没受到什么赏赐，将军反倒想杀害他。这是在走秦王的老路呀，我倒替将军担心哩。"

项羽听了，没话可以回答，只说："坐吧。"樊哙就挨着张良坐下了。

过了一会儿，刘邦起来上厕所，张良和樊哙也跟了出来。刘邦留下一些礼物，交给张良，要张良向项羽告别，自己带着樊哙从小道跑回灞上了。

刘邦走了好一会儿，张良才进去向项羽说："沛公酒量小，刚才喝醉了酒先回去了。他叫我奉上白璧一双，献给将军；玉斗一对，送给亚父（项羽对范增的尊称）。"

项羽接过白璧，放在坐席上。范增却非常生气，把玉斗摔在地上，拔出剑来，把它砸得粉碎，说："唉！真是没用的小子，没法替他出主意。将来夺取天下的，一定是刘邦，我们等着做俘虏就是了。"

一场剑拔弩张的宴会，总算暂时缓和了下来。

张骞西行三十六国传友情

汉武帝初年的时候，匈奴中有人投降了汉朝。汉武帝从他们的谈话中知道一点西域（今新疆和新疆以西一带）的情况。他们说，有一个月氏（音yuèzhī）国被匈奴打败，向西逃去，定居在西域一带。他们与匈奴有仇，想要报复，就是没有人帮助他们。

汉武帝想，月氏既然在匈奴西边，汉朝如果能与月氏联合起来，切断匈奴与西域各国的联系，这不是等于切断了匈奴的右胳膊吗？

于是，他下了一道诏书，征求能干的人到月氏去联络。当时，谁也不知道月氏国在哪儿，也不知道有多远。要担负这个任务，可得有很大的勇气。

有个年轻的郎中（官名）张骞（音qiān），觉得这是一件有意义的事，首先应征。有他一带头，别的人胆子也大了，有一百名勇士应了征。有个在长安的匈奴族人叫堂邑父，也愿意跟张骞一起去找月氏国。

公元前138年，汉武帝就派张骞带着一百多人出发去找月氏。但是要到月氏，一定要经过匈奴占领的地界。张骞他们小心地走了几天，还是被匈奴兵发现并围住了，全都做了俘虏。

匈奴人没有杀他们，只是把他们分散开来管理，只有堂邑父跟张骞住在一起，一住就是十多年。

日子久了，匈奴对他们管得不那么严了。张骞和堂邑父商量了一下，趁匈奴人不防备，骑上两匹快马逃了。

他们一直向西跑了几十天，吃尽苦头，逃出了匈奴地界，没找到月氏，却闯进了另一个国家叫大宛（今中亚）。

大宛和匈奴是近邻，当地人懂得匈奴话。张骞和堂邑父都能说匈奴话，交谈起来很方便。他们见了大宛王，大宛王早就听说汉朝是个富饶强盛的大国，现在听说汉朝的使者到了，很欢迎他们，并且派人护送他们到康居（约在今巴尔喀什湖和咸海之间），再由康居到了月氏。

月氏被匈奴打败了以后，迁到大夏（今阿富汗北部）附近建立了大月氏国，不想再和匈奴作战。大月氏国王听了张骞的话，不感兴趣，但是因为张骞是汉朝的使者，因此，国王也很有礼貌地接待了他。

张骞和堂邑父在大月氏住了一年多，还到大夏去了一次，看到了许多从未见过的东西。但是他们没能说服大月氏国共同对付匈奴，只好回来。经过匈奴地界时，又被扣押了一段时间，幸好匈奴发生了内乱，才逃出来回到长安。

张骞在外面足足过了13年才回来。汉武帝认为他立了大功，封他做太中大夫。

张骞向汉武帝详细报告了西域各国的情况。他说："我在大夏看见邛山（今四川省，邛音qióng）出产的竹杖和蜀地（今四川成都）出产的细布。当地的人说这些东西是商人从天竺（就是现在的印度）贩来的。"他认为既然天竺可以买到蜀地的东西，离蜀地一定不远。

汉武帝就派张骞为使者，带着礼物从蜀地出发，去结交天竺。张骞把人马分为四队，分头去找天竺。四路人马各走了两千里地，都没有找到。有的被当地的部族打回来了。

往南走的一队人马到了昆明，也被挡住了。汉朝的使者绕过昆明，到了滇越（今云南东部）。滇越国王的前辈原是楚国人，已经有好几代与中原隔绝了。他愿意帮助张骞找道去天竺，可是昆明在中间挡住，没能过去。

张骞回到长安，汉武帝认为他虽然没有找到天竺，但是结交了一个一直没有联系过的滇越，也很满意。

到了卫青、霍去病消灭了匈奴兵主力，匈奴逃往大沙漠北面以后，西域一带许多国家看到匈奴失了势，都不愿意向匈奴进贡纳税。汉武帝趁这个机会再派张骞去西域。公元前 119 年，张骞和他的几个副手拿着汉朝的旌节，带着三百个勇士，每人两匹马，还带着一万多头牛羊和黄金、钱币、绸缎、布帛等礼物去结交西域。

张骞到了乌孙（今新疆境内），乌孙王出来迎接。张骞送了他一份厚礼，建议两国结为亲戚，共同对付匈奴。乌孙王只知道汉朝离乌孙很远，可不知道汉朝的兵力有多强。他想得到汉朝的帮助，又不敢得罪匈奴，因此乌孙君臣对共同对付匈奴这件事商议了几天，还是决定不下来。

张骞怕耽误日子，就打发他的副手们带着礼物，分别去联络大宛、大月氏、于阗（今新疆和田一带，阗音 tián）等。

乌孙王还派了几个翻译帮助他们。

这许多副手去了好些日子还没回来。乌孙王先送张骞回到长安，他派了几十个人与张骞一起到长安参观，还带了几十匹高头大马送给汉朝。

汉武帝见到他们已经很高兴了，又瞧见了乌孙王送的大马，便格外优待乌孙使者。

过了一年，张骞害病死了。张骞派到西域各国去的副手也陆续回到长安。副手们把到过的地方合起一算，总共到过三十六国。

打那以后，汉武帝每年都派使节访问西域各国，汉朝和西域各国建立了友好交往。西域派来的使节和商人也络绎不绝。中国的丝和丝织品，经过西域运到西亚，再转运到欧洲，后来人们把这条路称做“丝绸之路”。

苏武异国他乡不丧国格

匈奴自从被卫青、霍去病打败以后，双方有好几年没打仗。匈奴口头上表示要同汉朝和好，实际上还是随时想进犯中原。

匈奴的单于一次次派使者来求和，可是汉朝的使者到匈奴去回访，有的却被他们扣留了。汉朝也扣留了一些匈奴使者。

公元前100年，汉武帝正想出兵打匈奴，匈奴派使者来求和了，还把汉朝的使者都放回来了。汉武帝为了答复匈奴的善意表示，派中郎将苏武拿着旌节，带着副手张胜和随员常惠，出使匈奴。

苏武到了匈奴，送回扣留的使者，送上礼物。苏武正等单于写个回信让他回去，没想到就在这个时候，出了一件倒霉的事。

苏武没到匈奴之前，有个汉人叫卫律，在出使匈奴后投降了匈奴。单于特别重用他，封他为王。

卫律有一个部下叫做虞常，他对卫律很不满意。他与苏武的副手张胜原来是朋友，就暗地里同张胜商量，想杀了卫律，劫持单于的母亲，逃回中原。

张胜表示同情，没想到虞常的计划没成功，反而被匈奴人逮住了。单于大怒，叫卫律审问虞常，还要查问出同谋的人来。

苏武本来不知道这件事。到了这时候，张胜怕受到牵连，才告诉苏武。

苏武说："事情已经到这个地步，一定会牵连到我。如果让人家审问以后再死，不是更给朝廷丢脸吗?"说罢，拔出刀就要自杀。张胜和随员常惠手疾眼快，夺去他手里的刀，把他劝住了。

虞常受尽种种刑罚，只承认和张胜是朋友，说过话，拼死也不承认与他同谋。

卫律向单于报告。单于大怒，想杀死苏武，被大臣劝阻了，单于又叫卫律去逼迫苏武投降。

苏武一听卫律叫他投降，就说："我是汉朝的使者，如果违背了使命，丧失了气节，活下去还有什么脸见人。"又拔出刀来向脖子抹去。

卫律慌忙把他抱住，苏武的脖子已受了重伤，昏了过去。

卫律赶快叫人抢救，苏武才慢慢苏醒过来。

单于觉得苏武是个有气节的好汉，十分钦佩他。等苏武伤痊愈了，单于又想逼苏武投降。

单于派卫律审问虞常，让苏武在旁边听着。卫律先把虞常定了死罪，杀了；接着，又举剑威胁张胜，张胜贪生怕死，投降了。

卫律对苏武说："你的副手有罪，你也得连坐。"

苏武说："我既没有和他同谋，又不是他的亲属，为什么要连坐？"

卫律又举起剑威胁苏武，苏武不动声色。卫律没法，只好把举起的剑放下，劝苏武说："我也是不得已才投降匈奴的，单于待我好，封我为王，给我几万名的部下和满山的牛羊，享尽富贵荣华。先生如果能够投降匈奴，明天也和我一样，何必白白送掉性命呢？"

苏武怒气冲冲地站起来，说："卫律！你是汉人的儿子，做了汉朝的臣下。你忘恩负义，背叛了父母，背叛了朝廷，厚颜无耻地做了汉奸，还有什么脸来和我说话。我决不会投降，怎么逼我也没有用。"

卫律碰了一鼻子灰回去，向单于报告。单于把苏武关在地窖里，不给他吃的、喝的，想用长期折磨的办法，逼他屈服。

这时候正是入冬天气，外面下着鹅毛大雪。苏武忍饥挨饿，渴了，就捧一把雪止渴；饿了，就扯一些皮带、羊皮片啃着充饥。过了几天，他居然没有饿死。

单于见折磨他没用，就把他送到北海（今贝加尔湖）边去放羊，同他的部下常惠分隔开，不许他们通消息，还对苏武说："等公羊生了小羊，才放你回去。"公羊怎么会生小羊呢，这不过是说要长期监禁他罢了。

苏武到了北海，旁边什么人都没有，唯一和他做伴的是那根代表朝廷的旌节。匈奴不给口粮，他就掘野鼠洞里的草根充饥。日子一久，旌节上的穗子全掉了。

一直到了公元前85年，匈奴的单于死了，匈奴发生内乱，分成了三个国家。新单于没有力量再和汉朝打仗，又打发使者来求和。那时候，汉武帝已死去，他的儿子汉昭帝即位。汉昭帝派使者到匈奴那里，要单于放回苏武，匈奴谎说苏武已经死了。使者信以为真，就没有再提。

汉使者第二次又到匈奴那里，苏武的随从常惠还在匈奴。他买通匈奴人，私下和汉使者见面，把苏武在北海牧羊的情况告诉了使者。使者见了单于，严厉责备他说："匈奴既然存心同汉朝和好，不应该欺骗汉朝。我们皇上在御花园射下一只大雁，雁脚上拴着一条绸子，上面写着苏武还活着，你怎么说他死了呢？"

单于听了，吓了一大跳。他还以为真的是苏武的忠义感动了飞鸟，连大雁也替他送消息呢。他向使者道歉说："苏武确实是活着，我们把他放回去就是了。”

苏武出使的时候，才40岁。在匈奴受了19年的折磨，胡须、头发全白了。回到长安的那天，长安的人民都出来迎接他。他们瞧见白胡须、白头发的苏武手里拿着光杆子的旌节，没有一个不受感动的，说他真是个有气节的大丈夫。

令匈奴丧胆的飞将军李广

公元前129年，匈奴派兵进犯上谷（今河北怀来东南）。汉武帝派卫青、公孙敖、公孙贺、李广四名将军带领人马分头出击。

在四名将军中，要数李广年纪最大，资格最老。李广在汉文帝时就做了将军；汉景帝时，他和周亚夫一起平定了七国之乱，立过大功；后来，汉景帝又派他去做上郡（今陕西榆林东南）太守。

有一次，匈奴进了上郡，李广带着一百名骑兵去追赶三个匈奴射手，追了几十里地才追上。他射死了其中的两个，把第三个活捉了，正准备回营，远远望见有几千名匈奴骑兵赶了上来。

李广手下的兵士突然碰到那么多匈奴兵，不由得都慌了。李广对他们说：“我们离大营还有几十里地。如果现在往回跑，匈奴兵追上来，我们就完了。不如干脆停下来，匈奴兵以为咱们是来引诱他们的，一定不敢来攻击我们。”

接着，李广下令前进，在离开匈奴阵地仅仅两里的地方停了下来，命令兵士一齐下马，把马鞍全卸下来，就地休息。

兵士们都急了，说：“匈奴兵马这么多，又这么近，要是他们打过来，怎么办?”

李广说：“我们这样做，表示不走，使敌人相信我们是诱骗他们的。”

匈奴的将领看到李广这样布置，真的有点害怕。他们远远地观察汉军动静，不敢上来。

这时候，匈奴阵地上有一个骑白马的将军，走出来巡视队伍。李广突然带着十几名骑兵翻身上马，飞驰过去，一箭把他射死，然后再回到自己队伍，下马躺在地上休息。

匈奴兵越看越怀疑。这时天黑下来了，他们认定汉军一定有埋伏，怕汉军半夜袭击他们，就连夜全部逃回。到了天亮，李广一瞧，山上已没有匈奴兵，他才带着一百多名骑兵安然回到大营。

这一次，汉武帝派了四路人马去抵抗匈奴。匈奴的军臣单于探明了汉兵的情况，知道四名将军中最难对付的是李广，就把大部分兵力集中在雁门，沿路布置好埋伏，命令部下活捉李广。匈奴兵多势盛，经过激烈的战斗，李广的人马被打散，李广自己也受了伤，被匈奴兵俘虏。

匈奴兵看李广受了重伤，就把他放在用绳子编织的吊床里，用两匹马驮着，送到单于的大营去。

李广躺在那张吊床上动也不动，真的像死了似的。大约走了十几里地，他偷偷地瞅准旁边一个匈奴兵骑的一匹好马，使劲一挣扎，猛地跳上马，夺了弓箭，把那匈奴兵推下马去，调过马头拼命往南飞奔。

匈奴派了几百名骑兵追赶。李广一面使劲夹住马肚子，催马快跑，一面回转身来，拈弓搭箭，一连射死了几个追在前面的匈奴兵。匈奴兵眼看赶不上李广，只好瞪着白眼让他跑了。

李广虽然脱了险。但是因为他损兵折将，被判了死罪。汉朝有一条规定，罪人可以拿钱赎罪。李广缴了一笔钱，总算赎了罪，回家做了平民。

过了不久，匈奴又在边境骚扰，汉武帝重新起用李广，担任右北平（郡名，今辽宁凌源西南）太守。

多少年来，李广一直在北方防守。因为李广行动快，箭法精，忽来忽去，叫人摸不准他的路子，所以匈奴人给他起了一个外号叫“飞将军”。李广做了右北平太守，匈奴人害怕飞将军，不敢进犯。

右北平一带没有匈奴兵进犯，可是常有老虎出来伤害人。李广只要听说哪儿有老虎，总是亲自去射杀。老虎碰见他，没有不被射死的。

据说有一次，李广回来晚了，夜色朦胧，他和随从一面走，一面提防着老虎，忽然瞧见前面山脚下草丛里蹲着一只斑斓猛虎。他连忙拿起弓箭，使尽全力射了过去。凭他百发百中的箭法，自然射中了。

手下的兵士见他射中老虎，拿着刀枪跑上去捉虎。他们走近一瞧，全愣了，原来中箭的不是老虎，竟是一块大石头，而且这支箭陷得很深，几个人想拔也拔不出来。大伙儿真是又惊奇，又佩服。

李广过去一看，自己也纳闷起来，石头怎么能射得进去呢？他回到原来的地方，对准那块石头又射了几箭，箭碰到石头，只迸出火星儿，却再也射不进去了。但就是凭这一箭，人们都传说飞将军李广的箭能射穿石头。

李广的一生，大都投入了抗击匈奴的事业。他身经大小七十几次战斗，由于他英勇善战，成为匈奴贵族心目中可怕的劲敌。

闻鸡起舞为报国

当匈奴贵族横行北方、西晋王朝面临崩溃的时候，晋朝一些有志气的将领还坚持在北方战斗。刘琨就是其中的杰出代表。

刘琨年轻的时候，有一个要好的朋友叫祖逖。在西晋初期，他们一起在司州（今洛阳东北）做主簿，晚上，两人睡在一张床上，谈论起国家大事来，常常谈到深更半夜。

一天夜里，他们睡得正香的时候，一阵鸡叫的声音把祖逖惊醒了。祖逖往窗外一看，天边挂着残月，东方还没有发白。

祖逖不想睡了，他用脚踢踢刘琨。刘琨醒来揉揉眼睛，问是怎么回事。祖逖说：“你听听，这可不是坏声音呀。它在催我们起床了。”

两个人高高兴兴地起来，拿下壁上挂的剑，走出屋子，在熹微的晨光下舞起剑来。

就这样，他们一起天天苦练武艺，研究兵法，终于都成为有名的将军。

公元308年，晋怀帝任命刘琨做并州刺史。那时候，并州被匈奴兵抢夺杀掠，百姓到处逃亡。刘琨招募了一千多个兵士，冒着千难万险，转战到了并州的晋阳（今山西太原市西南）。

晋阳城里，房屋被焚毁，满地长着荆棘，一片荒凉。偶然见到一些留下来的百姓，已经饿得不像样了。

刘琨看到这种情况，心里很难过。他命令兵士砍掉荆棘，掩埋尸体，重新把房屋城都修复好。他亲自率领兵士守城，防备匈奴兵的袭击。他还采取计策，让匈奴的各部落互相猜疑。后来，有一万多个匈奴人投降了刘琨，连汉主刘渊也害怕了，不敢侵犯。

刘琨把流亡的百姓都召回来耕种荒地。不到一年时间，到处可以听到鸡鸣狗叫的声音，晋阳城渐渐恢复了繁荣的景象。

刘聪攻破洛阳之后，西晋在北方的兵力大多被打散了，只有刘琨还在并州一带坚持战斗。晋愍帝在长安即位后，派人封刘琨为大将军，要他统率并州的军事。

那时候，汉国大将石勒，占据了襄国（在今河北邢台西南），集结了几十万大军，想夺取并州。刘琨南面有刘聪，北面有石勒，前后受敌，处境困难到了极点。可是刘琨没有害怕，没有退缩。他在给晋愍帝的一份奏章里说：“臣与刘聪、石勒势不两立。如果不讨平他们，臣决不回朝。”

据说，刘琨在晋阳的时候，有一次，晋阳被匈奴的骑兵层层包围。晋阳城里兵力太少，没有力量打退敌人，大家都感到惊慌，刘琨却仍然泰然自若。到了傍晚，他登上城楼，在月光下放声长啸，声调悲壮。匈奴的骑兵听了，都随着啸声叹息。半夜里，刘琨又叫人用胡笳（一种乐器）吹起匈奴人的曲调，勾起了匈奴骑兵对家乡的怀念，伤感得流下眼泪。天快亮的时候，城头的笳声又响了起来，匈奴兵竟自动跑散了。

后来，刘琨联络鲜卑族首领一起进攻刘聪，没有成功。接着，石勒进攻乐平（今山西昔阳西南），刘琨派兵去救，被石勒预先埋伏好的精兵打得几乎全军覆没。正在这个时候，又传来了长安被刘聪攻陷的消息。到了这地步，尽管刘琨顽强奋战，也难以保住并州，只好率领残兵投奔幽州去了。

第二编　惊险传奇故事

开卷提示

多姿多彩的世界衍生出一个个精彩的传奇故事，它们蕴含着慰藉心灵的感动，故事中的每条真理都辉映着一个斑斓的世界，它们不仅给青少年的生活增添了丰富的色彩，还让他们从中学到更多人生的道理，开启他们善良、诚实、美好的人生之旅。

醉翁牵虎记

虎是百兽之王。在人们心目中，虎是危险而又威严的动物。“谈虎色变”、“虎视眈眈”、“望虎生畏”……这些道尽了虎的威风。人们怕虎，也恨虎，因为老虎会吃人。“东山老虎要吃人，西山老虎也吃人。”“没有不吃人的老虎。”这些是人们口中常说的话。因为怕虎、恨虎，于是，便出现了许多打虎英雄，赞誉他们为民除害……就这样，老虎也越来越少了。

在自然界中，老虎也确实吃过人，伤过人。但在正常情况下，老虎是不轻易伤人的。

这里说的，是一件千真万确的事。它倒能说明，人和老虎可以互不侵犯，和平共处。

在我国大兴安岭的密林里，生活着一种体态雄健高大的东北虎。它的花纹和长毛油光闪亮，十分美丽；它的步伐是那样的轻巧优美；它的情态是那样的充满生机，它确实是威风凛凛，令人望而生畏。可惜，这珍贵的东北虎在全世界只剩下几十只了，真有濒临灭绝的危险。

在大兴安岭，要想看一眼野生的东北虎的风采，可不是件容易事。而张福财老汉却把这庞然大物，用长腰带拴着，牵到了家里。

这是四十多年前的事了。张福财老汉和老伴在大兴安岭一个山凹里种了十几亩薄地，养着一头黄母牛，日子过得很不错。

张老汉住的地方，前不着村，后不着店，除了后山打猎的王猎户，没个邻居。张老汉别无嗜好，就爱贪杯中之物。他跟王猎户常你来我往，喝酒谈心，直到烂醉如泥，才放下酒杯。

这一年，张老汉家的黄母牛生了头小牛崽，张老汉精心喂养，指望长得壮实些，能赶到牲口市场卖个好价钱。

一天傍晚，张老汉在山坡上放牛，王猎户在山头大声喊道："喂，老伙计，今儿我打了只野鸡，来喝两盅！"

张老汉一听，应了声："来啰！"马上又扯开嗓门喊道："老婆子，等会儿把牛牵回去！"说罢，就上山到王猎户家去了。

两个老酒友，端着大酒杯，就着野鸡肉，边喝边谈，从傍晚喝到天黑，又从天黑喝到月上树梢，直喝得舌头转不过弯来，两人才结结巴巴地说"够了够了"，张老汉这才起身告辞。

张老汉跌跌撞撞，走下山坡。一阵山风吹来，颇有寒意，他把腰间那丈把长的长腰带扎紧，觉得暖和多了，又摇摇摆摆地下山了。

这天正逢月半，明月当空，地上像洒了一层银子似的，到处明晃晃的。张老汉哼着小曲儿，一摇二摆地走到山坳转弯处，忽然看到地上卧着一个大家伙，他一看，不由骂了起来："这死老婆子，做事咋这样没首尾？老牛牵回去了，倒把小牛崽儿丢这儿！"他十分心疼，蹲下身子，在小牛崽身上捋了几下，喃喃地安慰道："宝贝儿，受凉了，跟俺回家吧！"他唠叨了半天，他的小牛崽儿却不听他的话，依然卧在那儿不动弹。张老汉摸摸后脑勺：有了，用长腰带把它牵回去！张老汉解下长腰带，系到他的小牛崽脖子上，又打了个活结，抖了抖带子，劝道："宝贝儿，别犟了，跟俺回家睡觉吧！"这一次，他的小牛崽似乎听懂了他的话，乖乖地爬起来，跟在他后面一步一步地走了。

张老汉哼着歌儿，一步三摇，终于把他的小牛崽牵到家。他推开牛棚的栅栏，将他的小牛崽拴到牛桩上，拍拍他的小牛崽的屁股，便进屋睡觉了。

张老汉钻进被窝，没一刻，便打起了呼噜。就在这时，他的老伴张大娘忽然听到牛棚里传来一阵响动，接着便听到老母牛“哞——哞——”的惊叫声。张大娘不放心，便点起灯到牛棚去看看。

张大娘一手端着灯，一手挡着风，来到牛棚一看，顿时呆住了：我的天哪，一只比小牛崽还高大的老虎，被一根长长的白布带子系着脖子，拴在牛桩上。黄牛母子吓得缩在角落里，又跳又叫，这老虎呢，舔舔舌头，好奇地看着它们。

张大娘在山里住了大半辈子，见过虎，也听过不少关于虎的传说。她猜想，准是自家老头子喝醉酒，把虎误当小牛崽牵回家了。她不慌不忙地放下油灯，然后轻轻地捋一捋老虎那光滑的脊背，又颤抖地去解老虎脖子上的腰带。唉，张老汉喝得成了醉人儿，哪会打什么活结呀。他系在老虎脖子上的腰带，打的是死结，张大娘费了好大的劲儿，才将结解开。这时，老虎等得似乎有点儿不耐烦了，甩着尾巴，有几次还打到张大娘的背上呢。

虎脖子上的结解开了，老虎却并没有走的意思。它一步一步地向黄牛母子走去。张大娘急了，忙摊开双手，上前拦住，又拍拍老虎的脑门说：“虎大王，您老人家从这儿走，从这儿走……”张大娘摸着虎头，将它引向门口。老虎走出牛棚，张大娘又拍拍它的屁股，左一声虎大王，右一声虎大王地说：“您老人家受累了。您慢走，您慢走……”张大娘送贵客似的，将老虎送出大门。老虎呢，依依不舍，一步三回头，终于消失在茫茫月夜里。直到这时，张大娘才想起关门，顶上门闩。当她转过身，用背顶着门时，两腿一软，瘫在了地上。

第二天，张大娘把这一切告诉张老汉，数落着他的不是。张老汉一边系着那根长腰带，一边用手指撣掉腰带上的几根虎毛，不以为然地说：“怕啥哩？咱跟虎大王共着一片天，共着一块地，能不有个你来我往？他到咱家作过客，我还想到虎窝里住几天哩。”

浮冰险渡

1908 年的复活节，春天姗姗来迟，加拿大北海岸还是一片冰雪世界。准备过节的当地名医葛林费尔忽然发现信鸽雷西飞回来了，他心里一阵欣喜，但马上又预感到，他不会在家和孩子们一起欢度佳节了。

他解开白围单，奔向鸽笼。雷西红红的脚上果然绑着一封信，那是一个危重病人的家属写来的。不久前，葛林费尔沿冰岸巡回医疗，给那病人留下鸽子，吩咐一有情况就捎信来。信里果然写着，病人情况很不好，如果葛林费尔不赶去治疗，他将活不过这为时四天的复活节。

方圆几百里内，除了葛林费尔，谁也救不了他。但是，病人在六十多公里之外，这冰天雪地的，怎么以最快的速度赶去救他呢？

葛林费尔稍一思索，就拿起医疗箱，奔出屋子。屋外的四条大狗一见主人出来，立即摇头摆尾地围了上来。

“贝克、汉丝、拉脱、夏里，都跟我来！”葛林费尔一边招呼，一边打开存放杂物的贮藏间，拉出一辆雪车。四条狗一见，立刻顺从地低下头来，让葛林费尔扣上皮套。

葛林费尔给它们吃了些肉，坐上雪车，朝浮冰驶去。从这里穿过去，可以提早两小时到达，两小时，对于垂危病人来说，是多么重要啊！四条狗颈上的皮带都拉得紧紧的，说明都很卖力。雪车底擦着晶莹的冰面，发出欢快的咔咔声。葛林费尔心里很高兴，照这个速度，很快就能到达病人家。

浮冰是从极地附近的洋面漂流过来的，面积很大，充塞着整个海湾，只要不吹温暖的南风，它们就能像临时浮桥一样给周围的居民带来方便。

但是就在这时，一阵紧一阵的南风吹了起来，不多久，到处传来清脆得令人胆战心惊的冰层断裂声。葛林费尔大声吆喝，希望能赶在浮冰完全断裂前冲上对岸。四条狗也似乎觉察到危险，尽管浑身冒汗，还是奋力拖拉着雪车向前急驶。

海岸已能看见了，胜利在望，但是，一连串“咔嚓咔嚓”的断裂声响过，葛林费尔觉得雪车摇晃起来，接着，又是一声巨响，身下的浮冰竟断裂开，雪车轰隆一声，连人带狗一齐掉进冰冷的海水里。

幸亏葛林费尔早有准备，他拔刀割断皮带，免得雪车把他们拉入海底。

四条狗浮了出来，和他一起游向一块有两张乒乓球桌大小的浮块。但是，浮冰边缘很滑，冻僵的手使不上劲，一次次努力都失败了。葛林费尔的另一只手还紧紧抓住医疗箱的皮带，如果松开，用两只手使劲，有可能爬上浮冰，但医疗箱是要用来救人的，怎么能丢弃它呢？这时，四条狗像商量好了似的，游到葛林费尔周围，咬住他的外衣，将他往浮冰上顶。葛林费尔一阵惊喜，趁身子被抬高的一刹那，用力一撑，胳膊肘支上了浮冰，再将医疗箱甩上去，另一只手也腾出来了。四条狗继续将他往上顶，他的另一只胳膊肘也支了上去，一眨眼，他的整个身子都翻上了浮冰。

葛林费尔很高兴，也很感激那四条狗，他顾不得揩抹身子，马上伸出胳膊，把四条狗都拉了上来。

四条狗都抖动身子，甩掉水珠，又一齐汪汪大叫，像是在庆祝脱险，又像是在向可恶的大自然抗议。

这时，葛林费尔却感到越来越冷，起初是四肢发抖，接着，全身都颤抖不止。他意识到，如果不能使衣服迅速烘干，他将活活冻死在浮冰上。浮冰这时也在向外海漂流，如果不及时制止，他最终仍会被大海吞没。

四条狗依偎着他，但一点也不能减弱寒冷的侵袭。他想，为了使那个危重病人获救，为了今后能为千万病人服务，自己必须活下去，现在，他要立即做出选择。

他想到了杀狗。这是极地居民被暴风雪围困时常会做出的举动。但是，这四条狗刚救了他的命，将他从冰海里顶上来，他怎么下得了手呢？他考虑了好一会儿，觉得越来越冷，终于下定了决心。这时，他的左手正搭在夏里的脖子上，他将它抓住，刀子在下一插，刀尖直中心脏，鲜血涌了出来。那三条狗还没反应过来，葛林费尔又抓住拉脱的脖子，手起刀落，把它杀死了。

这时，贝克和汉丝惊恐地瞪圆双眼，死死盯住主人，弄不懂他怎么会干出这种事来。

两条大狗的脂肪，足能点起一堆火来。但是，葛林费尔知道，杀狗的行为将酿成狗的反叛，如果不将它们也杀掉，说不定眨眼之间，自己的喉咙会被狗牙咬穿。

他看了一眼汉丝。它和贝克是最要好的一对，这时，它正朝葛林费尔龇牙咧嘴。贝克也蹲下身子，警觉地望着他，嘴里发出愤怒的呜呜声。

葛林费尔并不胆怯，他站起来，把刀藏在身后，一步步走向汉丝。他知道，贝克跟随自己的时间长，可能一时不会攻击他，但汉丝这条母狗的自卫意识是很强的。

果然，还没等他走近，汉丝已经朝他狂叫着扑了过来。他向旁边一闪，伸手夹住狗头，对准它胸脯上的心脏部位，迅速插上一刀。

这时，蹲着的贝克也跳了起来，但它没有扑向葛林费尔，只是不停地在他周围纵跳，咽喉里发出既悲哀又愤慨的呜呜声。

葛林费尔的眼泪流了下来，他知道贝克仍是一条忠心的狗，它的动作只是表示对失去的母狗的哀悼和对主人的无可奈何。

但是，要绝对相信它，还得试一试。

葛林费尔握着刀，又朝贝克走去。

贝克是最强壮的狗，如果它使起性子来，再有经验的人也对付不了它。

但是，贝克永远只会做人类的朋友。它摇摇头，纵身跳下冰冷的海水，向另一块浮冰游去。它似乎以逃走来向主人提出抗议。

望着贝克在不断试着爬上二十米外的一块浮冰，葛林费尔的眼泪接连不断地流了下来，终于，贝克爬了上去，站在那儿遥遥望着自己的主人。

葛林费尔低下头，把那三张狗皮剥下来，又脱下自己的湿衣裳，将还有点温热的狗皮裹在身上。接着，他又打开医疗箱。火柴全潮了，但备用的火石还是燃着了酒精，由三条狗的脂肪组成的火堆终于点了起来。

葛林费尔的身子渐渐暖和起来，他真希望贝克也和他一起烤着这小小的火堆，当然，贝克是不愿以同伴的牺牲来取得温暖的。

葛林费尔吃了几块半生不熟的狗肉，又拿出几块，尽力扔到贝克的那块浮冰上。虽然距离较远，但有一块居然扔上去了。贝克看看那块狗肉，掉过头，走开了。

葛林费尔用一条狗的骨骼当桨，努力制止浮冰向外海漂流。那特殊的桨居然还有点用。天黑之前，他所在的那块浮冰被划进主航道，不久，他就看见远处驶来一艘海轮。

这时，他大声呼喊起来。贝克也在它那块浮冰上汪汪大叫。

海轮驶近，放下舢板，把葛林费尔救了上去。当和蔼的船长问他，还有什么需要他帮忙时，葛林费尔连声说："快，快，快驶向海岸！我要去救人！"海轮全速驶向海岸。一靠边，葛林费尔身背药箱，头也不回地跳了上去，直奔病人家。

在他的全力抢救下，病人终于转危为安。

葛林费尔笑了，他疲惫到了极点，打开门准备吸点新鲜空气，一抬头，发现贝克呆呆地蹲在他的面前。

他埋怨自己，船长问他还有什么要帮忙时，他竟没有想到还留在浮冰上的贝克！这条忠实的狗，它是怎么游上岸的呢？

葛林费尔一激动，猛地搂住了贝克，而贝克呢，它一面悲哀地呜咽着，一面伸出舌头舔掉主人流下的泪水。

探察吃人部落的秘密

1948年，南斯拉夫探险家帖波尔·西克尔得知巴西边界的丛林里住着六个未知的民族，其中有一个部族是吃人的。

西克尔对这个消息很感兴趣，因为当时人类学里还没有人考证过这一点。西克尔决定冒险去探察传说中的吃人部落。小探险队除了西克尔之外，还有一位阿根廷医生、一位阿根廷植物学家和西克尔的女友玛利。他们乘独木舟在玻利维亚布兰科河上航行了一个月，越过了玻利维亚和巴西交界的瓜波累以后，便进入了巴西境内的布兰科河。

这段路程是很艰苦的，因为他们是逆风而行。河流是森林的血管，在河流的两岸生命是最活跃的。丛林在河的两岸生长得格外繁茂，随时都能发现罕见的花木。所有的动物都到河边来饮水。有一次，在河流的拐弯处，小船和突然出现的一头美洲豹相隔还不到十米远，把船上的人吓了一大跳。玛利尖叫一声，医生慌忙举起了枪。西克尔制止了医生，没让他开火，因为他看得出，这头美洲豹不会扑到水里来攻击人的。此刻，它只是好奇地看着船上的人。

这倒使探险队员们得到了一个近距离观赏它的好机会。这可是观赏动物园铁笼之内的美洲豹所不能比拟的啊。

接着呈现在队员们面前的奇观是飘浮在河湾水面的一大片"维克多利亚·利吉亚花"——也许这是世界上最大的花，跟卷心菜一样大，有红的也有白的，花间飘浮着两米直径的大叶子，比大圆桌面还大不少呢！队员们很庆幸当天的好眼福，但等待着他们的那个夜晚却十分凶险。

夜幕降临了，因为岸边的丛林复杂难测，探险队便决定在船上过夜。他们把船固定在一棵倒向河面的大树下，然后站在船上，把吊床吊在树枝上，再把一块防雨布覆盖在吊床之上。半夜时分，天下起了雨。由于有防雨布，他们仍然高枕无忧。他们听到吊床下的水里有短鼻鳄鱼在嚎叫，但这也没什么，因为吊床和河面之间的距离足以保证他们的安全。

当西克尔第二次醒来时，却觉得不大对劲了——鳄鱼的低嚎仿佛就在枕边！他打开手电一照，立刻惊得魂飞魄散——吊床和水面只相距40厘米了！原来雨布上积了太多的雨水，把树枝压了下来。西克尔正准备唤醒队员们，却见一条短鼻鳄已经向他扑过来了。他赶忙拿起木刀狠狠地迎头击去。这一击击空了，由于用力过猛，西克尔摔出了吊床，几乎落到水里，幸亏另一只手攀住了吊床。要是这时鳄鱼来进攻，就一点也没办法了。但这时鳄鱼受了惊，一摇尾巴逃跑了。啊，真谢天谢地。

几天之后，探险队来到了一个丛林部落，当然，这不是个吃人部落，只是一个常见的土著部落。在这里，西克尔他们得知那个吃人部落名叫图帕利族，离当地不很远。西克尔花了很多"钱"，才雇到了三个向导。要知道，土著是不用钱的，付给他们的是梳子、镜子、毛巾、盐等一些日用品。

当这一行人走近图帕利族驻地时，三个向导就把行李扔在地上，再也不肯前进了，他们说："如果你们真不怕被吃掉，就向前走好了。我们是不愿被他们吃掉的。"说完，就往回奔跑。

探险队继续前进，不久就远远看见了一些茅草结顶的村舍。

四个人悄悄走过去，钻进了围绕着村舍的灌木丛中。

村舍前有一片场地，那儿正聚集着二十多个人，其中有妇女和儿童。西克尔他们提心吊胆地看着那些人，认识到这是一生之中千载难逢的机会。

西克尔读过很多探险记，研究了其中一些人被杀死的原因——往往是因为探险者自己的过错：他们在对方面前表现自己有威力，往往就此惊吓和激怒了土著。土著是因为怕被杀才杀人的。

西克尔向队员们打了个手势，按照预先商定的办法，他首先跳出了灌木丛，站在那些受惊的土著前面，把来复枪和左轮枪扔在地上，又脱光了上身的衣服，用土著的语言喊道："我们是朋友。"

受惊的主人有的捡起长矛，有的拿起弓箭对准了西克尔的胸膛。西克尔努力保持若无其事的笑容（这实在是很不容易），轻松地走近一些，从裤子口袋里掏出准备好的小礼物，放在站在最前面的一个土著人手中。当这个土著人接住一条好看的手巾时，西克尔的三个伙伴一齐跳出了灌木丛，重复着西克尔的动作。当然玛利并没有脱衣服。土著人又紧张了一下，但很快就平静下来，一个个把武器放在地上。

西克尔拍拍一个年轻汉子的肩，笑着说："我们是朋友，都是朋友！"

年轻汉子说了一句听不懂的土话，那些土著人都轻松地笑起来。这一笑很重要，戒备和恐惧又减少了许多。玛利和一个妇女打着很优美的手势，很亲切地交谈起来。

这时，从村舍里走出一群半裸的男人，拥着一位高大结实的中年人。

从这中年汉子的虎皮帽饰看，他是这个部落的酋长。

西克尔很快活地迎上去，把一把木刀送给酋长作为礼物。酋长把木刀接了，转交给他的助手，平静地说："托阿普。"西克尔也说了一声"托阿普"。他猜想这是一句客气话。但是西克尔猜错了。酋长拉住了西克尔的右手，引着他向森林里走去，其他的人没有跟上去。西克尔心里很不安，但还是装作高兴的样子，听从酋长的安排。

两人走到一条小河旁，酋长又说："托阿普！"他放开手，脱得一丝不挂，跳到了水里。西克尔这才知道，"托阿普"就是洗澡的意思，而且猜想这是他们的一种待客仪式。也许他们想看到裸露的、毫无掩藏的客人才能放心。西克尔连忙也脱衣下水，好在他这时正汗流浃背，需要洗澡。

西克尔猜得不错，这正是他们接待客人的一种古老习惯。

当西克尔回到村落时，那儿的气氛已变得很轻松了。探险队员们已被主人们邀请进村里。

村子里的另一个要人——一个大男巫又向西克尔发出了"托阿普"的邀请。

酋长说了一句什么，大概是说已洗过了，但大男巫还是坚持要去。西克尔只得遵命。

就这样，西克尔他们成了正式的客人，住在一间用整木搭成的屋子里。

十二个武装的卫士站在门口保护（不如说监视）四个客人。

探险队的四个人轮流守夜，确保有一个人醒着，以防不测。一踏进这个村落，他们就细心观察，等着看土著吃人的苗头。

几天过去了，西克尔他们和主人越混越熟，站在门口的卫士逐渐减少，队员们松了一口气，夜里也不再轮流值夜，可以安心睡觉了。

西克尔和塔吉里里成了好朋友，这个老人是这个部落的首领之一。他们很快就能交谈了。

"我没有怨意，只是想了解你们的习惯，告诉我，塔吉里里，你们真有吃人肉的习惯吗？"西克尔终于等到了询问这个问题的时机。

老人很严肃地说：“噢，这个，怎么说呢？是这样，我们曾经吃过人……”老人告诉西克尔他们吃人的故事。

他们吃过被他们杀死的敌人，也吃过他们自己族里被人仇杀的人——病死的人是不吃的。他们并不是肚子饿了才吃人，而是为了“心灵”上的需要。

他们相信吃了人肉的同时也吃了人的灵魂。吃别人的好灵魂是为了增强自己的灵魂。

要是有了适宜的被杀死了的人，他们就举行全村大会，在院子里点起熊熊大火，在火堆旁跳裸体舞。这时，尸体就被缚在一根棒上放在火里烤。烤熟后切成块，分给每一个人一块肉。当然，酋长和男巫得到的是最好的肉。

他们认为一个人的精华在于手和脚，因为无论做什么，没有手和脚是不行的。

或许因为有这狂欢的仪式，他们很喜欢有吃人肉的机会。那些仇杀就很微妙地多了起来，头人有时就很轻率地发动和外族的战斗。由于杀人过多，图帕利族很快从1925年的两千多人减少到五年前的一百八十人。百分之九十以上是被敌人杀死后拖回来被自己人吃掉的。

阿贝托（就是现在的酋长）于是召集全族人，说了许多道理。他说要是还保持吃人的习惯，他们这个族就会有灭绝的危险。

就这样，终止吃人的决定立即通过。

这还是五年前的事。

西克尔很庆幸自己来晚了五年。图帕尔族吃人的原因并不是他研究出来的那些原因。如果在五年之前，尽管西克尔丢掉武器、脱掉衣裳、面带笑容，也还是不能逃脱被吃掉的厄运。

当西克尔向队员们转说塔吉里里的话时，大家都毛骨悚然，后怕得不得了。

冰瀑上的风险

山姆和比尔是两个喜欢冒险的好朋友，他们听说攀登冰瀑风险很大，劲头马上就来了。他们买了一些攀登冰瀑的必需品，就向世界上最难攀登的布里达尔维尔大冰瀑进发了。

布里达尔维尔大冰瀑在夏季是个大瀑布，一到冬季，严寒加上朔风劲吹，瀑布表面先结上薄薄一层冰，以后冰层越结越厚，就形成了像自天而降的冰的瀑布。要想攀登上去，有几个难题：这里的冰层易断裂，冰块和岩石会不时崩落；冰瀑高大，人长时间在上面攀登，容易冻僵，万一失去控制，就会像根大冰棍一样从高处摔下来……

山姆和比尔在距离不远的地方开始往上爬。他们各自穿着带有十二根钢刺的金属登山鞋，手握螺旋钢钎和带锯齿的弯形破冰斧，雄心勃勃地要争个高低。

比尔攀登的那一面冰瀑上有不少冰洞，就像天然的阶梯一样，脚很容易伸进去，用破冰斧向上面的冰洞一勾，人很快就攀上去了。但山姆那面却是很厚的冰层，每前进一步都必须用螺旋钢钎打进冰层，攀登十分艰难。山风吹起的冰屑，扑打在山姆的脸上，火辣辣的疼，他忍受着，一个劲儿地向高处攀登。当然，他也不断东张西望，寻找比较容易向上的道路。当他爬到冰瀑中部，正想好好歇一歇时，突然听到上面“咔嚓”一声，接着哗啦乱响。他抬头一望，只见比尔头戴帽盔摔落下来，背包从他身上飞出，雨点一样密集的冰块随着他一起翻滚着，从冰瀑上面倾泻下来。他跌在一块倾斜的冰面上，像坐滑梯那样飞快地滑出去，一下子垂直下落一百多英尺，从山姆的视野里消失了。

山姆急得喊起来：“比尔，坚持一下，我马上爬下去叫救护车！”冰瀑下没人回答。

山姆开始向下爬。老实说，从冰瀑上面爬下来并不比爬上去容易，而是更危险，因为无法看清脚下的情况，只能靠脚的触觉一步步退下万丈深渊。

如果盲目往下看，不少人会产生高空眩晕症，一下子失去平衡，跌下去。

正在这时，比尔在下面高声叫嚷起来：“山姆，你别爬下来，太危险了！我没事，只是脸上划破了几道口子……”山姆停住脚步，鼓足勇气向下望去。

比尔已经站立起来了，人影小得像是雪地里的一只小兔子。山姆问：“出血多不多?”比尔说：“幸亏那张冰滑梯，把我送到这个大雪堆里才没摔死。我脸上没伤着大血管，你往上爬吧。我休息一下，争取赶上你。”山姆放心了，把身体重心从一条腿移向另一条腿，让小腿肌肉轮换着得到休息。他镇静地打量了一下上方。比尔是从自己头上方跌落下来的，冰块崩落后，这一带的冰瀑随时有整个断裂的可能，那时就不一定会有一张“白色沙发”让人侥幸脱险了，但是，除了救援别人外，后退对于攀登者来说是耻辱。

山姆侧耳倾听，发现上方的冰瀑确实很薄，冰瀑下的水流太急、太大，连严寒都不能束缚住它们，而水却在下面把冰层消融一点，再消融一点，比尔不知底细，就出了刚才的麻烦。他向左边移动，不久，发现上方有一个20英尺高的半透明冰窗。冰窗里，流水奔腾，发出震耳欲聋的吼声，雾气、水沫从冰窗上部一段开口处飞溅出来，淋在他的手臂上，立刻闪闪发亮，淋在破冰斧上，斧头立刻变成不透明的冰柱。从这里上去，极可能被飞出来的水沫冻成一个冰人，但山姆突然觉得这是一个更好的冒险机会，他准备接受这个挑战！他举起破冰斧，找到一个位置，轻轻一敲，破冰斧就戳进只有半英寸厚的冰窗。只见里面流水正不停地冲击着长满青苔的岩石，山姆甚至闻到了青苔发出的那种淡淡的甜味。他拉了拉冰窗，觉得冰窗还算坚硬、牢靠，就开始继续往上爬。

冰窗很薄，一定很脆。山姆调动全身的感觉器官，捕捉自己的一举一动在冰窗上的反应。说实话，登山鞋上的钢刺每戳一次，整个冰窗都要颤抖一次，发出像要破碎的嚓嚓声。但山姆不慌不忙地慢慢向上移动，像蜗牛那样贴着冰窗向上爬着。

这时，脚下传来比尔的叫声：“山姆，你那儿太危险，变换方向吧！”山姆没有回答。他不能分心，必须集中精力严密注意冰窗的动静，只要继续向上攀登，就是最好的回答。他又一次举起破冰斧，向上一击，戳进半英寸厚的冰窗，然后缓慢抬起右脚，让鞋前部的钢刺戳进冰窗，感觉一下冰窗摇晃的程度，再把身体重心向上移动，终于，他一步又一步地攀到了冰窗上方的冰洞里。

他休息了一会儿，仔细观察，发现前面又是一个半透明的冰窗。这时，比尔又在喊：“山姆，人家爬冰瀑，你是爬冰窗。向右方移动50英尺，那上面的冰要厚实一点！”“不，我就是要沿这条路爬上去，我要创造攀登最薄的冰瀑的世界纪录！”山姆半认真半开玩笑地谢绝了比尔的好意。他又像不怕寒冷的壁虎那样顺着冰窗爬上去。不过，爬到一半，他觉得筋疲力尽，肩膀也麻木了。他的小腿开始痉挛、颤抖，似乎连嗒嗒嗒的抖动声也听得见了。

这时，山姆只能靠意志和毅力向上攀登，他望了一下冰瀑的美景，又举起破冰斧向上一击，再一击，翻过一块又一块冰窗。不久，他发现上方的冰层由半透明变成乳白色，冰层越来越厚，胜利就在眼前。他鼓足勇气，像外科医生做手术一样，细心地用螺旋钢钎钻那块厚冰，坚实的道路似乎就在眼前，但是，突然“咔嚓”一声，螺旋钢钎四周的冰裂开了，接着是“哗啦”一声，拳头大小的冰块散落下来，声音像打碎了一件大瓷器一样。他的一只手突然落空，身体失去平衡，登山鞋的钢刺在脚下的薄冰里挤得吱吱响。他好不容易稳住身子，抓住身边一根突出的冰锥。这时，他才听清刚才弄碎的那些冰块滚下去形成一股碎冰流，在万丈深渊发出轰隆巨响。

山姆再也不敢放松警惕了。他慢慢地、不十分用劲地转动螺旋钢钎，让它在坚冰上钻出一个又一个洞，一步步向上攀登。当他到达冰瀑顶点时，夜幕降临了。他靠在冰冷的石头上，注视着比尔头盔上的灯在冰瀑上摇晃闪烁。

他放下一根绳索，但比尔摇摇手，不肯抓住绳索，他正在翻越一朵大冰花——一堆凸起、绽开的冰瀑，灯光使冰花放射出奇异的光彩。

不久，他俩紧握双手，坐在山顶上，觉得这次冒险真如梦幻一般美妙。

生死攸关的烛光

法国有个第厄普市，离市中心不远的一条街上有家小旅馆，掌管这家旅馆的是伯瑙德夫人。伯瑙德夫人精明强干，难怪她的丈夫反而成了她的助手了。

伯瑙德夫妇有一儿一女。儿子雅克12岁，聪明机灵，讨人喜欢。

女儿杰奎琳刚满10岁，能说会道，长得又美，就连走在马路上，有些老人们也忍不住要摸摸她那小脸蛋哩。

伯瑙德一家过着幸福美满的生活。不料，就在杰奎琳过完10岁生日不久，德国法西斯发动了第二次世界大战。杰奎琳看着爸爸和好多叔叔伯伯们穿上军装，背起枪上前线去打德国强盗了。

爸爸他们到前线没多久，他们坚守的那道马其诺防线就被德军攻破，大批法国士兵当了德国人的俘虏。爸爸也被关进了集中营。当这些不幸的消息传来时，德国人的坦克已经开进了第厄普市。伯瑙德夫人站在窗前，看着满街荷枪实弹的德国兵，对雅克和杰奎琳说："孩子们，看着，我们的第厄普和整个法兰西被德国人占领了，我们要把他们统统赶走，跟以前一样，过自由幸福的生活！"杰奎琳当时真不明白，妈妈为什么会这样激动。后来雅克讲给她听，只有把德国强盗赶出去，才能把被俘的爸爸和叔叔伯伯们救出来，他们才能自由自在地上学去，到公园去……杰奎琳仰起脸，问哥哥："那么，我能做些什么呢?"雅克像大人似的，想了想，说："你还小。你什么也不能做，你只要好好听话，别惹麻烦，这就够了。"杰奎琳听了，撅起嘴巴，很不高兴。

不久，杰奎琳发觉，妈妈和哥哥有好多事瞒着她。她看在眼里，心里有数，可她不说，生怕哥哥嫌她惹麻烦。

原来，自从第厄普市被德国人占领后，伯瑙德夫人便参加了法国反法西斯地下抵抗组织，她负责转送秘密情报的工作，她家这个小旅馆已成了秘密情报站。每到星期四晚上，有一位法国农民打扮的人会准时送来一个小小的金属管，金属管的两头用锡封着，里面装着地下工作者搜集到的绝密情报。伯瑙德夫人的任务是保证把它安全藏好，直至抵抗组织总指挥部派人前来取走。

杰奎琳已认识了那位送情报的叔叔，每当他来的时候，她总是抢着去开门。哥哥雅克可不放心，常常拦住她，抢先冲到门口，对着锁孔朝外望一望才开门。

情报送来了，藏在哪儿？这可让伯瑙德夫人动了不少脑筋。她先把金属管藏在一把椅子横档当中。——不行，德国盖世太保来搜查时，常常抓起椅子坐下，然后问这问那。万一他们看到椅子上的破绽，搜出金属管，那可不得了，会危及一大批地下工作者的生命安全，就连他们这一家三口，也性命难保啊。

后来，伯瑙德夫人又将金属铁管放进盛着剩汤的铁锅里，这样，安全地度过了好几次盖世太保的突击搜查。但伯瑙德夫人始终感到不放心，因为有个来搜查的德国军官，常到厨房张望。有时竟揭开锅盖看看，万一他用勺子搅拌一下，很容易发觉金属管。

最后，伯瑙德夫人想到了一个绝妙的办法。她把金属管藏在半截蜡烛里，外面小心地用蜡封好，然后把蜡烛插在一个金属烛台上，她又把这蜡烛台摆在显眼的桌子上，这样反而骗过了几次严密的搜查。

妈妈所做的这一切，没瞒雅克，也没瞒过杰奎琳。——杰奎琳把这一切都看在眼里，只是不说罢了。她晓得，她若是说出来，反而会引起妈妈和哥哥的不安。

一天晚上，屋里突然闯进三名德国军官，其中有一个是常来搜查的盖世太保少校。看样子，他们今晚不是来突击搜查的。他们自己也一再说，今晚要在这儿住一宿，明天一早就走。——他们嘴上这样说，谁知道究竟是怎么一回事？伯瑙德夫人不禁暗暗焦急。

三个人坐下后，少校军官从口袋里掏出一张揉皱的纸，就着桌子上暗淡的灯光，吃力地阅读起来。站在他身后的是一名中尉，看样子是他的副官。中尉见灯光暗淡，便顺手拿过藏有金属管的蜡烛点燃，放到他的长官面前。

少校就着两支蜡烛，细心地读着纸条，时而闭起眼睛思索着。坐在屋角的伯瑙德夫人，瞄了一眼那支蜡烛，不由心中怦怦直跳。这生死攸关的烛光，若是点燃到金属管那儿，就会自动熄灭。灯光一灭，不管是少校还是中尉，都会拿起来看个究竟。他们要重新点燃这支蜡烛，就会拔出金属管……想到这儿，伯瑙德夫人痛苦地闭上了眼睛。她对自己说：不能再等了，得快点儿想办法……伯瑙德夫人望着雅克和杰奎琳，她发觉，两个可怜的孩子脸色苍白，嘴唇在微微地发抖，正紧张地盯着她。她觉得，在这关键时刻，她可得保持镇静，要给孩子们勇气和力量。她想了想，站起来，若无其事地走进厨房，取出一盏油灯放到桌上，小声说：“瞧，先生们，点上这盏灯更亮些！”说着，轻轻地把那支蜡烛吹熄，推到一边去。

一场危机似乎过去了。伯瑙德夫人吐了口气，坐回角落里。不料，那名中尉又将那冒着青烟的蜡烛拿起来，凑到油灯上点燃了，嘴里还叽咕着：“屋子里这么黑，多点支小蜡烛更亮嘛！”这生死攸关的烛光轻轻摇曳着，此时此刻，它成了这间屋子最可怕的东西。伯瑙德夫人的心，已提到了喉咙口。她似乎感到，这三名德国军官恶狼般的眼睛，已盯在那越来越短的蜡烛上，蜡烛一灭，金属管露出，情报站暴露……后果真不堪设想啊。而现在，她已不能再去动那支蜡烛了，如果她再去吹灭那支蜡烛，必定会引起这些德国情报专家们的疑心……正当伯瑙德夫人一筹莫展的时候，她的小儿子雅克慢慢地站了起来。他仿佛是自言自语地说：“啊，天真冷呀，让我到柴房去搬些柴来生个火吧！”说着，他伸出手，端起那蜡烛台，朝门口走去。这时，屋子顿时暗了下来。

中尉快步赶上去，厉声喝道：“回来！你不用灯难道就看不见路吗?”说罢，一把将蜡烛台夺回去，又放到台子上。

雅克是个懂事的孩子。他知道，烛光即将熄灭，不幸很快就要降临到他们头上。在这最后时刻，他不能让妈妈一个人在场。他必须陪着妈妈，战斗到底。他从容地搬回一捆木柴，生上火，默默地坐到妈妈身旁，等候着最后那一时刻的到来。

时间，在一分一秒地过去，蜡烛，越烧越短，突然，杰奎琳站起来，她走到少校身边，娇声地说：“司令官先生，天晚了，楼上黑，我可以拿一盏灯上楼睡觉吗?”

少校放下手里的纸条，看着眼前这可爱的小姑娘，把她拉到身边，亲切地说：“啊，当然可以！嘿，我家也有一个像你这样的小女儿，她名叫路易莎。来，我给你讲讲她的事儿，好吗?”

杰奎琳仰起小脸，显出十分高兴的样儿，柔声地说：“真是太好了。不过，司令官先生，今晚我太累了，我想睡觉了。明天你给我讲讲你的路易莎好吗?”

少校摸了摸杰奎琳的下巴，笑着说：“当然可以，小姑娘！我明天一定给你讲讲我的路易莎！”杰奎琳伸出手，轻轻地端起蜡烛台，向三位军官道声晚安，镇定地走上楼去。正当她走完最后一级楼梯时，蜡烛熄灭了。

虎口余生

巴乌里今年13岁，长得机灵又结实。走路时，胸脯挺得高高的，有些人看到他，都忍不住“咚咚咚”敲敲他的胸脯，赞叹道：“小家伙，真棒！”别看巴乌里年纪小，可他进印度科伯特国家公园做象童已有三年了。三年里，一千多个日日夜夜，他和母象贝娜形影不离，亲如家人。白天，他骑着大象到处转悠，吹着口琴指挥贝娜跳舞；晚上，象背就像巴乌里的小床，他能一觉睡到天亮。贝娜喜欢吃香蕉，巴乌里常省下零钱，买来香蕉一根根喂它；巴乌里喜欢洗澡，大象也通人性，它常到小河边猛汲一口水，哗地一下子喷在巴乌里身上，让小主人痛痛快快地洗个淋浴。

一天，公园里传来一个吓人的消息：工作人员马德一夜未归。大家估计凶多吉少，公园密林深处有 40 多只老虎，弄不好，可怜的马德已葬身虎腹了。巴乌里和马德是好朋友，活不见人，死要见尸，他决定冒险到林子里找一趟。他想，只要骑着贝娜去，不会出什么意外的。

清晨，巴乌里骑着大象出发了。鸟儿欢快地歌唱，松鼠在树梢上跳跃，野兔在草地上戏耍，一点看不到有老虎为害的迹象。巴乌里向林子深处走了一个多小时，发觉情况有些不对了，老树上缠着枯藤，光线越来越暗，偶尔一两声猫头鹰的叫声，使周围增添了恐怖的气氛。巴乌里忽然发现前面有件衣服，他忙从象腿滑下来，仔细地辨认了一下，不错，这正是马德穿的上装，已被撕得破破烂烂，还沾满了斑斑血迹。再朝旁边草丛里一看，几根白骨横七竖八地搁在那里。巴乌里一阵心酸，唉，马德肯定惨遭不幸了。他知道老虎总是吃不完一个人的，周围还会留下一些残肢断腿，他想找一些带回去，就绕过灌木丛，朝前走去。

巴乌里刚走十几步，林子里突然刮起了一阵腥风，他惊恐地站住了。偌大的树林好像刚刚关掉的发电机，一切声音突然消失，四周死一般寂静，连鸟儿也像施了定身法一样，躲在树上，呆若木鸡。这时，巴乌里要回到大象身边已来不及了，他灵机一动，迅速地爬上身旁的一棵小树上。

“呜——”一声低沉的虎啸，紧跟着从草丛中跳出一只色彩斑斓的猛虎；刹那间，地动树摇，落叶萧萧。看得出，这只猛虎是尝过人肉滋味的，它昂着头，朝着树上的巴乌里张牙舞爪，发出一阵阵咆哮。

巴乌里吓得胆战心惊，刚想往树顶上再爬一截，只听见“咔嚓”一声，脚下的枯枝被踩断。他“扑通”一声，掉了下去。真是巧事，他刚好砸在老虎背上。老虎一愣，巴乌里趁机稳住身子，再一看，头正朝着老虎的屁股，他赶紧分开两腿，用脚紧紧夹住老虎的颈项，双手拼命地抱住老虎的后腰，全身贴紧虎背，脑子里想着对付老虎的办法。

老虎从来没有被人这样骑过。它想咬，但无从下嘴；尾巴扫，又扫不到。

它猛跳了几下，仍颠不下背上的猎物；它打了几个滚，巴乌里还是在背上贴得牢牢的。百兽之王的老虎，从来没有遇到过这样的对手。它急得暴跳如雷，虎爪在地上刨出了几个浅坑。

巴乌里被老虎颠得头昏眼花，翻肠倒肚，但他心里清楚，手绝对不能松，只要掉不下来，就有生的希望，他把全部力量集中到手臂上，死死地箍紧了老虎的腰，但他的两只脚怎么也不听使唤，松了下来。

老虎折腾了一番，猛一回头，看到了一只脚在眼前晃荡，张嘴就是一口。

一阵钻心的疼痛，使巴乌里忽然想到了大象就在附近，他扯开嗓子高喊："贝娜——救命啊!"贝娜正在不远处啃着树上的嫩叶，一听到主人呼救的惨叫声，它迅速奔了过来。

这时的巴乌里已危急万分，老虎咬住他的一只脚往下拽，鲜血一滴滴往下滴，他的双臂已经没有力气搂紧老虎了。他知道，照这样下去，非得被老虎拖下地，一口吞掉不可。他只好咬紧牙关，作最后的拼搏。

贝娜冲到面前，看见老虎咬住小主人一只脚，小主人搂住老虎腰，双方像麻花绞在一起。贝娜伸出长鼻子想要帮忙，可又不知道如何行动，急得它脚跺得咚咚直响，围着老虎转来转去。

筋疲力尽的巴乌里看到救星已到，立刻松开双手，老虎屁股一拱，他被抛到了地上。说时迟，那时快，贝娜长鼻子一伸，拦腰卷起老虎，举到半空。

凶恶的老虎顿时失去了威风，但咬着脚的嘴仍不松口，巴乌里头朝下也被悬空吊了起来。

怎么办？要在平时，贝娜一使劲，就能把老虎摔个半死，可今天不行，虎嘴上还叼着小主人哩，它只好摇头晃脑，用鼻子把老虎荡来荡去，想从老虎嘴里把小主人抖下来。

巴乌里吊在半空，老虎咬住的地方疼得钻心，他试着想把脚从虎口里拔出来，但稍微一动，鲜血直往外涌，顺着裤腿，流到肚子上，滴到颈项里。他知道，不能再动了，再动那只脚就全完了。他只好沉住气，盼着老虎早点松口。

聪明的贝娜也在动脑筋，它的鼻子把庞然大物举在半空，再加上还有巴乌里的重量，时间一长，它也感到非常吃力。它见老虎死不松口，只好在长鼻子上使劲，勒得老虎直喘气。

老虎头朝下吊在半空，被晃得头昏脑涨，象鼻子再一勒，它只好大吼一声，嘴一张，"啪"的一声，巴乌里终于掉了下来。

机会不可错过，巴乌里不顾一切，拖着那只鲜血淋漓的脚，爬了几步，抱住象腿，灵巧地爬到贝娜宽厚的背上。这下好啦，巴乌里一阵激动，他知道，在森林里，只要爬到象背上，就算进了安全地带。

老虎看到自己已经到嘴的美食丢掉了，似乎十分恼怒，它猛地勾起脑袋，张开血盆大口，一口咬住了贝娜的长鼻子。这一切，象背上的巴乌里看在眼里，急在心上。他知道，大象靠的就是鼻子，老虎这一手太狠毒了。贝娜痛得浑身直抖，可它不敢再甩老虎，弄不好老虎摔不成，鼻子反而要被甩断。

好聪明的贝娜，只见它慢慢低下头，用嘴把老虎抵在地上，鼻子缠着老虎毫不松劲，然后伸出一只脚，踩住老虎的肚子，轻轻一碾，老虎腿一伸，断了气。

密林深处的战斗刚刚结束，园长带了一批人赶到现场。抢救人员立即为巴乌里和贝娜包扎好伤口，把死老虎装上了卡车，又在周围找到了马德的一只胳膊，大家都为巴乌里的虎口脱险感到庆幸。巴乌里说："没有贝娜，我今天肯定也活不了啦！"从这以后，科伯特公园增加了一条新的规定：凡进森林必须三人以上，而且一定要携带麻醉枪。

小小男子汉

美国得克萨斯州有个名叫杰克逊的人，一家三口，经营着一个小农场。

其实，说一家三口在经营农场，并不确切，因为杰克逊的妻子海伦身体虚弱，只能干些家务活儿。前不久她做过一次大手术，身体刚复原，正打算到海滨去疗养。他的儿子洛迪才10岁，正在远离农场的小镇上读书，连上学都要妈妈开车接送，更谈不上干农活了。这样，农场的大小事儿，都得由杰克逊操持。

这天早上，杰克逊把台历翻到1980年6月10日这一页，见记事栏里写着，这一天要到肥料公司去签合同，还有些别的事情，看来要在外面呆几天。

他把洛迪喊到跟前，摸着他的头说："洛迪，我要出去几天，现在你是家里唯一的男子汉了。——听着，要好好照顾妈妈！"洛迪仰起头，对爸爸说："放心吧，爸爸，有我在，你尽管放心！我是个男子汉嘛！"爸爸妈妈看着他这自信的样，都哈哈地笑了。

爸爸一走，洛迪帮妈妈将几十头小牛赶向牧场，让它们自由自在地吃草，自己就上学去了。

下午，忽然刮起了狂风，接着下起雨来。妈妈开着车子到学校去接洛迪。

回家的路上，雨越下越大，雨水像从盆里倒出来似的，四处一片白茫茫。当车子拐上柏油马路时，夹着冰雹的雨猛泻下来，车顶被鸡蛋大的冰雹砸得"乒乒乓乓"响，吓得洛迪抱着头，生怕车顶被砸穿了。

妈妈握着方向盘，好不容易将车开到一条小河边。往常，从这儿过桥，再向前开一阵就到家了。可现在河水泛滥，怎么也找不到那座小桥了。

妈妈看看车前的电子钟，现在已经是夜里10点35分了。雨，还在一个劲儿地下着，天上雷声隆隆，一道道闪电像金蛇似的，在天上疯狂地扭动着。

妈妈将车速放得很慢很慢，顺着车灯射出的光柱，寻找道路。不料，车子陷进一个土坑里，发动机哼了几声便熄火了。汽车一停，坐在后座上的洛迪吓得差点哭出声来。

妈妈可不像洛迪那样胆小。她将头探出车外张望着。她借着闪电的亮光，发觉小河已变成了近200米宽的一片洪水，看样子，水位还在不断上升。妈妈关上车门，捋了捋头上的雨水，平静地说："洛迪，别怕，到妈妈这儿来！"洛迪听妈妈的话，从后座爬到前排，坐到妈妈身边。妈妈吻了吻他，说："孩子，你是男子汉，是吗？什么也不用怕，有妈妈在，你什么也不用怕！"洛迪搂着妈妈，声音颤抖着，断断续续地说："妈妈……你……你也别怕！有……有我在，你……你别怕！"母子俩抱在一起，正互相安慰着，洪水已漫上来，不一会儿，座位浸到水里，他们半个身子已被淹没了。妈妈说："孩子，我们得赶快出去，要不会淹死在车子里！"妈妈的话提醒了洛迪。他扭动车门把手，用肩膀使劲一撞，终于将车门打开，回转身，将妈妈搀了出来。

洛迪搀着妈妈，终于找到了那座木桥，两人跌跌撞撞地走上了桥头。这时的木桥，只看到两边的栏杆，已看不到桥身了。他们刚踏上桥板，只觉得脚下一阵晃动，接着响起"咯喳喳——"一阵沉闷的声音，"哗"的一下，激流将他们母子抛起来，卷进洪流。小桥断裂，也跟着被冲走了。

在漆黑的雨夜里，激流横冲直撞，不知奔向何方。妈妈紧紧地搂着洛迪的腰，生怕他被洪水卷走。

在这激流中，他们身不由己，随着木片、草屑……一个劲儿地冲向前去。

忽然，妈妈“哎呀”一声惨叫，洛迪定睛一看，他们被一道铁栅栏挡住了。

铁栅栏的一根断头，将妈妈左臂上的一块肉戳了下来，闪电一照，只见洪水冲洗了血迹，露出手臂上那白花花的骨头……妈妈忍着钻心的疼痛，一手死死拉着铁栅栏，一手紧紧搂着洛迪的腰……母子俩借着这铁栅栏喘着气，想辨别方向，往高处游去。

时间一分一秒地过去了。暴雨仍在不停地下着，水流越来越急，母子俩在水里泡了很久，已冻得浑身麻木了。妈妈眼看手里拉着的铁栅栏也快被水淹没了，便拖着洛迪，向一根电线杆游过去。快到电线杆时，妈妈用力一推，让洛迪抱住了电线杆，而她自己却被一股激流卷走了。

洛迪抱着电线杆，看着妈妈消失在黑暗中。这时，他悲痛极了，好像世上一切美好的东西都从他的眼前消失了。他觉得，只有找到妈妈，他才能像个男子汉活在世界上。否则，他没脸见任何人。洛迪大喊一声“妈妈——”便放开电线杆，扑进洪水里。

洛迪不太会游泳，他只会“狗爬式”，但想到救妈妈，他什么也不顾了。

妈妈被激流卷进漩涡里，正在无力地转着圈子。洛迪游进漩涡，将手伸到妈妈的脖子下，托起她的头，喘着气说：“妈妈，别怕，有我在呢!”就在洛迪将妈妈拉出漩涡时，一股激流奔腾而来，又将他们冲向前去。

洛迪拉着挂在妈妈脖子上的提包带子，双脚不停地蹬水，另一只手不顾一切地划着。他划呀，划呀，不一会儿，他手脚发软，再也游不动了。可当他想起爸爸临走时说的话，又拼足最后一口气，奋力划起来。

有几次，他哭出声来，喊着：“妈妈，我游不动了！妈妈，我再也游不动了……”而他的手却始终紧紧地拉着那根带子。他不能让妈妈被洪水冲走，他要保护妈妈。就这样，洛迪跟妈妈在冰凉的洪水中拼搏了整整三个小时。

天，仍然黑沉沉的。洪水将海伦母子冲到了一片浅水中。他们没有力气站起来行走，只好在水里一点点地向前爬着，寻找高坡或房屋。但四周黑糊糊的，什么也看不清。妈妈已支持不住了。她躺在水里，有气无力地对洛迪说："孩子，你一个人往前走吧，只要你活着，妈妈就放心了。"

洛迪听了，大声地哭着："不，妈妈，别这样说，我决不离开你……"妈妈又劝道："孩子，你一个人先走，等找到人，再来救我！"洛迪怎么也不愿离开妈妈。他知道，他一旦离开，妈妈便会被淹死。他抱着妈妈，呜咽着说："妈妈，求求你，别赶我走。你放心，有我在，你一定会活着回家！"妈妈听了，微微地笑了。

天快亮了，洛迪看到前面有座空房子，他拖着妈妈爬过去，又使尽浑身力气，将已昏迷不醒的妈妈拖进屋里。他看到地上有一大堆草，就将草分出一半做床，让妈妈躺上去，又将另一半做被子，盖到妈妈身上，然后他坐在妈妈身边，等待着天亮。

天亮时，雨停了，洪水在一寸一寸地退下去。洛迪见妈妈伤口流血，脸色苍白，真担心她会死在这屋里。他要尽快将妈妈送到医院。洛迪叫醒妈妈，扶着她出了屋，来到大路上。

早晨六点半，警察的巡逻车发现了他们，很快将他们送到医院，进行抢救。当洛迪听说妈妈已安全脱险时，这才放心地躺到床上，闭上眼睡着了。

不久，洛迪拼死救母亲的事迹在美国传开了。人们纷纷打电报或写信慰问他，赞美他。美国童子军授予他最高英雄奖——十字荣誉勋章。不过，还有一份荣誉，只有爸爸妈妈知道，那便是：家里人都喊他小小男子汉。

生死一瞬间

很多人都怕蛇。俗话说，"一朝被蛇咬，三年怕草绳"，可见蛇是多么可怕。不管谁，只要被毒蛇咬一口，若不及时抢救，便会很快死去。

据科学家们观察，毒蛇咬人时的速度快如闪电，十分惊人。

当它看准目标时，头部向前急落，猛咬一口，从毒腺中排出毒液，然后将头回复到原先的位置，这一系列冲击动作，总共只需要四分之一秒时间。

可见，若是在荒山野岭中，一个人靠近毒蛇时，生死只有一瞬间。

这里要说的，是一个人和一条毒蛇睡在一个被窝里整整 12 个小时，凭着自己的智慧与毅力，终于死里逃生了。

在南美洲的西北部有个哥伦比亚共和国。在这个国家里，有一大片热带丛林。1957 年 8 月，美国工程师道格拉斯和他的助手马尼埃受当地政府的委托，到丛林中考察。

道格拉斯四十多岁，满脸大胡子。马尼埃比他小十来岁，还是个小伙子。

道格拉斯像个大哥哥，处处照顾着他这位助手小弟弟，这天早晨，他从自己的帐篷里爬起来，收起睡袋，就点燃火油炉做早点。七点钟，早点做好，他走进马尼埃的帐篷，喊他起来共进早餐。他看到马尼埃还躺在睡袋里，可是眼睛却睁得大大的，好像要对道格拉斯说什么，但又显出没法儿说的样子。

道格拉斯心里打了个格登，不知发生了什么事。他走近马尼埃，而马尼埃却愤怒地瞪着他，似乎不许他靠近。道格拉斯站住了，从马尼埃的头慢慢地看到他的脚。他猛然发觉，马尼埃的睡袋里有一个鼓鼓囊囊的东西，它正在一起一伏地蠕动着。他只觉得头皮发麻，猜想那蠕动着的也许是一条大蛇！道格拉斯盯着马尼埃，两手比画着问马尼埃：是一条大蛇吧？马尼埃一看他那手势，上眼皮一垂，意思是说，老兄，你猜对了！道格拉斯见马尼埃眼皮一垂，顿感毛骨悚然。天哪，一条蛇和他的好兄弟睡在一个被窝里，该怎么救他呢？道格拉斯闭上眼睛，稳定了一下自己的情绪，然后他睁开眼，弯下腰，屏住气，仔细观察起来。他从睡袋的形状判断，这是一条大蛇，估计是昨天晚上爬进帐篷，并且神不知、鬼不觉地钻进了马尼埃的睡袋里。看样子，这条蛇现在正睡着，它蜷成一团，盘在马尼埃的肚子上面。哎，难怪他不敢说话，又不能动弹啊，因为他肚子稍微动一下，将蛇惊醒，它就会立即伸出头咬人。

如果这是一条无毒蛇，他们也许只是受些惊吓。如果是条毒蛇呢？马尼埃只要被它咬上一口，就会一命呜呼。而在这热带丛林里，剧毒的蝰蛇到处出没，现在盘踞在马尼埃肚子上的，很可能就是蝰蛇啊。想到这儿，道格拉斯不由得心惊肉跳，深深地为马尼埃的生命担忧了。

道格拉斯多次到过热带丛林，也不止一次碰到过毒蛇，可像今天这样的事，还是头一次碰到。他知道，惊恐和焦急是无济于事的。眼前只有想个办法，把这可恶的大蛇从马尼埃的睡袋里赶出来。

道格拉斯默默地站着，脑海里在紧张地盘算着：怎样才能既不碰着它，又不发出响声地将它赶出呢？道格拉斯想到了一个好主意。他轻手轻脚地走出帐篷，取出自己那杆双筒猎枪，装上子弹，然后像偷袭敌人似的，趴在地上，匍匐前进，在马尼埃的睡袋前停住了。他伏在地上，仔细观察着睡袋里那隆起的怪物，端起枪瞄准着。他想靠自己的射击本领，仅仅将蛇打死，而不伤着马尼埃的皮肉。

道格拉斯瞄准着，他那扣在扳机上的手指微微地抖动着。在扣动扳机前，他看了看马尼埃。天哪，这时的马尼埃眼睛发亮，额头汗珠直滚。不用说，他在警告道格拉斯：危险，千万别这样干！一看马尼埃的眼神，道格拉斯将平端着的猎枪放下了。他又冷静地想了想，是啊，自己无法判断蛇的准确位置，如果冒冒失失地开一枪，不仅会误伤人，万一惊动蛇，它会立即咬人，那将更可怕。道格拉斯想罢，又悄悄倒爬着退出帐篷，放下猎枪。

道格拉斯一计未成，又生一计。他在帐篷外把沾着水珠的树枝点着了，将冒出来的浓烟装进一只塑料口袋里，然后又在一块石头上“刷刷刷”地磨刀。他准备用“烟熏”法，将蛇从睡袋里熏出来。而躺在睡袋里的马尼埃，听到他折树枝的“劈啪”声，磨刀的“刷刷”声，真吓出了一身冷汗，因为他知道，任何响声都会使蛇发怒。而蛇一发怒，他将成为第一个被攻击的目标。此刻，他与蛇同在一个睡袋里，蛇要攻击他，只是一瞬间的事。

马尼埃默默地念叨着，但愿道格拉斯用最明智的办法将蛇引出来，千万莫用笨办法。而偏偏在这时，道格拉斯一手拎着一只半鼓的塑料袋，一手拿着一把锋利的刀走了进来。马尼埃一见他这样，心里真是急死了。但他不说话，连那只一直伸在睡袋外的手，也不敢动一下，做个手势。他只好通过他那双眼睛来表达他紧张的心情，竭力告诉伙伴千万别干蠢事。可道格拉斯并不理会，他自以为是，依然小心翼翼地实施他的救援计划。

道格拉斯跪在睡袋前，仔细看了看睡袋折痕，选定了一个部位，然后一手提着睡袋角，一手用刚刚磨得很锋利的刀刃割下去。他轻轻地割着，足足割了45分钟，总算割出一条小口子。他把塑料袋口对准这小口子，用双膝夹着塑料袋，直往睡袋里挤浓烟。他将袋里的浓烟挤完后，又轻手轻脚地爬出帐篷，再装一袋浓烟进来，想把大蛇熏出来。

还算好，这烟没有向马尼埃的头部飘去，若马尼埃被烟一呛咳嗽起来，那可不得了。而蛇在受到烟熏后，微微地蠕动了。道格拉斯发现蛇动了，急忙出了帐篷，取来猎枪，静静地等待着。一旦蛇头钻出来，他便立即开枪。

可等了好一会儿，蛇并没有出来。烟一消失，蛇又安静不动了。

道格拉斯见烟熏无效，又取来一只灭蚊用的药泵瓶，将瓶口对准睡袋被切开的小口子，食指从弹簧的按钮上压下去。也许杀虫药起了作用，突然，睡袋里发出一阵嘘嘘声，紧接着睡袋动了，原先隆起的地方一下子拱了起来。

道格拉斯知道，那拱起的正是蛇头。它已经钻到马尼埃的腋下了。道格拉斯惊恐极了。马尼埃呢，此刻紧闭着眼睛，等待着被蛇咬的一刹那。

可过了一会儿，那肉峰又沉了下去，蛇又不动了。

道格拉斯浑身是汗，他望着脸色疲惫的马尼埃，一句话也不敢说，担心蛇会在顷刻间去咬他。就在他盯着马尼埃时，只见马尼埃扬起眉毛，然后低下眼睛，这样反复了多次，想让道格拉斯注意他伸在睡袋外的手指。道格拉斯看到他的手指在晃动着，他终于领会了：啊，他要画画！道格拉斯爬出帐篷外，取来一盒咖啡粉，轻轻地撒在马尼埃那只手的周围。马尼埃便用手指在咖啡粉上画了个圆圈，又在圆圈周围画上几道线。道格拉斯看着马尼埃的这幅画，又琢磨了一阵，从口袋里掏出笔和笔记本，在纸上写了"太阳"两个字，然后递到马尼埃眼前。马尼埃看了，眨眨眼睛，意思是说：对，就是它！道格拉斯一想，心里叫道：好小子，还是你有办法！他站起来，开始小心地拆帐篷。他一厘米、一厘米地卷着帐篷布，卷了足足半个小时，终于将帐篷全部搬走，这时，马尼埃躺在睡袋里，而睡袋完全暴露在太阳下。阳光将睡袋晒热。蛇一起一伏，慢慢地游动了。道格拉斯清楚地看到，蛇头所显出的肉峰，朝着马尼埃的下巴爬去。渐渐地，蛇头终于从睡袋口露了出来，接着便一厘米、一厘米地向外爬着，最后终于全爬了出来。好家伙，这条足有一米长的大蛇，正是能致人死命的蝰蛇。道格拉斯和马尼埃看了，都深深地吸了口凉气。

马尼埃仍然静静地躺着，他知道，他仍处在蝰蛇闪电式攻击的范围以内。

道格拉斯跪在十多米外的帐篷口，他一直端着枪，瞄着蛇头，当蛇爬到离马尼埃七八步远的地方时，他一扣扳机，枪声响了，那条蝰蛇立刻变成了三段。

枪声响过，马尼埃这才“霍”地跳了起来。他从遇险到得救，以一动不动的姿势，足足躺了12个小时。他就以这惊人的毅力，保住了自己年轻的生命。

帐篷外，道格拉斯重新点燃了火油炉，在准备晚餐了。他大声招呼道：“伙计，快来吃晚餐吧，我知道你肚子可饿坏了！”马尼埃这时已钻进道格拉斯帐篷的睡袋里，他有气无力地说：“老兄，你先吃吧，我太累了，要睡一会儿。”

智窃防御图

裘雪是一个法国油漆匠，五十来岁，是个矮老头儿。

第二次世界大战中，在被德国法西斯占领的法国，爱国者秘密地进行着各种抵抗活动。裘雪也参加了地下抵抗组织。可是许多人都认为裘雪不是个搞秘密活动的料子，因为他太忠厚老实，肚子里又藏不住一点秘密，说话做事太随便，而当地的德国兵倒对他很放心，以为裘雪这样的人绝不会是“危险分子”。

1942年5月的一天，裘雪在市政府门前看到一张布告，说负责德军大西洋防御工事的某个单位要粉刷办公室的墙壁，要招聘工人，他很想趁这个机会混进那个重要的军事单位。按布告上的地址，裘雪找到了那个单位，可是在大门口就被卫兵挡住了，要求他出示通行证。他立刻装出一脸笑容，说明他是看到布告来做工的，然后就大摇大摆地朝里闯。卫兵追上来抓住了他，两个人争执起来。这惊动了卫兵室里的一个军官，他走出来问发生了什么事。

裘雪大声嚷嚷地说：“我是油漆工！”边说边对着墙壁比画了几下刷墙的动作。没想到那个军官大怒，扑上去掐住他的脖子，使劲往下按，将他的头朝地上撞。卫兵也赶来踢他的屁股。然后两个德国人粗暴地把他推进卫兵室。另一个军官恶狠狠地对他说：“你侮辱国家元首，要受到严厉制裁！”裘雪大吃一惊，不知道自己什么时候犯了这种“罪行”。他猛然想起，希特勒曾经当过油漆匠，他这才恍然大悟，他刚才表演的刷墙动作，有侮辱希特勒的嫌疑。于是他急忙向德国人解释。德国兵听懂了他的意思，也忍不住笑了起来。一位负责营房修缮的中尉问他，给两间办公室换贴新壁纸要多少钱？裘雪说如果交给他来干，价格绝对优惠！中尉听了，便带他去见营房建设主任休木德拉。休木德拉向他提出壁纸的颜色和图案要求后，约他第二天带样纸来看。

第二天上午，裘雪带着选定的样纸来到建设主任的办公室。休木德拉伏在办公桌上全神贯注地挑选壁纸，裘雪站在离桌子三尺远的地方等候着，这时突然有人敲门。休木德拉头也没抬，说："进来！"进来的是一名军官，他向休木德拉立正敬礼，然后把一卷地图放到桌子上，一句话没说就退了出去。休木德拉左手压着壁纸，用右手摊开那卷地图，扫视着最上层的第一张图。地图是用描图纸晒印的平面简图，裘雪立刻认出这是诺曼底海岸布防图。休木德拉只看了短短的几秒钟，就又开始挑选壁纸。这时又有人敲门，进来的是一位军士，他用德语向休木德拉报告什么。

军士报告完就出去了。休木德拉放下壁纸和地图，走进相邻的套间办公室。

那间办公室的门是敞开着的，休木德拉背对着裘雪，像是在宣布什么事情的样子。

乘着这个空隙，裘雪立即悄悄地向前移了两步，偷偷地把地图拖到面前查看，只见地图的一角用红色大字印着"机密"的字样，他还看懂了图上有"要塞"、"主要防御地带"的字样。这当然是非常有用的军事地图！这珍贵的情报就摆在面前，裘雪真想动手偷取一张。可是他马上又想到，就算能将地图偷到手，又怎么能安全地带出去呢？如果他因此被捕，会不会影响到整个地下抵抗组织的安全呢？他犹豫了。况且他不知道这一卷地图是不是每张都相同，如果各不相同的话，休木德拉回来后很快就会发现少了一张，他将当场被捕！那岂不是前功尽弃？在短短的几分钟里，裘雪的头脑中转过了无数念头，他想到了生，也想到了死。但是一种强烈的爱国主义精神激励着他，他想无论如何也要冒险试一试。他果断、迅速地抽下第一页地图，卷了起来。他的心怦怦地跳，血直往头上涌。他四处寻找能藏起地图的地方。巧得很，他发现墙上挂着的那面大镜子可以利用，连忙小心翼翼地将地图放进镜子与墙壁之间的空隙里。他刚刚藏好，休木德拉便转身返回来了。裘雪努力掩饰自己紧张的表情。还好，休木德拉并没有注意裘雪的神态，只是把挑中的壁纸指给裘雪看，命令他星期一带了壁纸开始工作。裘雪走出办公室，长长地出了一口粗气；但他立刻又紧张起来，他担心星期一地图被窃的事会败露。

星期一早晨，裘雪应该去糊壁纸了。他非常紧张，如果敌人发现地图被窃，他是唯一的怀疑对象，这一去就等于自投罗网；不去呢，他又实在不甘心错过这一千载难逢的机会。最后裘雪还是决定去看看。他扛着一大卷壁纸，手提糨糊桶，大摇大摆地走过去，看门的卫兵连问也没有问他，就让他进去了。裘雪心里有点高兴起来，看样子，敌人还没有发觉。进了办公室，正巧没有人，他悄悄地探头朝镜子后面一看，地图还在！裘雪放心了。他一边糊壁纸，一边高声哼着小调。一个士兵走进来，叫他不要太吵。他笑嘻嘻地请士兵看他干的活儿，又问："建设主任什么时候来检查呀?"士兵回答说："休木德拉主任调走了，新主任凯拉还没来呢!"裘雪听了更加高兴，趁没人的时候，他迅速将那张地图从镜子后面取出来，卷进剩余的壁纸里，收工时，大大方方地带出了办公室。德国人一点也没有为难他的意思，吩咐他第二天来把活儿干完。

裘雪心中的石头落了地。他回到家中，关好门窗，这才仔细地察看地图。

这是一张五万分之一的大比例尺地图，长 10 英尺，宽 20 英尺，标示着自塞尔布尔到奥芬尔之间的德军布防情况，其中主要的要塞、火焰喷射器和炮兵阵地等都详细标明，连各种型号的火炮的射程和射角、弹药补给供应点、通信系统、各指挥所的位置、主要防御设施也标得一清二楚！这张地图后来由法国一位著名侦察员带到伦敦，交给了盟军司令部，为盟军在法国登陆立了大功！

当天晚上，他美美地吃了一顿丰盛的晚餐，又睡了一个好觉。第二天早晨，他想，如果他今天不去糊壁纸，就可能引起德国人的怀疑，所以他还是应该去。反正地图已经转移出去，他必须冒着生命危险，尽量拖延德国人发现这个秘密的时间。

新上任的建设主任凯拉已经在办公室里，一看见裘雪，就大发脾气。裘雷心里想，这回可完蛋了，真不该送上门来！但是他已经没有逃走的可能了。虽然他又紧张又害怕，他还是留神听新主任的话，他发现凯拉一个字也没提到地图。再听下去，原来凯拉是因为没有钱付他的工钱而发火。凯拉嚷的是："修房子的预算早就用光了，还换什么壁纸！我什么都不知道，我也不付钱！”裘雪暗想，迷惑敌人的机会来了！他连忙点头哈腰，一脸笑容，说是为了报答德军对他的信任，他愿意免费为主任换贴新壁纸。凯拉听明白后，刚才还布满乌云的脸顿时笑开了，他走上前亲切地拍着裘雪的肩膀，连连称赞他。随后他又命令中尉派士兵把办公室里的东西统统搬出去，好让裘雪工作。

裘雪说，东西不需要往外搬，只要集中到房间中央，腾出靠墙的地方就行了。

主任觉得裘雪很为他们着想，十分满意；中尉也为省了一桩苦差事而感谢他。

几天以后，德国人终于发现地图被窃，他们胡乱抓了许多嫌疑犯，可从来没有一个人怀疑到裘雪头上！

惊险的汽车大赛

1982 年的复活节到了，这一天，也正是肯尼亚汽车大赛的第一天。

比赛从内罗毕市出发，途经崇山峻岭，悬崖峭壁：要穿过难以逾越的湍流险滩；要越过魔鬼般的沼泽泥潭，要经受赤道线上来回翻滚的大风热浪的严峻考验，要迎接从森林来的毒蛇猛兽的突然袭击。四天时间要跑完五千多公里的路程，道路险峻，困难重重，这对每一个参赛者来说，是一场科技与智慧的较量，是一场勇敢与死神的搏斗。

这一天，肯雅塔会议中心的花园里，世界各国的旗帜林立飘扬，阳光下水柱喷洒，珠光闪闪。大群的观众如潮似涌，挤得护道栅栏东歪西扭。来自瑞士、联邦德国、法国、日本、英国、美国、加拿大等汽车世界的记者和摄影师们，忙着拍摄和报道。

这一天，一排排超级新型汽车如流星闪电，外壳上五颜六色的广告为一百多家企业宣传。

这一天，拍电视的直升机像一群低飞的蜻蜓，在起跑线上嗡嗡作响。十几架穿梭服务的小飞机在空中值勤，准备及时汇报汽车的进度、位置和发生的意外事件。沿途有上百万人争相观看这场世界性的惊险汽车大赛。

一声枪响，打破了赛前短暂的寂静，一百多辆赛车在一百多名驾驶精英的操纵下，如同一百多支利箭，射向远方。一时间，尘土飞扬，引擎吼鸣，人声鼎沸，眨眼工夫，一百多辆赛车消失得无踪无影。

“叭！”一辆赛车突然刹车。原来是前面汽车卷起的阵阵灰尘，把后面汽车引擎的空气活门塞住了。驾驶者正要下车看个究竟，不料又有两辆车子疾驶而来，灰尘如烟，哪里看得清楚，“轰！”“轰！”两声巨响，三部车子撞在一起。顿时，火光冲天，车毁人亡，哪里还来得及抢救呀！到了第二天，一百多辆参赛的车子，仅剩半数了。一路上，有的油箱破裂，有的引擎失灵，有的风扇停转，有的轮胎爆炸，都东倒西歪地停在路旁或深沟里。其中有索马里、乌干达的优秀选手，有内罗毕的业余爱好者，有日本的技师以及欧洲几个国家的运动员，他们已经先后捐躯在这场世界最惊险的汽车大赛中了。第三天黄昏，一百多辆赛车只剩下四分之一了。前面还有更加严峻的考验在等待着他们。这剩下的四分之一的英雄们，经过三天的剧烈颠簸和劳累，已经精疲力竭。是继续前进，还是后退？谁都知道后退比前进更难。更何况，对一个参赛者来说，后退是可耻的。

法国姑娘安娜是这次比赛中年龄最小的女赛车手，她刚度过19岁生日。现在她的车子是在第11名的位子上。她驾驶着一辆达特桑牌汽车。当她正要加大油门往一个山坡冲去时。只见前面大约500米处的山腰上，一辆车子正从山坡上往下翻滚。她想停车去营救，但是不可能。她眼睁睁地看着那辆车从半山腰一直滚到山脚下，然后它又像只皮球似的弹起一丈多高，摔进了万丈峡谷。只听“轰！”的一声，从那峡谷中升起一缕青烟。

安娜被这惊心动魄的一幕吓呆了，当她清醒过来时，真想大哭一场。但她没有哭，因为她知道，哭鼻子是一点用处也没有的。眼看太阳快要落山，时间不容许她多想，她又加大油门，向着那出事地点直冲过去。当车子开到出事地点后，只见一头长颈鹿被撞死在峭壁之下。“喔！”她明白了，原来是那位驾车人为了躲让这头突然出现的长颈鹿，方向盘扭转过大，盘山公路又窄，使外边的车轮辗了空，这才使车子翻下了山坡。好玄哪！安娜想：要是我在他的位子上，说不定那万丈峡谷就是我的葬身之地了。

第四天的午后，安娜驱车猛进，驶离了一片大森林，她心中稍稍舒了一口气，心想：再有一个多小时就要胜利到达终点了。她把车子停靠在路边，下了车，坐在草地上休息一会儿。猛然间，从她身后的密林里窜出三只狮子。

安娜一见，顿时头皮发麻，失声大喊："救命呀！救命！"她拼命地向汽车奔去。当她钻进汽车，"乒！"的一声关上车门时，那三只狮子也赶到了车外。

三只狮子见扑了个空，便吼叫起来，惊得那林中小鸟四处乱飞，吓得那水中河马没入水底。安娜躲在车子里吓得两手发抖，只盼着后面的车子赶上来。然而，后面的车子还没踪影。三只狮子也真会分工：一只在车前，挡住去路；一只扑上了车门，用它那一对有力的前爪扑打着门窗玻璃；第三只更可怕，它已经跳上了车顶，把顶板踏得忽上忽下，发出"嘎巴！嘎巴！"的响声。那车顶眼看就要塌下来。

安娜定了定神，心想：一定要把车子发动起来，赶快开走才是。然而，谁又料到，越是紧要关头越会出事，这车子无论她怎么发动，它就是不起火。

安娜这会儿可真想哭了。但她还是没有哭，因为她知道，狮子绝不会因为你流泪而大发慈悲的。她静下心来，仔细地想了想，毛病究竟出在哪里？原因找到了，原来是踏油门的脚错踏在刹车上了，汽缸里没有油，怎么能够发动起来呢！这才是名副其实的手忙脚乱呢。

安娜把脚移向油门踏板，车子顺利地发动起来。那个在车前挡路的狮子，听到马达"轰！"的一声响，吃不准这铁家伙要干什么，吓得猛地一跳，躲得远远的。安娜猛踏油门快挂挡，只听"轰"的一声，车子冲出十几米。

那扒车门的狮子被甩到了路边。在车顶上的那一只运气倒不错，车子猛然一开动，把它在车顶上摔个大跟头，车顶被它砸出大凹坑。车子越开越快，使它动也不敢动。

三只狮子已甩掉了两只，这会儿，安娜的心里平静多了。她想：车顶上这只就暂时让它在上面吧，只要前面有个急转弯，就能把它甩下去。

然而，首次参赛的安娜并不知道，这最后一小时的路程却是一条笔直的公路。路两边是五米一棵的行道树，树外是深水沟，根本不能来个急转弯。她想甩也甩不掉。那狮子呢，倒也自在，它竟然在车顶上睡起大觉来。

眼看终点就要到了，夹道观众也逐渐多了起来。当人们看到安娜车顶上卧着一只大狮子，无不惊讶。

安娜驱车直达终点广场。她想：万万不能马上停车，因为车子一旦停下来，那狮子就会跳将下来，那就闯大祸了。她到了广场，一看广场的右边有个大水塘，急中生智，从东往西，向着水塘方向直冲过去。当她把车子开到离水塘还有五米远的时候，突然来个左转弯，只见那狮子“嗖”的一声，向着右边的水塘飞去，接着“嗵”的一声，掉进了水塘里。那些看热闹的人们都围了过去，看那狮子在水里挣扎。这水塘四周都是用方石砌成的，直上直下，有一人多高，狮子就是有天大的本事，也别想从水中蹦上来。后来，还是动物园的工人拿来网，把它拖了上来，送进了动物园。

安娜的车赛成绩是第七名，当人们向她祝贺时，她淡淡地说：“第七名，没什么可喜的。明年我要争第一！”

第三编　名人趣闻故事

开卷提示

现今的青少年朋友们热衷追星，喜欢明星们光鲜的外表和迷人的微笑。其实，除了这些明星以外，从古至今的许多名人身上都有许多值得我们借鉴和学习的地方，读过此编，你将感触颇多。

鲁班

鲁班是我国春秋时期的一位著名的建筑工匠，他在建筑史上有许多创造发明。攻城的云梯和磨粉的磨是他发明的，一些木工工具，如锯、钻、刨也是他创造的，人们称他是建筑工匠的“祖师”。

鲁班出身于世代工匠的家庭，从小就随家里人参加过许多土木建筑的施工，有一定的实践体会。相传鲁班年幼时调皮贪玩，这本属儿童的天性，但他的玩不是无目的“撒野”，而是每天花很多时间玩建筑工艺。如用树枝搭个房子，拆了又搭，搭了又拆；用砖石垒座小桥；找些树根雕个什么玩意儿……有时一玩就是一整天，连吃饭都忘记了。左邻右舍的人见鲁班整天摆弄这些东西，认为他没有出息，说有出息的孩子应该用功读书写字。

小鲁班不被人接受，只能说明这些人眼光短浅。而鲁班的母亲却不以为然，她认为鲁班玩得很有意义。她知道，摆弄这些建筑是很动脑筋的，所以，母亲认为小鲁班很有心计，将来能成大器。于是，母亲鼓励儿子去做他喜欢做的事，发展他的才干，开拓他的智慧。最后，鲁班终于从贪玩的孩子成长为建筑工匠的祖师。

鲁班年少时，十分孝敬父母。有一年，父亲死于吴国，鲁班母子俩要赶去奔丧，可路途太遥远了。小鲁班担忧母亲走不了那么远的路。于是，他连夜进行设计，制造了一辆车子。这车子用木材制成，车内安装有木制摇把。只要摇把一转，就能驱动车子向前行进。不断摇动，可让车子不断向前运动。车子造好后，小鲁班让母亲坐在上面，又快又省劲地到达了吴国。

古代伐木都用斧子，干活又累又慢。有一次，鲁班上山伐木，不料手指被山上的野草划破了，血流不止。鲁班想，一棵小草都如此锋利，如果用铁打成这样的刺，不就可以锯树了吗？于是鲁班发明了锯，至今人们还沿用这种工具。鲁班一生中发明了许多东西，为人类造福不浅，不仅后世的木匠尊崇他为“祖师”，还有更多的人追念他的功绩，把鲁班当做勤劳智慧的化身。

王昭君

汉宣帝在位的时候，汉朝又强盛了一个时期。那时候，匈奴由于贵族争夺权力，势力越来越衰落，后来，匈奴发生分裂，五个单于分立，互相攻打不休。

其中一个单于名叫呼韩邪，被他的哥哥郅支（郅音 zhì）单于打败了，死伤了不少人马。呼韩邪和大臣商量，决心跟汉朝和好，他亲自带着部下来朝见汉宣帝。

呼韩邪是第一个到中原来朝见的单于，汉宣帝像招待贵宾一样招待他，亲自到长安郊外去迎接他，为他举行了盛大的宴会。

呼韩邪单于在长安住了一个多月。他要求汉宣帝帮助他回去。汉宣帝答应了，派了两个将军带领一万名骑兵护送他到了漠南。这时候，匈奴正缺少粮食，汉朝还送去三万四千斛（音 hú，古时候十斗为一斛）粮食。

呼韩邪单于十分感激，一心和汉朝和好。西域各国听到匈奴和汉朝和好了，也都争先恐后地同汉朝打交道。汉宣帝死了后，他的儿子刘奭（音 shì）即位，就是汉元帝。没几年，匈奴的郅支单于侵犯西域各国，还杀了汉朝派去的使者。汉朝派兵打败了郅支单于，把郅支单于杀了。

郅支单于一死，呼韩邪单于的地位稳定了。公元前 33 年，呼韩邪单于再一次到长安，要求同汉朝和亲，汉元帝同意了。

以前，汉朝和匈奴和亲，都得挑个公主或者宗室的女儿。这一次，汉元帝决定挑个宫女给他，他吩咐人到后宫去传话："谁愿意到匈奴那里，皇上就把她当公主看待。"

后宫的宫女都是从民间选来的，她们一进了皇宫，就像鸟儿被关进笼里一样，都巴望有一天能把她们放出宫去。但是听说要离开本国到匈奴那里，却又不乐意。

有个宫女叫王嫱（音 qiáng），也叫王昭君，长得十分美丽，又很有见识。为了自己的终身，她毅然报名，自愿到匈奴和亲。

管事的大臣正在为没人应征焦急，听到王昭君肯去，就把她的名字上报汉元帝。汉元帝吩咐办事的大臣择个日子，让呼韩邪单于和王昭君在长安成亲。

呼韩邪单于得到这样一个年轻美貌的妻子，高兴和感激的心情是不用说的了。

呼韩邪单于和王昭君向汉元帝谢恩的时候，汉元帝看到昭君又美丽又大方，多少有点舍不得。他想把王昭君留下，可是已经晚了。

传说汉元帝回到内宫，越想越懊恼。他再叫人从宫女的画像中拿出昭君的像来看。模样虽有点像，但完全没有昭君本人那样可爱。

原来宫女进宫后，一般都是见不到皇帝的，而是由画工画了像，送到皇帝那里去听候挑选。有个画工名叫毛延寿，给宫女画像的时候，宫女们送点礼物给他，他就画得美一点。王昭君不愿意送礼物，所以毛延寿没有把王昭君的美貌如实地画出来。

汉元帝一气之下，把毛延寿杀了。

王昭君在汉朝和匈奴官员的护送下，离开了长安。她骑着马，冒着刺骨的寒风，千里迢迢地到了匈奴，做了呼韩邪单于的阏氏。日子一久，她慢慢地也就生活惯了，和匈奴人相处得很好。匈奴人都喜欢她，尊敬她。

王昭君远离自己的家乡，长期定居在匈奴。她劝呼韩邪单于不要去发动战争，还把中原的文化传给匈奴。打这以后，匈奴和汉朝和睦相处，有六十多年没有发生战争。

王昭君离开长安没有多久，汉元帝死去，他的儿子刘骜（音 ào）即位，就是汉成帝。

张衡

张衡（78～139），字平子，是我国东汉时期著名的科学家、文学家，他的出生地在现在的河南省南阳县的石桥镇。他的祖父张堪做过太守，为官清廉。父亲早逝，因此张衡家里很贫穷。张衡从小就勤奋好学，加上天资聪颖，很早就闻名乡里。

据史书记载，他10岁时就“能五经贯六艺”，过目成诵。他兴趣很广泛，常常涉猎自然科学方面的读物，而且写得一手好辞赋。

一天，张衡从一本诗集里读到四句诗，描述了北斗星在各个季节傍晚时的变化：“斗柄指东，天下皆春；斗柄指南，天下皆夏；斗柄指西，天下皆秋；斗柄指北，天下皆冬。”他觉得这太有意思了。天上的繁星闪烁，有的像箕，有的像斗，有的像狗，又有的像熊，它们的运行各有怎样的规律呢？这简直是太美妙了。于是张衡根据诗的内容又参考别的书籍画成了天象图，每夜只要是没有云彩，他就默默地对着天象图仔细观察着夜空。广漠的星空有多少难解之谜呀，他观察着、记录着、思考着，他的脑袋里装满了各式各样的问题，充满了五颜六色的幻想。后来，他终于确认那四句诗描述得不够准确，事实上斗柄早春指东北，暮春却指东南。

少年时代对日月星辰的观察，激发了张衡努力探索天文奥秘的决心。后来他两度出任中央政府专管天文的太史令，在这方面取得了辉煌的成就。据《辞海》所记：他首次正确解释月食是由月球进入地影而产生；观测和记录了中原地区能看到的2500颗星星，并且绘制了我国第一幅较完备的星图；他创制了世界上第一台候风地动仪；创造了指南车、自动记里鼓车和能飞行数里的木鸟等。

渴求知识的张衡总是感到自己知识的不足，不满17岁时，他辞别母亲独身一人到外地访师求学。在古都长安，他游览了当地的名胜古迹，考察了周围的山川形势、物产风俗和世态人情。在当时的京都洛阳，他结识了不少有学问的朋友，其中有一个叫崔瑗，精通天文、数学、历法，还是很有名气的书法家。张衡登门向他求教。正是由于他这种虚心好学的精神使得他在各方面获益匪浅。

张衡除了在天文学方面有杰出成就外，在地震学的研究上也是举世瞩目的，他创制的候风地动仪比欧洲相类似的仪器早问世1700多年。他还是东汉六大画家之一，他写的《二京赋》“精思博会，十年乃成”，为人们所津津乐道。

河南省南阳县的北面有张衡墓和平子读书台，墓碑上有郭沫若的题词：“如此全面发展之人物，在世界史上亦所罕见。”

司马迁

司马迁（约公元前145~前87），陕西韩城人。他是西汉伟大的史学家、文学家和思想家。他写的《史记》，计130篇，约50万字，记述了从黄帝到汉武帝太初元年约三千年中的重大历史事件和杰出的历史人物，是中国古代历史的总结，也是光耀千古的文学著作。

司马迁幼年是在韩城龙门度过的。龙门在黄河边上，山岳起伏，河流奔腾，风景十分壮丽。这条中华民族的母亲之河滋养了幼年的司马迁。他常常帮助家里耕种庄稼，放牧牛羊，从小就积累了一定的农牧知识，养成了勤劳艰苦的习惯。在父亲的严格要求下，司马迁10岁就阅读古代的史书。他一边读一边做摘记，不懂的地方就请教父亲。由于他的勤奋和聪颖，中国三千年的古代历史在他的头脑中有了大致轮廓。后来，他又拜大学者孔安国和董仲舒等人为师。他学习十分认真，遇到疑难问题，总要反复思考，直到弄明白为止。在父亲的熏陶下，他从小立志做一名历史学家。

一天，快吃晚饭了，父亲把司马迁叫到跟前，指着一本书说：“孩子，近几个月，你一直在外面放羊，没工夫学习。我也公务缠身，抽不出空来教你。现在趁饭还不熟，我教你读书吧。”司马迁看了看那本书，又感激地望了望父亲，说：“爸爸，这本书我读过了，请你检查一下，看我读得对不对？”

说完把书从头至尾背诵了一遍。

听完司马迁的背诵，父亲感到非常奇怪。他不相信世界上真有神童，不相信无师自通，也不相信传说中的神人点化。可是，司马迁是怎么会背诵的呢？他百思不得其解。

第二天，司马迁赶着羊群在前面走，父亲在后边偷偷地跟着。羊群翻过村东的小山，过了山下的溪水，来到一片洼地。洼地上水草丰美，绿油油的，惹人喜爱。司马迁把羊群赶到草地中央，等羊开始吃草后，他就从怀中掏出一本书来读，那朗朗的读书声不时地在草地上萦绕回荡。看着这一切，父亲全明白了。他高兴地点点头，说："孺子可教！孺子可教！"

从20岁起，司马迁开始到各地游历，考察历史和风土人情，为他日后编写史书提供了充足的史料。做太史令后，他常有机会随从皇帝在全国巡游，又搜集了大量的历史资料，还了解到统治集团的许多内幕。他还如饥似渴地阅读宫廷收藏的大量书籍，收集了各种重要的史料。就在他写《史记》的时候，由于他为李陵说情触犯了汉武帝，被关入监狱，判处了重刑。

司马迁出狱后继续写作，经过前后10年艰苦的努力，终于写成了《史记》。这部巨著对后世史学与文学都有深远的影响。

华佗

华佗（141～208），安徽省亳县人，东汉外科医生。他首创了"麻沸散"，是我国历史上第一个使用麻醉技术进行手术的医生，成为我国古代医学家中杰出的代表人物。

华佗7岁死了父亲，哥哥被抓去充军，一去不返，音信全无。家庭十分贫困，只有小华佗和母亲相依为命。

华佗从小爱好读书，富有钻研精神，对医学饶有兴趣。在母亲的教育下，小华佗立志不图官位，愿为良医，以救民济世为本。

后来，母亲得了一种奇怪的病，忽冷忽热，周身疼痛，皮肉肿胀。华佗请来很有名气的大夫治病，也不见成效。母亲病故前对华佗说："孩子，记住你的父母都是被这种古怪的病折磨死的。我希望你早日学成医术，好让百姓少受疾病之苦！"

母亲的去世激发了华佗发愤学医、普济众生的决心。他来到城里，要拜父亲的生前好友蔡医生为师学医。蔡医生一开始并不想收华佗为徒，可是一想，华佗父亲生前是自己的老朋友，朋友一死，转眼不认人，也太不讲情义了。所以，他想考考华佗，如果他是一块做医生的料，就收；否则，就不收。

蔡医生主意已定，他见几位徒弟正在院子里采桑叶，而最高处枝条上的桑叶够不着，便对华佗说：“你能设法把最高的桑叶采下来吗？”华佗说：“能。”他叫人取了根绳子，拴上块小石子，只一抛，绳子抛过枝条，树枝被压下来，桑叶就采到了。蔡医生又看见两只山羊在斗架，眼都斗红了，谁也拉不开，就说：“华佗，你能把这两只山羊拉开吗？”华佗又说：“能。”

只见他拔来两把鲜草，放在羊的旁边，斗架的羊早就斗饿了，一见鲜草，忙着抢草吃，自然散开不斗了。

蔡医生见华佗如此聪明，就收他为徒。后来华佗跟随师父刻苦钻研，注重实践，终于成为被人拥戴的一代名医。

华佗根据医道，自编了一套“五禽戏”体操，教人用来锻炼身体。不少人练了很有效果。华佗的一位表弟长期做“五禽戏”体操，年老时，耳聪目明，牙齿坚固，为同龄人所羡慕。

华佗一生刚直不阿，不求虚名。华佗替曹操治好了偏头痛病，深得曹操赏识。曹操要他留在曹府，并给他优厚的报酬。华佗在曹府做了一段时间的侍医，但他身在曹府，却心在民间，总想为老百姓多解除疾病之苦。

有一次，华佗借故妻子有病，回家探望。回家后，他不愿再去曹府。曹操知道后，以欺骗的罪名把华佗杀了。曹操成了有罪之人，而华佗一直被后人传颂。

曹冲

曹冲的父亲曹操是个大官，外国人送给他一只大象，他很想知道这只大象有多重，就叫他手下的官员想办法把大象称一称。

这可是一件难事。大象是陆地上最大的动物，怎么称呢？那时候没有那么大的秤，人也没有那么大的力气把大象抬起来。官员们都围着大象发愁，谁也想不出称象的办法。

正在这个时候，跑出来一个小孩子，他站到大人面前说：“我有办法，我有办法！”官员们一看，原来是曹操的小儿子曹冲，他们嘴里不说，心里在想：哼！大人都想不出办法，一个五六岁的小孩子，会有什么办法！

可是千万别瞧不起小孩子，这小小的曹冲就是有办法。他想的办法就连大人一时也想不出来。他父亲就说："你有办法快说出来让大家听听。"

曹冲说："我称给你们看，你们就明白了。"

他叫人牵了大象，跟着他到河边去。他的父亲，还有那些官员们都想看看他到底怎么个称法，就一起跟着来到河边。河边正好有只空着的大船，曹冲说："把大象牵到船上去。"

大象上了船，船就往下沉了一些。曹冲说："齐水面在船帮上画一道记号。"记号画好了以后，曹冲又叫人把大象牵上岸。这时候大船空着，船就往上浮起一些。

大家看着，只见一会儿把大象牵上船，一会儿又把大象牵下船，心里说："这孩子在玩什么把戏呀？"

接下来曹冲叫人挑了石块，装到大船上，挑了一担又一担，大船又慢慢地往下沉了。

"行了，行了！"曹冲看见船帮上的记号齐了水面，就叫人把石块又一担一担地挑下船。这时候，大家明白了：石块装上船和大象装上船，那船下沉到同一记号上，可见，石块和大象是同样的重量；再把这些石块称一称，把所有石块的重量加起来，得到的总和不就是大象的重量了吗？

大家都说，这办法看起来简单，可是要不是曹冲做给大家看，大人还真想不出来呢。曹冲真聪明！

骆宾王

骆宾王（约640~684），婺州义乌（今属浙江省）人，唐代文学家。他与王勃、杨炯、卢照邻一起，被人们称为"初唐四杰"。他曾经担任临海县丞，后随徐敬业起兵反对武则天，兵败后下落不明，或说是被乱军所杀，或说是遁入了空门。有《骆宾王文集》遗世。

骆宾王年少才高，很小就喜爱文学。他善于从一个天真活泼的孩子的角度去观察事物，抓住特征去描绘。他童年时的诗歌，天真率直，很富灵性，素来脍炙人口。

一天，骆宾王来到家门前的小河边玩耍，他又看到了那一群司空见惯的鹅。它们像几位绅士在河面上悠闲自在地游着。雪白的羽毛，长长的脖子，青枝绿叶般的水，红红的鹅掌，慢慢地拨动着清亮的水波。突然，一只鹅伸长脖子，脆亮地叫一声“鹅”，紧接着其他的鹅也都对天歌唱起来，骆宾王看到这情景，内心怦然一动，他凝神地注视着鹅群，信口吟出了一首四句诗：

鹅、鹅、鹅，曲颈向天歌。

白毛浮绿水，红掌拨清波。

反复吟诵这首诗，不仅会在眼前浮现出一幅多彩的画面，而且仿佛可以听到美妙的声音：孩子的唤鹅声，鹅引颈高歌声、戏水声。我们读了会感受到春天的盎然生机，感受到农村生活的宁静和甜美。

骆宾王自小就胸怀建功立业的远大抱负，天生一副侠肝义胆，但他一生坎坷，他曾经担任过长主簿，不久因罪入狱，贬临海丞，郁郁不得志，弃官而去。后来他协助徐敬业讨伐武则天，起草的《代徐敬业传檄天下》名扬天下，连武则天本人读了也感叹说：“这样有才能的人得不到重用，让他流落，宰相的过错不小!”

王勃

王勃（公元650~676），字子安，绛州龙门（今山西河津）人，唐代著名文学家。乾封元年及第，授期散郎，著有《王子安集》。他写的《滕王阁序》被誉为千古绝唱。

王家是绛州有名的书香世家。王勃的爷爷王通就是著名的文仲子，弃官归隐，授徒著书，著有《中说》。王勃的父亲王福对儿子们的学习要求十分严格。王勃幼年天资聪颖，他一方面有良好的学习环境，另一方面能刻苦攻读，史书上说他“六岁善词章”，写起文章来洋洋洒洒，思路畅达，又快又好，与他的两个哥哥不相上下，号称“王氏三珠”。他9岁时读《汉书注》，就能发现错误，写了《指瑕》十卷。王勃十几岁应试考场，授期散郎，又被沛王李贤聘为署府修撰。由于王勃才华出众，与杨炯、骆宾王、卢照邻并称为“初唐四杰”。

王勃一向不满于豪门和官场的倾轧，加上才高气盛，遭同僚的嫉妒。正好因为一个案件的牵连，上元二年（公元675年），父亲被贬为交趾令。

这年九月，王勃悲愁难遣，怀着郁闷的心情到交趾去看望父亲，走到南昌，正好是重阳节。南昌府都督阎公整修的滕王阁落成，正在阁内大摆庆功宴，邀集一班文人雅士、社会名流饮酒赋诗，欢度重阳。这滕王阁乃显庆四年滕王李之婴任洪州都督时修建，前临赣江，有西江第一楼之称。王勃久慕此阁，到此哪能不游！

来到滕王阁，只见楼高九丈，阁分三层，雕梁画栋，巍峨壮观。南有压江亭，北有挹翠亭，高低错落，相映成趣。上得楼来，但见阁道上丹漆彩画，光艳照人。远眺则山野平川尽收眼底，鸟瞰则澄江如练，百舸争流。王勃看得如醉如痴，不禁文思泉涌，不能自已。王勃正沉醉于楼阁的宏伟与山河的壮丽之中，忽然一阵箫管鼓乐之声从宴会厅传来。王勃循声望去，只见阎都督满面春风，正在举杯致词：“今日乃重阳登高之日，又逢滕王阁整修已成，老夫聊备薄酒，为各位助兴。现在我提议，以滕王阁为题，或赋诗，或作文，效兰亭故事，以不枉今日之雅会。”众宾客深知都督心思，他是想让自己的女婿孟学士当众写一篇序文，以显示其才华。因此阎公派人拿纸笔巡让众客人，大家你看我，我看你，谁也不肯贸然动笔。王勃远道而来，自然不明就里，加上年轻气盛，恃才傲物，联想到自己的遭际，情思满怀，不吐不快。

送纸墨的刚到跟前，王勃便上前拿起笔来，饱蘸浓墨，便挥笔疾书起来。

阎都督一看大怒，心里骂道：“哪来的毛孩子，不知进退，坏我大事！”不禁拂衣而起。他叫人暗暗在一旁观看，看他写些什么，再做处置。

暗中观看的人第一次回报说：“星分翼轸，地接衡庐。”阎公沉吟不语起来。这里已开始写南昌地形的雄阔，自是不同凡响。待回报写到“落霞与孤鹜齐飞，秋水共长天一色”，这里描写望中秋景，诗中有画，画中有诗，俱是神来之笔。阎都督抚案而起，赞叹道：“这真是少有的天才啊！这篇文章要世代流传，永垂不朽了。”在座的众宾客纷纷称赞，连阎公的女婿孟学士也佩服得五体投地，自叹弗如。阎公将王勃请到宴席上，大家尽欢而散。

这次交趾之行，王勃不幸在海上遇风浪溺水而死，年仅27岁。

李白

李白（701~762），字太白，号青莲居士。先世为陇西（今甘肃）人，5岁时随父亲迁居四川。少年即显露才华，吟诗作赋，博学广览，并好游侠。

李白25岁时开始漫游各地，42岁那年被任命为供奉翰林。李白毕生写诗。他写起诗来既快又好，杜甫说他是“斗酒诗百篇”。他的诗歌热情奔放，气势宏阔，富有浪漫主义色彩，后世称他为“诗仙”。

李白的父亲是位商人，做生意赚了不少钱，相当富裕。相传李白小时候在四川象耳山读书，有一天他逃学下山，经过一条小山涧，见到一位老奶奶在山涧旁磨铁棒。李白觉得很奇怪，走上前询问，老奶奶回答说要用铁棒磨针。一根粗铁棒要磨成一根细小的针谈何容易，但老奶奶信心十足，她说：“只要功夫深，铁棒磨成针。”从此以后李白就打消逃学念头，下工夫读书了。他既学文又习武，专门学习剑术，决心要做一个满腔侠义的“游侠”。

李白幼年时记忆力特别好。诸子百家，佛经道书，无不过目成诵。据说他5岁就会诵写“六甲”，10岁能读诸子百家的书，懂得了不少天文、地理、历史、文学等各方面的知识。此外，他还学会了弹琴、唱歌、舞蹈。

一天，李白家中来了一位客人，风流儒雅，气概不凡，是当时很有名气的文人，这次是到蜀中来做官的。在长安，他早就听说李白的诗名，这次到蜀中还未上任就前来拜访了。家人带他来到一条河边的柳树荫下，只见一个年幼的书生，头戴纶巾，佩一把宝剑，正在吟诗，同样是风流倜傥，卓越不群，诗人对这少年的喜欢之情油然而生。他又看了看少年李白的诗稿，先是吃惊，后是赞叹，最后竟是击节拊掌了，他说：“小家伙的文辞简直可以和司马相如平分秋色啊！好好写吧，中国第二个屈原就要横空出世了。”

李白自小志趣远大，禀性高洁。当时的读书人要想求取功名，都去参加进士考试。李白想，大丈夫在世，要做就做个国家栋梁，否则就一辈子只当一个平民百姓。他常常自比谢安，相信总有一天“长风破浪会有时，直挂云帆济沧海”。

李白少年时代的诗歌留下来不多，比较早的一篇是《访戴天山道士不遇》。说的是有一天李白到深山的道观中去寻访一位道士。时值初春季节，桃花正带露开放，飞瀑流泉，野竹小鹿，山中景色确实美不胜收。然而道士却始终没有回来，从早晨到下午，一直见不到人影，他只好悻悻而归了。回到家后，李白越想越觉得那道士真是如同不食人间烟火的神人，再也按捺不住诗兴，于是展纸挥笔：

犬吠水声中，桃花带露浓。
树深时见鹿，溪午不闻钟。
野竹分青霭，飞泉挂碧峰。
无人知所去，愁倚两三松。

杜甫

杜甫（712~770），字子美，诗中常常自称少陵野老，祖籍襄阳（今属湖北）。他是唐朝著名大诗人，他的诗作成为我国古代诗歌的现实主义高峰，有“诗圣”之称。

杜甫的家庭是书香世家。他的远祖杜预是晋代著名学者、军事家，祖父杜审言是武则天时代的著名诗人。在这样的家庭中，杜甫自幼受到良好的教育。早在咿呀学语时，母亲就教他背诵古代诗歌，从《诗经》到《楚辞》再到汉代乐府。他记忆力特别强，一天能背几首诗。不几年，胸中已装了几百篇诗文。

7岁那年的一天，父亲教他背诵古代的赋，其中有“凤凰”之名。杜甫早就听说过凤凰鸟，但就是没见过，于是抬起头来问父亲：“凤凰鸟是什么样的?”父亲告诉他：“这鸟是古代传说中的鸟王，雄为凤，雌为凰。它头像鸡，颈如蛇，翎似燕，背如龟，尾如鱼。这种鸟不与其他凡鸟为群，是高洁的象征。”杜甫听了深深地印在脑中，过了一会儿他对父亲说：“有志的人也应该像凤凰，对不对?”父亲高兴地抚摸着他的头说：“对，对。”

“那我就作一首凤凰诗吧。”杜甫说。父亲惊喜地睁大眼睛：“好，念出来我听听。”于是杜甫吟诵起来。诗中把他理想中的凤凰尽情讴歌了一番，最后抒发情怀：做人一定要做一个出类拔萃的人。父亲听了非常高兴，从此以后就更加用心培养他了。

到了9岁，杜甫已经能写一般常用的字，他常常把自己的得意诗作读给大人们听。到了十四五岁，当地诗人聚会的时候就一定要有他在场，有时人们还是把他从树上叫下来的呢！当时长安有一个名人汇聚的中心，那就是歧王的家里，诗人、学者、艺术家常常是济济一堂。最使杜甫难忘的是，他承先辈们的介绍，到过歧王的王宫，在那里结识了许多名流，有幸欣赏了名噪一时的歌唱家李龟年的演出。

杜甫20岁离家漫游，他游吴越、登泰山、访燕赵，增长了很多见识。33岁这一年，他在洛阳与另一个诗歌巨子相遇了，那就是李白。他40多岁时国家发生动乱，自己也离乡背井，流离失所，生活无着，却用血泪写出了千古传诵的诗篇。

白居易

白居易（772～846），字乐天，号香山居士，原籍太原，后迁居下邽（今陕西渭南县东北），他是唐代大诗人，新乐府运动的倡导者。与唐代另一大诗人元稹齐名，世称“元白”，有《白氏长庆集》七十五卷。

白居易生活在唐朝由盛到衰的时期，饱尝离乡背井之苦。他的祖父和父亲做过县令一类的地方官，祖母和母亲都能诗善文。他从小就受到很好的文化熏陶，五六岁时开始学写诗，八九岁时已通晓声韵。他学习非常刻苦，读书、作文、学习写诗，一日也不间断。因为经常朗读和写字，他的口舌生了疮，手肘磨出了老茧。

贞元三年（公元787年），16岁的白居易带着自己的诗稿，去京城长安，此时正值早春，冰消雪融，刚刚生出的嫩芽，沐浴着春风从枯蒿腐草间探出头来，他喃喃自语道：“果真是‘春风吹又生’了。”

原来他触景生情，想起他写的题为《赋得古原草送别》的诗来了。

白居易来到长安，拜见了担任著作郎、掌管编纂国史和起草重要文件的大诗人顾况。白居易恭恭敬敬地从书囊里拿出自己的诗稿，恳请顾况指教。

老人将诗稿漫不经心地打开，低声吟读起来。读着读着，他忽然被那首题为《赋得古原草送别》的诗吸引住了。他反复吟咏品味着：

离离原上草，一岁一枯荣。
野火烧不尽，春风吹又生。
远芳侵古道，晴翠接荒城。
又送王孙去，萋萋满别情。

“妙绝！妙绝！”老人读完这首送别诗，情不自禁地拍案叫绝。他喜欢这首诗真挚充沛的情感和朴实无华的风格，尤其欣赏前两行耐人寻味的独特意境。作为人，不同样应该像那莽原上的野草一样，在逆境中顽强地斗争、倔强地生活吗？

“恩师过奖了，晚生无地自容。”白居易红着脸，喃喃地说道。老人从白居易口里知道白居易的家世，知道他从11岁起就远离故乡亲人，在浙江一带过着萍踪浪迹的生活；知道他今天来长安是希望在这人才荟萃的国都，得到诗人的推荐和延聘，找到一个理想的出路，施展自己的抱负。老人越发怜爱这位才华横溢的少年诗人了。

顾况最初看到诗稿上写着“白居易”三个大字时，还打趣说：“长安物价猛涨，只怕居住很不容易呢！”后来他紧紧拉住白居易的手说：“年轻人，能写出这样的诗句，不要说住在长安，就是走遍天下也不困难了！老夫刚才开了个玩笑，可不要见怪噢。”

由于得到顾况的夸赞，白居易很快在长安出了名。不到几年，他考中进士。唐宪宗听说他的名气后，又提拔他做了翰林学士，后来又派他担任右拾遗。

白居易并不是一个追名逐利、阿谀奉承的官僚。他创作了大量乐府诗，有不少是揭露当时社会上的不良现象，对官僚统治集团鱼肉人民的罪行进行了无情的抨击，对劳动人民的痛苦遭遇表示无限的同情。他又敢于向皇上犯言直谏，大胆发表意见，所以皇帝反感，同僚嫉恨，他一生在政治上很不得志，后来降为江州司马。以后虽然又几次回到京城，做了几任大官，但因为朝政混乱，像白居易这样的人不可能有所作为。他把主要精力用于诗歌创作，共写下两千八百多首诗，这些诗成为我国文学宝库中灿烂的明珠。

范仲淹

范仲淹（989～1052），字希文，苏州吴县（今属江苏）人。北宋初期著名的军事家、政治家和文学家。太宗祥符进士，由晏殊荐为秘阁校理。后拜枢密副使、参知政事。他主张推行新政，改革吏治，提倡农桑，减轻劳役，加强军备，因保守派反对而失败。工于诗词散文，有《范文正公集》。

范仲淹本来生活在一个官宦之家。五代时期，他的爷爷范赞时任吴越国秘书监。父亲范墉任武宁军（徐州）节度掌书记。范仲淹就是范墉在徐州所生的第三个儿子。可悲的是，范仲淹刚两岁时父亲便去世了。随着家境的衰落，他的母亲谢氏不得不带着他改嫁给淄州长山县（今山东邹平县东）朱氏，更姓朱，名说，中进士后恢复本姓。范仲淹小时候很有志气。他曾在长白山（今山东邹平县南）醴泉寺读书，因家庭贫苦，每天只能煮一盆薄粥，划作四块。早晚各两块，切一点荠菜，加一点盐来吃，这样苦学了三年。后来，他知道了自己的家世，十分难过，哭着辞别了母亲，到南都（今属河南商丘）学舍读书。他这时学习更加刻苦，夜以继日，有时通宵达旦，五年没有脱衣服睡过觉。由于范仲淹勤奋学习，终于成为一个很有学问的人。

范仲淹从小就怀有远大的抱负。当他还是个秀才时，就“以天下国家为己任”，后来他当了谏官，大胆揭发吕夷简滥用职权，任用私人，受到贬谪处分。后来他在与西夏的战争中立了大功，又回朝任副宰相，积极推行新政，因触犯一部分权贵利益而遭到排挤，回到陕西防守边境，新政也就废止了。

第二年，在岳州做官的老朋友滕子京修建当地的名胜岳阳楼，请范仲淹写一篇纪念文章。范仲淹写下了脍炙人口的《岳阳楼记》。他在这篇文章里提出，一个具有远大抱负的人，应该“先天下之忧而忧，后天下之乐而乐”。一千多年来，这句话成为激励中华民族古往今来的仁人志士为国为民奋斗不息的警句。范仲淹一生艰苦朴素，经常把自己的薪俸分给乡亲，深得人民拥戴。他“死之日，四方闻者，皆为叹息”，人民“哭之如父”。

毕昇

毕昇（？～约1051），北宋活字印刷术的发明者。他出身贫寒，从小学徒。过去没有印刷技术，书籍只能靠人抄写。一部书要花很多时间才能抄完，因此书籍显得十分宝贵。

五代时的大官僚冯道，开始用雕刻版印刷发行“五经”。印一页书，必须先把字雕刻在木板上。刻一部书要花费几个月或者一年的时间。如果是一部大书，就需要花几年的时间和大量的人力、物力。

到了北宋时候，雕刻印刷大为盛行。相传杭州西山有位号称“神刀王”的雕刻师傅，技术出众，很负盛名，但他有个怪脾气，从来不肯收徒弟。那时毕昇还是个小孩子，听别人说后，就慕名前往拜师。“神刀王”看他虽然小小年纪，但聪明灵巧，十分讨人欢喜，就破格收下了这名小徒弟。毕昇跟着师傅早起晚睡，勤奋学习雕刻技术，不长时间，他的技艺就有了长足的进步。

几年后的一天，“神刀王”雕刻晋代大书法家王羲之的《兰亭序》，让毕昇在一旁观看揣摩。哪知毕昇不小心碰了师傅的胳膊，结果最后一行的一个“之”字刻坏了。这样，整块木板就要报废。当时“神刀王”没有责备他，可毕昇难过得饭吃不下，觉也睡不着，一连好多天都为此事感到难过。同时他也想，木板雕刻印刷这么麻烦，能不能改进一下呢？此后，毕昇一有空闲，总是考虑这件事。

一天，师傅让他到街上买菜。他边走边想，不觉经过刻制图章的摊前，看到一个一个图章排得很整齐。他想，如果印刷也能像刻图章一样把所需要的字一个一个排起来，就不会因为一个字坏了而影响整块雕版了。他想起了在家和小朋友一起捏泥人的游戏，为何不用泥来试试呢？他有空就用胶泥做成一个个方块，在上面刻成反字。晒干后，涂上墨，果然印出了字。他高兴极了！后来，他又向烧瓷的师傅请教，经过烧制后，字模变得硬了，而且非常灵便，成了活字，排版时，把活字排在铁框里固定好，就可以像雕版一样印刷了。活字印刷不仅节省了大量的材料、时间，而且大大提高了印刷数量和质量，使书籍得到更广泛的流传。

毕昇的发明，比欧洲早400多年。他成了活字印刷的“祖师爷”，对人类文化的发展做出了不可磨灭的贡献。

岳飞

岳飞（1103~1142），字鹏举，相州汤阴（今河南汤阴）人。我国著名的民族英雄，屡建奇功，是南宋初期的抗金名将。

岳飞出身于一个农民家庭，祖上世世代代都在黄土地上勤恳耕作，父亲岳和是个忠厚的庄稼人。他家省吃俭用，常常用节省的粮食帮助饥民度过荒年。邻居有侵占岳家耕地的，岳和干脆割给他；有借钱不还的，岳和也就不要了。

这种忠厚治家的传统直接影响了岳飞。传说岳飞降生时，有一只像大雁一样的大鸟飞鸣而过，所以父亲为他起名叫鹏举。岳飞没满月，黄河决口，母亲姚氏抱着岳飞坐到一个大沙瓮里，才幸免于难。

岳飞小的时候，家里很贫穷。母亲含辛茹苦，亲自教他读书。没有钱买纸笔，就用树枝做笔，沙地做纸，在地上练习写字。他寡言少语，但学习十分用功。尤其喜欢读《左氏春秋》《孙吴兵法》，崇拜诸葛孔明等济世名臣。

他小时还曾写联寄志：“诸葛大名垂宇宙，元戎小队出郊圻。”表明他将来要像诸葛武侯那样报效国家，拯救人民，建功立业。他曾游历泰山，写下“流水崇山怀作者，春兰幽竹契风人”，寄托了他对祖国大好河山的热爱和对名人志士的仰慕。

岳飞不仅用功读书，精心学习兵法，而且刻苦练习武艺。传说中他生就一身神力，未成年时就能拉开300斤的弓，8石的弩；能左右开弓，箭无虚发。其实，岳飞这身武艺完全是练出来的。

岳飞生活的时代，正是内忧外患、民不聊生的时代。国难当头，匹夫有责，岳飞决心练好武艺，保家卫国。他12岁那年，投到一位外号“搬不动”的老师门下。“搬不动”并不教他武艺，却每天让他手拿镐镢、肩挑扁担，在山下挖坑、担水、栽树。一连两个多月，满山遍坡全栽满了树。可“搬不动”还不说教习武艺的事。岳飞心想，我为报效国家，前来求师学武，不能光栽树呀。“搬不动”看出岳飞的心事，笑笑说：“功夫志中来，志在耐中磨。”

过了三个多月，树栽完了，他帮师傅干杂活，师傅还是不提学武。岳飞挂念老母，提出回去看望老母，“搬不动”说：“要学武艺，功在苦中练；要想卫国，须先舍小家，哪有学不到武艺，就中途退却的道理?”从此岳飞再也不提回家了。

春节将临，“搬不动”把岳飞叫来说：“你来到我这里共栽了三千六百棵树，从明天早上开始，你去把这些小树一棵棵挨个摇一摇，不准折断一枝，不准漏掉一棵，太阳不出来，就得摇完。”从此，岳飞半夜就起床，打水扫地伺候好师傅就去摇树。开始时，累得腰酸腿疼，太阳出来，刚刚摇完。

到第十天，离日出还有一个时辰，岳飞就摇完了，腰不酸，气不喘。正好“搬不动”也来到了，他抚着岳飞的头说：“鹏举呀，俗话说，功夫，功夫，全在工夫。没有工夫，哪有功夫！看来，你跟我一年，功夫学得差不多了，明天可以回你母亲那里去了。”岳飞很奇怪，说：“师傅，你还没教我武艺呢!”

“搬不动”摇摇头说：“武艺我不教，我只是教你一点武艺之外的功夫，有了这点根基，你学什么都不难了。”

岳飞辞别了“搬不动”，回到家后又跟周同师傅学习箭法，后来果然练就一身绝技。

宣和四年（公元1122)，岳飞应募出征，母亲在他背上用衣针刺下“精忠报国”四个大字。10 年后，岳飞已经是一位战功赫赫的元帅了。他在《满江红》一词里写道：“三十功名尘与土，八千里路云和月，莫等闲，白了少年头，空悲切!”抒发了他不慕功名，不图利禄，以身报国，只争朝夕的精神。

达·芬奇

达·芬奇画蛋的故事，你一定很熟悉吧？这里再讲一个同样有趣的故事，也是发生在达·芬奇的少年时代。

有一次，有个农民拿来一张盾牌，请达·芬奇的父亲披耶洛在上面画些凶恶的东西。披耶洛虽然绘画技艺不错，但不如达·芬奇画得更好。于是，他就让儿子为他代劳。

画什么呢？达·芬奇决定画希腊神话中的女妖麦杜萨。麦杜萨是什么模样呢？谁也没见过呀！可这难不住达·芬奇。他捉来好多蜥蜴、刺猬、壁虎、蚂蟥、萤火虫，把它们统统放在一间谁也不去的旧屋子里，一边观察，一边思考。几天后，他开始动笔了。他把这些小东西的丑恶特点加以综合和改造，画成了一个口吐毒焰、浑身冒火的妖兽。为了检验效果，达·芬奇把盾牌安放在画架上，拉开窗帘，使盾牌的面上微显阴暗。一切布置好了，他大声地叫道："爸爸，盾牌画好了，您来拿吧！"

披耶洛正惦记着盾牌的事，他心里暗暗嘀咕："这孩子几天来老是不见影儿，大概把画盾牌的事给忘了吧？"一听达·芬奇的喊声，他连忙向那间旧房子跑去。他推开门，刚要迈进门槛，突然惊叫一声："妖魔！"一连倒退了十几步。

达·芬奇疾步出屋，拉住父亲的胳膊说："别怕，这是我画的呀！"

"哎呀，我还以为……"披耶洛摸着额头，心还咚咚跳得厉害。

"爸爸，"达·芬奇高兴地说，"从您惊恐的表情和动作看，说明这盾牌确有震慑的力量，达到预想的效果了。您拿去吧！""真好！"披耶洛赞不绝口。

吴承恩

吴承恩（约1500~1582），字汝忠，明代山阳（今江苏淮安）人，被列为古代四大奇书之一的长篇章回神话小说《西游记》就是他创作的。

吴承恩的父亲吴锐原来是个小商人，幼时嗜书如命，常常站在课堂外面的窗户底下偷听讲课，在店里时常抱书吟哦，因此有人给他取了个外号叫"吴痴子"。由于家庭生活困难，吴锐读书未成，他把自己的希望完全寄托在儿子身上，从小就教吴承恩读书、写字、画画。小承恩天资聪慧，又肯用功学习，诗词曲赋样样精通，还能写一手好字，很小就以"神童"之名誉满乡里。

与老师和父亲的愿望恰恰相反，吴承恩对"四书""五经"远远不如对野史稗言、故事传说兴趣大。平时父母给的零用钱，他全部积攒起来到市场上去买野史、笔记、小说之类的书籍看，还常常一个人躲到僻静地方，读得津津有味，有时忘记了吃饭，忘记了睡觉，急得父母到处找他。待找到他以后，发现读的是不“正经”的书，免不了一阵呵责。

吴承恩读书如醉如痴，入迷着魔，他把父亲那种嗜书如命的脾性全部继承了，邻里乡亲看他从早到晚总是呆呆地读书，因他父亲吴痴子之名，便喊他“小痴子”。吴承恩全然不理会这些，仍然到处搜集各种神奇的书看。

博览群书，使吴承恩博学多才，因此乡间百姓结婚的喜颂、丧事的吊文、做寿的祝词及节日的春联多是请他写，吴承恩也总是有求必应，写得又快又好。

有一天，淮安的一个叫张皇兴的粮商慕名前来请吴承恩，要他为“皇兴粮行”写一副祝颂的对联。这位粮商平素欺行霸市，常常缺斤少两，谁敢稍有不满，他便横鼻竖眼，拳打脚踢，当地群众恨透了他。吴承恩也早就听说了这个人，心里种下了不满的种子。他拿定主意用对联来骂骂这位奸商，于是欣然应允，挥笔写道：皇兴大粮行，慈夙楚城扬；横联是：去四首。

张皇兴一看，喜不自胜，连连道谢，私下以为吴承恩是称赞他以慈善为本，名扬乡里呢，于是请裱糊匠裱好，恭恭敬敬地悬在中堂。他哪里知道吴承恩捉弄了他。原来，如果按照横批把上下联前两个字的部首去掉之后，正成了：王八大粮行，心歹楚城扬。乡亲们暗中知道了底细，无不拍手称快。

吴承恩虽有才华，但在科举考试中屡遭挫折，嘉靖中补贡生，后来做了浙江长兴县的县丞，正直的性格又使他看不惯官场中的欺诈作风，后来干脆回家专心写作，不再涉足黑暗的官场了。他的诗文辑入了《射阳山人存稿》，许多篇目都表现出对当时社会现实的不满。据说他还撰有《禹鼎志》，但已散佚。

郑板桥

郑燮（1693~1765），字克柔，号板桥，江苏兴化县人，清代著名的书画家和诗人。“扬州八怪”中的最杰出者，被后人称为诗、书、画“三绝”。

郑板桥小时候家里很穷，在他需要庇护和爱抚时，母亲却被病魔夺去了生命。在板桥幼小的心灵中，早早地播下了痛苦的种子。尽管母亲没有把他养育成人，但却给了他一个聪明伶俐的脑瓜。少年时代的郑板桥，赋诗撰文就已经很有成就了。

在兴化镇读私塾的郑板桥，没有被生活的贫困缚住手脚，相反却更加发奋苦读。私塾老师看到这样一个有出息的穷弟子，不但不嫌弃，还倍加爱护。

1703 年的暮春时节，只有 10 岁的郑板桥随同私塾老师一起出外郊游。他们来到一条小河边，正准备坐在两块石头上闲谈时，郑板桥突然发现水中有一个鼓鼓囊囊的东西，便随口喊道："先生，您看那是什么？"老师顺着他手指的方向一瞧，果然有一堆异物漂在水面，经师徒仔细辨认，确定是一具女尸。老师见此惨景，心中产生一种痛惜之情，不觉随口吟出一首诗："二八女多娇，风吹落小桥。三魂随浪转，七魄泛波涛。"

老师刚念完他的诗，郑板桥就急着问："先生，您认识这个少女吗？"老师摇摇头说："不认识！"郑板桥又紧紧追问："那您怎么知道这位少女刚好 16 岁呢？"看到老师又摇头，小板桥又接着问下去："先生既然没有亲眼看见这位姑娘是怎样落水身亡的，又怎么可断定她是'风吹落小桥'呢？"

还没等老师回答，他又是一阵连珠炮："您能看见她的三魂七魄随波逐流吗？即使在浪里打转又怎么能看见？"私塾先生尽管被郑板桥问得哑口无言，但他觉得板桥的话很有道理，且很有趣。于是老师并不生气，和颜悦色地问郑板桥："依你看，这诗应该怎么个改法？"郑板桥皱了皱眉头，心情沉重地吟咏道："谁家女多娇，何故落小桥？青丝随浪转，粉面泛波涛。"

私塾先生听罢郑板桥的诗，连声称赞："改得好，改得好！很有独到之处。"

郑板桥的字画和诗一样有名气，其中的奥妙还是在于勇于革新，不盲从他人，终于自成大家。板桥画竹最有名气，同时喜欢题诗一旁。他画的《墨竹图》配的诗是：

画竹插天盖地来，翻风覆雨笔头栽。
我今不肯从人法，写出龙须凤尾排。

在这首诗中，他算是把自己品评到家了。郑板桥自幼苦学，名声大噪以后，不仅国内有无数的崇拜者，连朝鲜国的宰相李艮，也慕名前来拜见，并再三恳求他题诗赠画，回国后奉为翰墨珍宝。

林肯

林肯，美国第16任总统。他领导了美国南北战争，颁布了《解放黑人奴隶宣言》，维护了美联邦统一，为美国在19世纪跃居世界头号工业强国开辟了道路，使美国进入经济发展的黄金时代，被称为“伟大的解放者”。另有多个国家的城市以林肯命名。

林肯出身于一个拓荒者的家庭。竞选时，他没有专车，每到一站，朋友们就为他准备好一辆耕地用的马车，他便站在车上进行竞选演说：“有人写信问我有多少财产，我有一位妻子和一个儿子，都是无价之宝。此外，还租有一个办公室，室内有桌子一张、椅子三把，墙角还有大书柜一个，架子上的书值得每人一读。我本人既穷又瘦，脸蛋很长，不会发福。我实在没有什么可依靠的，唯一依靠的是你们。”

林肯“换马”

一次，林肯和一个法官约定在次日上午9时互相交换一匹马，交换前不准看对方的马，交换后不能反悔，违约者罚款25美元。是时，法官拖着一匹又老又瘦的马来了。一会儿，林肯肩上扛着一个锯木用的木马（锯木支架）也来了。他放下木马，仔细端详着法官的老马，大声说：“哎呀，法官，我在马交易中，还第一次吃那么大的亏呢。”看热闹的人都轰然大笑起来。

永远“拜拜”

林肯在当上美国总统前，曾经担任军队里的一名士官。他所在部队的上司是个只有4.3英尺高的矮上校，林肯的个子却很高。训练时，林肯时常弯下腰，以便注意上校发出的号令。上校不喜欢手下人弯腰驼背，于是常要矫正林肯的姿势：“林肯，把头抬高，再抬高些！”“是！上校！”林肯应道。

“高个子，抬起头!”上校又喊着。林肯忍不住委屈地问：“我是不是要经常保持高姿势?”“是的，一点没错。”“那么，”林肯一脸苦笑地说：“再见了，我永远也看不见你了。”

林肯的机智

有一次林肯正在滔滔不绝地做演说，突然，他的助手递给他一张纸条，上面只有两个字“傻瓜”。林肯瞄了一眼，知道这是有人在捣乱。他没有生气，而是笑着对广大听众说：“先生们，女士们，过去我常常接到许多忘记签上自己名字的纸条。但是这一次我却收到了一张光有签名而没有其他内容的纸条。

第四编　成语故事

开卷提示

成语是历史的积淀，每一个成语的背后都有一个含义深远的故事。经过时间的打磨，千万人的口口相传，每一个成语又是那么深刻隽永、言简意赅。阅读成语故事，可以了解历史、通达事理、学习知识、积累优美的语言素材。

安步当车

出处：《战国策·齐策四》。——曰：“蜀愿得归，晚食为当肉，安步以当车，无罪以当贵，清静贞正以自虞。”

释义：表示慢慢地走，当做坐车。

战国时，齐国有位高士，名叫颜蜀。齐宣王慕他的名，把他召进宫来。颜蜀随随便便地走进宫内，来到殿前的阶梯处，见宣王正等待他拜见，就停住脚步，不再行进。宣王见了很奇怪，就呼唤说：“颜蜀，走过来！”不料颜蜀还是一步不动，呼唤宣王说：“大王，走过来！”宣王听了很不高兴。左右的大臣见颜蜀目无君主，口出狂言，都说：“大王是君主，你是臣民，大王可以叫你过来，你也叫大王过来，怎么行呢？”

颜蜀说：“我如果走到大王面前，说明我羡慕他的权势；如果大王走过来，说明他礼贤下士。与其让我羡慕大王权势，还不如让大王礼贤下士的好。”齐宣王恼怒地说：“到底是君王尊贵，还是士人尊贵？”颜蜀不假思索地说：“当然是士人尊贵，君王并不尊贵！”

宣王说："你说这话有根据吗？"颜蠋神色自若地说："当然有。从前秦国进攻齐国的时候，秦王曾经下过一道命令：有谁敢在高士柳下季坟墓五十步以内的地方砍柴的，格杀勿论！他还下了一道命令：有谁能砍下齐王的脑袋，就封他为万户侯，赏金千镒，由此看来，一个活着的君主的头，竟然连一个死的士人坟墓都不如啊。"齐宣王无言以对，满脸不高兴。大臣们忙来解围："颜蠋，过来！颜蠋，过来！我们大王拥有千乘（一千辆战车）之国，东西南北谁敢不服？大王想要什么就有什么，老百姓没有不俯首听命的。你们士人太卑鄙了！"

颜蠋驳斥道："你们说得不对！从前大禹的时候，诸侯有万国之多。这是为什么呢？因为他尊重士人。到了商汤时代，诸侯有三千之多。如今，称孤道寡的才二十四个。由此看来，重视士人与否是得失的关键。从古到今，没有能以不务实事而成名于天下的。所以君父要以不经常向人请教为羞耻，以不向地位低的人学习而惭愧。"宣王听到这里，才觉得自己理亏，说："我是自讨没趣。听了您的一番高论，才知道了小人的行径。希望您接受我为您的学生，今后您就住在我这里，我保证您饮食有肉吃，出门必有车乘，您夫人和子女个个会衣着华丽。"

颜蠋却辞谢说："玉，原来产于山中，一经匠人加工，就会破坏；虽然仍然宝贵，但毕竟失去了本来的面貌。士人生在穷乡僻壤，如果选拔上来，就会享有利禄；不是说他不能高贵显达，但他外来的风貌和内心世界会遭到破坏。所以我情愿大王让我回去，每天晚点吃饭，也像吃肉那样香，安稳而慢慢地走路，足以当做乘车；平安度日，并不比你差。清静无为，纯正自守，乐在其中。命我讲话的是您大王，而尽忠宣言的是我颜蠋。"颜蠋说罢，向宣王拜了两拜，就告辞前去。

安居乐业

出处：《老子》。——甘美食，美其服，安其居，乐其俗。

释义：表示生活美满、安定。

春秋时，有一位著名的哲学家和思想家，他姓李，名耳，字聃。据说他刚生下来的时候，就是一个白头发、白胡子的小老头儿，所以人们称他

“老子”；还说他是在一棵李树下出世的，所以姓李；又因为他耳朵长得特别大，所以名“耳”。其实，老子是人们对他的尊称。老子对当时的现实不满，并反对当时社会上出现的革新浪潮，想走回头路。他怀恋着远古的原始社会，认为物质的进步和文化的发展毁坏了人民的淳朴，给人们带来了痛苦，所以渴望出现“小国寡民”的理想社会。老子是这样描绘他所设想的“小国寡民”社会的：国家很小，人民稀少。即使有许许多多的器具，也不去使用它们。不要让人民用生命去冒险，也不向远处迁移。即使有车辆和船只，也无人去乘坐它们；即使有兵器装备，也无处去使用它们。要使人民重新使用古代结绳记事的方法，吃得很香甜，穿得很舒服，住得很安适，满足于原有的风俗习惯。邻近各国互相望得见，鸡鸣狗叫互相听得见，但是人们直到老死，也不互相往来。

抱薪救火

出处：《史记·魏世家》。比喻用错误的方法去消灭祸害，结果反而使祸害扩大。

战国末期，秦国向魏国接连发动大规模的进攻，魏国无力抵抗，大片土地都被秦军占领了。到公元前 273 年，秦国又一次向魏国出兵，势头空前猛烈。

魏王把大臣们召来，愁眉苦脸地问大家有没有让秦国退兵的办法。大臣们由于经过多年的战乱，提起打仗就吓得哆嗦，谁也不敢谈“抵抗”二字。在这大兵压境的危急时刻，多数大臣都劝魏王，用黄河以北和太行山以南的大片土地为代价，向秦王求和。

谋士苏代听了这些话，很不以为然，忙上前对魏王说：“大王，他们因为自己胆小怕死，才让您去卖国求和，根本不为国家着想。您想，把大片土地割让给秦国虽然暂时满足了秦王的野心，但秦国的欲望是无止境的，只要魏国的土地没割完，秦军就不会停止进攻我们。”

说到这里，苏代讲了一个故事：从前有一个人，他的房子起火了，别人劝他快用水去浇灭大火，但他不听，偏抱起一捆柴草去救火，因为他不懂得柴草不但不能灭火反而能助长火势的道理。大王若同意拿着魏国土地去求和，不就等于抱着柴草救火吗？

尽管苏代讲得头头是道，但是胆小的魏王只顾眼前的太平，还是依大臣们的意见把魏国大片土地割让给秦国。到公元前225年，秦军果然又向魏国大举进攻，包围了国都大梁，掘开黄河大堤让洪水淹没了大梁城，魏国终于被秦国灭掉了。

背水一战

出处：《史记·淮阴侯列传》。

韩信是汉王刘邦手下的大将。为了打败项羽，夺取天下，他为刘邦定计，先攻取了关中，然后东渡黄河，打败并俘虏了背叛刘邦、听命于项羽的魏王豹，接着往东攻打赵王歇。韩信的部队要通过一道极狭窄的山口，叫井陉口。赵王手下的谋士李左军主张一面堵住井陉口，一面派兵抄小路切断汉军的辎重粮草，韩信的远征部队没有后援，就一定会败走；但大将陈余不听，仗着兵力优势，坚持要与汉军正面作战。

韩信了解到这一情况，非常高兴。他命令部队在离井陉三十里的地方安营，到了半夜，他让将士们吃了一些点心，并告诉他们打了胜仗再吃饱饭。随后，他派出两千轻骑从小路隐蔽前进，要他们在赵军离开营地后迅速冲入赵军营地，换上汉军旗号；又派一万军队故意背靠河水排列阵势来引诱赵军。

到了天明，韩信率军发动进攻，双方展开激战。不一会儿，汉军假意败回水边阵地，赵军全部离开营地，前来追击。这时，韩信命令主力部队出击，背水结阵的士兵因为没有退路，也回身猛扑敌军。赵军无法取胜，正要回营，忽然营中已插遍了汉军旗帜，于是四散奔逃。汉军乘胜追击，打了一个大胜仗。在庆祝胜利的时候，将领们问韩信："兵法上说，列阵可以背靠山，前面可以临水泽，现在您让我们背靠水排阵，还说打败赵军再饱饱地吃一顿，我们当时不相信，然而竟然取胜了，这是一种什么策略呢？"

韩信笑着说："这也是兵法上有的，只是你们没有注意到罢了。兵法上不是说'陷之死地而后生，置之亡地而后存'吗？如果是有退路的地方，士兵都逃散了，怎么能让他们拼命呢！"

这个故事演化出成语“背水一战”，多用于军事行动，也可用于比喻有“决战”性质的行动。

伯乐相马

传说中，天上管理马匹的神仙叫伯乐。在人间，人们把精于鉴别马匹优劣的人，也称为伯乐。第一个被称做伯乐的人本名孙阳，他是春秋时代的人。由于他对马的研究非常出色，人们便忘记了他本来的名字，干脆称他为伯乐，延续到现在。

一次，伯乐受楚王的委托，购买能日行千里的骏马。伯乐向楚王说明，千里马少有，找起来不容易，需要到各地巡访，请楚王不必着急，他尽力将事情办好。伯乐跑了好几个国家，连素以盛产名马的燕赵一带，都仔细寻访，还是没有发现中意的良马。

一天，伯乐从齐国返回，在路上，他看到一匹马拉着盐车，很吃力地在陡坡上行进。马累得呼呼喘气，每迈一步都十分艰难。伯乐对马向来亲近，不由得走到跟前。

马见伯乐走近，突然昂起头来，瞪大眼睛，大声嘶鸣，好像要对伯乐倾诉什么。伯乐立即从声音中判断出，这是一匹难得的骏马。伯乐对驾车的人说：“这匹马在疆场上驰骋，任何马都比不过它，但用来拉车，它却不如普通的马。你还是把它卖给我吧。”

驾车人认为伯乐是个大傻瓜，他觉得这匹马太普通了，拉车没力气，吃得太多，骨瘦如柴，就毫不犹豫地同意了。伯乐牵着千里马，直奔楚国，来到楚王宫前，拍拍马的脖颈说：“我给你找到了好主人。”

千里马好像明白伯乐的意思，抬起前蹄把地面震得咯咯作响，引颈长嘶，声音洪亮，直上云霄。楚王听到马嘶声，走出宫外。伯乐指着马说：“大王，我把千里马给您带来了，请仔细观看。”

楚王一见伯乐牵的马瘦得不成样子，认为伯乐愚弄他，有点不高兴，说：“我相信你会看马，才让你买马，可你买的是什么马呀，这马连走路都很困难，能上战场吗?”伯乐说：“这确实是匹千里马，不过拉了一段车，又喂养不精心，所以看起来很瘦。只要精心喂养，不出半个月，一定会恢复体力。”

楚王一听，有点将信将疑，便命马夫尽心尽力把马喂好，果然，马变得精壮神骏。楚王跨马扬鞭，但觉两耳生风，喘息的工夫，已跑出百里之外。

后来千里马为楚王驰骋沙场，立下不少功劳。楚王对伯乐更加敬重。

不耻下问

出处:《论语·公冶长》。——敏而好学，不耻下问。

春秋时代的孔子是我国伟大的思想家、政治家、教育家，儒家学派的创始人，人们都尊奉他为圣人。然而孔子认为，无论什么人，包括他自己，都不是生下来就有学问的。

一次，孔子去鲁国国君的祖庙参加祭祖典礼，他不时向人询问，差不多每件事都问到了。有人在背后嘲笑他，说他不懂礼仪，什么都要问。孔子听到这些议论后说：“对于不懂的事，问个明白，这正是我要求知礼的表现啊。”

那时，卫国有个大夫叫孔圉（音 yǔ），虚心好学，为人正直。当时社会有个习惯，在最高统治者或其他有地位的人死后，给他另起一个称号，叫谥（音 shì）号。按照这个习俗，孔圉死后，授予他的谥号为“文”，所以后来人们又称他为孔文子。

孔子的学生子贡有些不服气，他认为孔圉也有不足的地方，于是就去问孔子:“老师，孔文子凭什么可以被称为‘文’呢?”

孔子回答:“敏而好学，不耻下问，是以谓之‘文’也。”意思是说孔圉聪敏又勤学，不以向职位比自己低、学问比自己差的人求学为耻辱，所以可以用“文”字作为他的谥号。

不打不相识

出处:《水浒全传》第三十八回。——戴宗道：“你两个今番却做个至交的弟兄。常言道：不打不成相识。”

释义：意思是双方不打一场不会相识。表示经过交手，互相了解，更加投合。

中国古典小说《水浒全传》中有这样一段故事：宋江因犯案被发配到江州，遇到早就想结识他的戴宗。于是两人一起进城，在一家酒店里喝酒。才饮得两三杯，又遇到李逵。后来，三人又到江边的琵琶亭酒馆去喝酒。吃喝间，宋江嫌送来的鱼汤不甚好，叫酒保去做几碗新鲜鱼烧的汤来醒酒。正好酒馆里没有新鲜鱼，于是李逵跳起来说："我去渔船上讨两尾来与哥哥吃！"

戴宗怕他惹事，想叫酒保去取，但李逵一定要自己去。

李逵走到江边，对着渔人喝道："把你们船上的活鱼给我两条。"

一个渔人说："渔主人不来，我们不敢开舱。"

李逵见渔人不拿鱼，便跳上一只船，顺手把竹笆篾一拔。没想到竹笆篾是没有底的，只用它来拦鱼，他这一拔，就让鱼全跑了。李逵一连放跑了好几条船上的鱼，惹怒了几十个渔人。大家七手八脚地拿竹篙来打李逵。李逵大怒，两手一架，早抢过五六条竹篙在手里，一下子全扭断了。正在这时，绰号"浪里白条"的渔主人张顺来了。张顺见李逵无理取闹，便与他交起手来。两人从船上打到江岸，又从江岸打到江里。张顺水性极好，李逵不是他的对手。他将李逵按在水里，李逵被呛得晕头转向，连声叫苦。

这时戴宗跑来，对张顺喊道："足下先救了我这位兄弟，快上来见见宋江！"

原来，张顺认得戴宗，平时又景仰宋江的大名，只是不曾拜识。听戴宗一喊，急忙将李逵托上水面，游到江边，向宋江施礼。戴宗向张顺介绍说："这位是俺弟兄，名叫李逵。"

张顺道："原来是李大哥，只是不曾相识！"

李逵生气地说："你呛得我好苦呀！"

张顺笑道："你也打得我好苦呀！"

说完，两个哈哈大笑。戴宗说："你们两个今天可做好兄弟了。常言说：不打一场不会相识。"几个人听了，都笑了起来。

才高八斗

出处：南朝·宋·无名字《释常谈·八斗之才》——“文章多谓八斗之才。”谢灵运尝曰：“天下才有一石（dàn），曾子建独占八斗，我得一斗，天下共分一斗。”

释义：形容人的文才高，知识丰富。

南朝宋国有谢灵运，是我国古代著名的山水诗作家。他的诗大都描写会稽、永嘉、庐山等地的山水名胜，善于刻画自然景物，开创了文学史上的山水诗一派。

他写的诗艺术性很强，尤其注意形式美，很受文人雅士的喜爱。他的诗篇一传出来，人们就竞相抄录，流传很广。宋文帝很赏识他的文学才能，特地将他召回京都任职，并把他的诗作和书法称为“二宝”，常常要他边侍宴，边写诗作文。一直自命不凡的谢灵运受到这种礼遇后，更加狂妄自大。有一次，他一边喝酒一边自夸道：“魏晋以来，天下的文学之才共有一石（一种容量单位，一石等于十斗），其中曹子建（即曹植）独占八斗，我得一斗，天下其他的人共分一斗。”

草木皆兵

出处：《晋书·苻坚·载记》，形容神经过敏、疑神疑鬼的惊恐心理。

东晋时代，秦王苻坚控制了北部中国。公元383年，苻坚率领步兵、骑兵90万，攻打江南的晋朝。晋军大将谢石、谢玄领兵8万前去抵抗。苻坚得知晋军兵力不足，就想以多胜少，抓住机会，迅速出击。

谁料，苻坚的先锋部队在寿春一带被晋军出奇击败，大将被杀，士兵死伤万余，损失惨重。秦军的锐气大挫，军心动摇，士兵惊恐万状，纷纷逃跑。此时，苻坚在寿春城上望见晋军队伍严整，士气高昂，再北望八公山，只见山上一草一木都像晋军的士兵一样。苻坚回过头对弟弟说：“这是多么强大的敌人啊！怎么能说晋军兵力不足呢？”他后悔自己过于轻敌了。

出师不利给苻坚心头蒙上了不祥的阴影，他令部队靠淝水北岸布阵，企图凭借地理优势扭转战局。这时晋军将领谢玄提出要求，要秦军稍往后退，让出一点地方，以便渡河作战。苻坚暗笑晋军将领不懂作战常识，想利用晋军忙于渡河难于作战之机，给它来个突然袭击，于是欣然接受了晋军的请求。

谁知，后退的军令一下，秦军如潮水一般溃不成军，而晋军则趁势渡河追击，把秦军杀得丢盔弃甲，尸横遍地。苻坚中箭而逃。

高山流水

出处：《列子·汤问》，比喻知己或知音，也比喻音乐优美。

春秋时代，有个叫俞伯牙的人，精通音律，琴艺高超，是当时著名的琴师。俞伯牙年轻的时候聪颖好学，曾拜高人为师，琴技达到很高的水平，但他总觉得自己还不能出神入化地表现对各种事物的感受。伯牙的老师知道他的想法后，就带他乘船到东海的蓬莱岛上，让他欣赏大自然的景色，倾听大海的波涛声。伯牙举目眺望，只见波浪汹涌，浪花激溅；海鸟翻飞，鸣声入耳；山林树木，郁郁葱葱，如入仙境一般。一种奇妙的感觉油然而生，耳边仿佛响起了大自然那和谐动听的音乐。他情不自禁地取琴弹奏，音随意转，把大自然的美妙融进了琴声，伯牙体验到一种前所未有的境界。老师告诉他："你已经学到了。"

一天夜里，伯牙乘船游览。面对清风明月，他思绪万千，于是又弹起琴来，琴声悠扬，渐入佳境。忽听岸上有人叫绝。伯牙闻声走出船来，只见一个樵夫站在岸边，他知道此人是知音，当即请樵夫上船，兴致勃勃地为他演奏。伯牙弹起赞美高山的曲调，樵夫说道："真好！雄伟而庄重，好像高耸入云的泰山一样！"当他弹奏表现奔腾澎湃的波涛时，樵夫又说："真好！宽广浩荡，好像看见滚滚的流水、无边的大海一般！"伯牙兴奋极了，激动地说："知音！你真是我的知音。"这个樵夫就是钟子期。从此二人成了非常要好的朋友。

过河拆桥

出处：《元史·彻里帖木耳传》。——“参政可谓过河拆桥者矣”。

释义：比喻达到某种目的后，就把帮助过自己的人一脚踢开。

元朝的大臣彻里帖木耳，处理公务精明干练，善于决断。有一年他在浙江任职，正好逢上省城举行科举考试。他目睹了这场考试，从官府到考生都花费了许多钱财，并且免不了有营私舞弊的情况。他暗暗下了决心，待到自己掌握了大权，一定要促使朝廷废除这种制度。后来，他升任相当于副宰相的中书平章政事，便奏告元顺帝，请求废除科举制度。

中国科举制度自隋唐以来已实行了七百多年，要废除它是一件非常重大的事，在朝中引起了巨大的反响。大师伯颜表示支持，但反对的很多。有位御史坚决反对废除科举制度，他请求顺帝治彻里帖木耳的罪。不料顺帝虽然很昏庸，但对废除科举制度倒是赞成的。因此，他不仅不支持那位御史，反而把他贬到外地去当官。

不久，顺帝命人起草了废除科举制度的诏书，准备颁发下去。诏书还未下达，地位略低于平章的参政许有王，又出来反对废除科举制度。他对伯颜说：“如果废除科举考试制度，世上有才能的人都会怨恨的。”伯颜针锋相对地说：“如果继续实行科举考试制度，世上贪赃枉法的人还要多。”许有王反驳说：“没有实行科举考试制度的时候，贪赃枉法的人也不是很多吗？”伯颜讽刺他说：“我看中举的人中有用之材太少，只有你参政一个人可以任用！”许有王不服气，举出许多当时中举的高官来反驳伯额。伯颜当然不会改变自己的观点，于是两人争论得非常激烈。

第二天，满朝文武被召到崇天门听读皇帝下达的废除科举制席的诏书，许有王还特地被侮辱性地通知在班首听读。看来，皇帝特意要让这个反对者将诏书听得明白些。许有王心里非常不愿意，但又惧怕得罪皇帝而遭到祸害，只好勉强跪在百官前列听读诏书。听读完诏书后，百官纷纷回府，许有王满脸不高兴地低头走路。有个名叫普化的御史特地走到他边上，凑着他的耳朵冷嘲热讽地说：“参政，你这下成为过河拆桥的人啦。这话的意思是，你许参政是靠科举当官的，现在宣读皇上关于废除科举制度的诏书，你跪在最前面，似乎是废除科举制度的领头人，就像一个人过了桥后就把桥拆掉一样。许有王听了又羞又恨，加快步伐离开。之后他借口有病，再也不上朝了。

邯郸学步

出处：《庄子·秋水》，比喻生搬硬套，机械地模仿别人，不但学不到别人的长处，反而会把自己的优点和本领也丢掉。

相传在两千年前，燕国寿陵有一位少年，不知道姓啥叫啥，就叫他寿陵少年吧！

这位寿陵少年不愁吃不愁穿，论长相也算得上中等人才，可他就是缺乏自信心，经常无缘无故地感到事事不如人，低人一等——衣服是人家的好，饭菜是人家的香，站相坐相也是人家高雅。他见什么学什么，学一样丢一样，虽然花样翻新，却始终不能做好一件事，不知道自己应该是什么模样。

家里的人劝他改一改这个毛病，他认为是家里人管得太多。亲戚、邻居们说他是狗熊掰棒子，他也根本听不进去。日久天长，他竟怀疑自己该不该这样走路，越看越觉得自己走路的姿势太笨、太丑了。

有一天，他在路上碰到几个人说说笑笑，只听得有人说邯郸人走路姿势特别美。他一听，对上了心病，急忙走上前去，想打听个明白。不料想，那几个人看见他，一阵大笑之后扬长而去。

邯郸人走路的姿势究竟怎样美呢？他怎么也想象不出来。这成了他的心病。终于有一天，他瞒着家人，跑到遥远的邯郸学走路去了。

一到邯郸，他感到处处新鲜，简直令人眼花缭乱。看到小孩走路，他觉得活泼、美，学；看见老人走路，他觉得稳重，学；看到妇女走路，摇摆多姿，学。就这样，不过半月光景，他连走路也不会了，路费也花光了，只好爬着回去了。

华而不实

出处:《左传·文公五年》。——且华而不实，怨之所聚也。

释义:“华”，花，开花。“实”，果实。光开花而不结果实，比喻外表好看而没有实际内容。也指表面上很有学问，实际腹中空空的人。

春秋时，晋国大夫阳处父出使魏国，回来时路过宁邑，住在一家客店里。店主姓嬴（yíng)，看见阳处父相貌堂堂，举止不凡，十分钦佩，悄悄对妻子说:“我早想投奔一位品德高尚的人，可是多少年来，随时留心，都没找到一个合意的。今天我看阳处父这个人不错，我决心跟他去了。”

店主得到阳处父的同意，离别妻子，跟着他走了。一路上，阳处父同店主东拉西扯，不知谈些什么。店主一边走，一边听。刚刚走出宁邑县境，店主改变了主意，和阳处父分手了。店主的妻子见丈夫突然折回，心中不明，问道:“你好不容易遇到这么个人，怎么不跟他去呢?你不是决心很大吗?家里的事你尽管放心好了。”

“我看到他长得一表人才，以为他可以信赖，谁知听了他的言论却感到非常讨厌。我怕跟他一去，没有得到教育，反倒遭受祸害，所以打消了原来的主意。”店主说。在店主的心目中，这阳处父就是个“华而不实”的人。所以，店主毅然地离开了他。

鸡鸣狗盗

出处:《史记·孟尝君列传》。比喻微不足道的技能或具有这种技能的人。

战国时候，齐国的孟尝君喜欢招纳各种人做门客，号称宾客三千。他对宾客是来者不拒，有才能的让他们各尽其能，没有才能的也提供食宿。

有一次，孟尝君率领众宾客出使秦国。秦昭王将他留下，想让他当相国。孟尝君不敢得罪秦昭王，只好留下来。不久，大臣们劝秦王说:“留下孟尝君对秦国是不利的，他出身王族，在齐国有封地，有家人，怎么会真心为秦国办事呢?”秦昭王觉得有理，便改变了主意，把孟尝君和他的手下人软禁起来，只等找个借口杀掉他们。

秦昭王有个最受宠爱的妃子，只要妃子说一，昭王绝不说二。孟尝君派人去求她救助。妃子答应了，条件是拿齐国那一件天下无双的狐白裘（用白色狐腋的皮毛做成的皮衣）做报酬。这可叫孟尝君作难了，因为他刚到秦国，便把这件狐白裘献给了秦昭王。就在这时候，有一个门客说：“我能把狐白裘找来!”说完就走了。

原来这个门客最善于钻狗洞偷东西。他先摸清情况，知道昭王特别喜爱那件狐白裘，一时舍不得穿，放在宫中的精品贮藏室里。他便借着月光，逃过巡逻人的眼睛，轻易地钻进贮藏室把狐白裘偷了出来。妃子见到狐白裘高兴极了，想方设法说服秦昭王放弃了杀孟尝君的念头，并准备过两天为他饯行，送他回齐国。

孟尝君可不敢再等两天，他立即率领手下人连夜偷偷骑马向东快奔。到了函谷关（今河南省灵宝县，当时是秦国的东大门）正是半夜。按秦国法规，函谷关每天鸡叫才开门，半夜时候，鸡可怎么能叫呢？大家正犯愁时，只听见几声“喔，喔，喔”的雄鸡啼鸣，接着，城关外的雄鸡都打鸣了。原来，孟尝君的另一个门客会学鸡叫，而鸡只要听到第一声啼叫就立刻会跟着叫起来的。怎么还没睡踏实鸡就叫了呢？守关的士兵虽然觉得奇怪，但也只好起来打开大门，放他们出去。

天亮了，秦昭王得知孟尝君一行已经逃走，立刻派出人马追赶。追到函谷关，人家已经出关多时了。

孟尝君靠着鸡鸣狗盗之士逃回了齐国。

口蜜腹剑

出处：《资治通鉴·唐纪·玄宗天空元年》。——李林甫为相，尤忌文学之士，或阳与之善，啖以甘言而阴陷之。世谓李林甫“口有蜜，腹有剑”。

释义：比喻口头上说话好听，像蜜一样甜，肚子里却怀着暗害人的阴谋。

李林甫，唐玄宗时官居“兵部尚书”兼“中书令”，这是宰相的职位。

此人若论才艺倒也不错，能书善画。但若论品德，那是坏透了。他忌才害人，凡才能比他强、声望比他高、权势地位和他差不多的人，他都不择手段地排斥打击。对唐玄宗，他有一套谄媚奉承的本领。他竭力迁就玄宗，并且采用种种手法，讨好唐玄宗宠信的嫔妃以及心腹太监，取得他们的欢心和支持，以便保住自己的地位。

李林甫和人接触时，外貌上总是露出一副和蔼可亲的样子，嘴里尽说些动听的“善意”话，但实际上，他的性格非常阴险狡猾，常常暗中害人。例如有一次，他装做诚恳的样子对同僚李适之说：“华山出产大量黄金，如果能够开采出来，就可大大增加国家的财富。可惜皇上还不知道。”李适之以为这是真话，连忙跑去建议唐玄宗快点开采，唐玄宗一听很高兴，立刻把李林甫找来商议，李林甫却说：“这件事我早知道了，华山是帝王‘风水’集中的地方，怎么可以随便开采呢？别人劝您开采，恐怕是不怀好意；我几次想把这件事告诉您，只是不敢开口。”

唐玄宗被他这番话所打动，认为他真是一位忠君爱国的臣子，反而对李适之大不满意，逐渐将他疏远了。就这样，李林甫凭借这套特殊“本领”，一直做了19年宰相。

后来，司马光在编《资治通鉴》时，评价李林甫是个口蜜腹剑的人，这是很符合实际的。

老马识途

出处：《韩非子·说林上》。——管仲、隰（xí）朋从桓公伐孤竹，春往冬返，迷惑失道。管仲曰：“老马之智可用也。”乃放老马而随之，遂得道。

释义：“途”，路。老马认识道路。比喻有经验的人熟悉情况，能在某个方面起指引的作用。

公元前663年，齐桓公应燕国的要求，出兵攻打入侵燕国的山戎，相国管仲和大夫隰朋随同前往。齐军是春天出征的，到凯旋而归时已是冬天，草木变了样。大军在崇山峻岭的一个山谷里转来转去，最后迷了路，再也找不到归路；虽然派出多批探子去探路，但仍然弄不清楚该从哪里走出山谷。时间一长，军队的给养发生困难。情况非常危急，再不找到出路，大军就会困死在这里。管仲思索了好久，有了一个设想：既然狗离家很远也能寻回家去，那么军中的马尤其是老马，也会有认识路途的本领。于是他对齐桓公说："大王，我认为老马有认路的本领，可以利用它在前面领路，引领大军出山谷。"齐桓公同意试试看。管仲立即挑出几匹老马，解开缰绳，让它们在大军的最前面自由行走。也真奇怪，这些老马都毫不犹豫地朝一个方向行进。大军就紧跟着它们东走西走，最后终于走出山谷，找到了回齐国的大路。

老生常谈

出处：《三国志·魏志·管辂传》。——"此老生之常谈。"

释义：老书生常讲的话，没有新的意思。比喻听惯听厌的话。

三国时候，有个名叫管辂的人，从小勤奋好学、才思敏捷，尤其喜爱天文。15 岁时，他已熟读《周易》，通晓占卜术，渐渐有了小名气。日子一久，传到吏部尚书何晏、侍中尚书邓飏耳里。这天，正好是农历十二月二十八日，这两个大官吃饱喝足后，闲着无聊，便派人把管辂召来替他们占卜。管辂早就听说这两人是曹操侄孙曹爽的心腹，倚仗权势，胡作非为，名声很不好。他考虑了一会儿，想趁这个机会好好教训他们一顿，灭灭他们的威风。何晏一见管辂，就大声嚷道："听说你的占卜很灵验，快替我算一卦，看我能不能再有机会升官发财。另外，这几天晚上我还梦见苍蝇总是叮在鼻子上，这是什么预兆？"管辂想了一想，说："从前周公忠厚正直，辅助周成王建国立业，国泰民安；现在你的职位比周公还高，可感恩你的人很少，惧怕你的人却很多，这恐怕不是好预兆。你的梦按照卜术来测，也是个凶相啊！"管辂接着又说："要想逢凶化吉，消灾避难，只有多效仿周公等大圣贤们，发善心，行善事。"邓飏一旁听了，很不以为然，连连摇头说："这都是些老生常谈，没什么意思。"何宴脸上铁青，一语不发。管辂见了，哈哈一笑："虽说是老生常谈，却不能加以轻视啊！"不久，新年到了，传来消息说何宴、邓飏与曹爽一起因谋反而遭诛杀。管辂知道后，连声说："老生常谈的话，他们却置之不理，所以难怪有如此下场啊！”

论功行赏

出处：《韩非子·八说》——“计功而行赏，程能而授事。”

释义：表示按功劳的大小，给予封赏。

刘邦消灭项羽后，平定天下，当上了皇帝，史称汉高祖。接着，要对功臣们评定功绩的大小，给予封赏。刘邦认为，萧何的功劳最大，要封他为赞侯，给予的封户也最多。群臣们对此不满，都说：“平阳侯曹参身受七十处创伤，攻城夺地，功劳最多，应该排在第一位。”这时，关内侯鄂千秋把刘邦要讲而未讲的话讲了出来：“众位大臣的主张是不对的。曹参虽然有转战各处、夺取地盘的功劳，但这是一时的事情。大王与楚军相持五年，常常失掉军队，只身逃走也有好几次。然而，萧何常派遣军队补充前线。这些都不是大王下令让他做的。汉军与楚军在荥阳时对垒数年，军中没有口粮，萧何又用车船运来粮食。如今即使没有上百个曹参，对汉室也不会有损失，怎么能让一时的功劳凌驾在万世的功勋之上呢？应该是萧何排在第一位，曹参居第二位。”

刘邦肯定了鄂千秋的话，于是确定萧何为第一位，特许他带剑穿鞋上殿，上朝时可以不按礼仪小步快走。

洛阳纸贵

出处：《晋书·文苑传》，比喻杰出的作品广泛流传，风行一时。

晋代文学家左思小时候是个非常顽皮、不爱读书的孩子。父亲经常为这事发脾气，可是小左思仍然淘气得很，不肯好好学习。

有一天，左思的父亲与朋友们聊天，朋友们羡慕他有个聪明可爱的儿子。左思的父亲叹口气说：“快别提他了，小儿左思的学习还不如我小时候，看来没有多大出息了。”说着，脸上流露出失望的神色。这一切都被小左思看到、听到了，他非常难过，觉得自己不好好念书确实很没出息。于是，他暗暗下定决心，一定要刻苦学习。

日复一日，年复一年，左思渐渐长大了，由于他坚持不懈地发奋读书，终于成为一位学识渊博的人，文章也写得非常好。他用一年的时间写成了《齐都赋》，显示出他在文学方面的才华，为他成为杰出的文学家奠定了基础。这以后他又计划以三国时魏、蜀、吴首都的风土、人情、物产为内容，撰写《三都赋》。为了在内容、结构、语言诸方面都达到一定水平，他潜心研究，精心撰写，废寝忘食，用了整整十年，文学巨著《三都赋》终于写成了。

《三都赋》受到好评，人们把它和汉代文学杰作《两都赋》相比。由于当时还没有发明印刷术，喜爱《三都赋》的人只能争相抄阅，因为抄写的人太多，京城洛阳的纸张供不应求，一时间全城纸价大幅度上升。

匹夫之勇

出处：《国语·越语上》。——勾践既许之，乃至其众而誓之曰："吾不欲匹夫之勇也，欲其旅进旅退也。"

释义：打仗不能光凭个人的勇敢，要用智谋，要靠集体的力量。

春秋时，越王勾践被吴王夫差打败，在吴国囚禁三年，受尽了耻辱；回国后，他决心自励图强，立志复国。

十年过去了，越国国富民强，兵马强壮，将士们又一次向勾践来请战："君王，越国的四方民众，敬爱您就像敬爱自己的父母一样。现在，儿子要替父母报仇，臣子要替君主报仇。请您再下命令，与吴国决一死战。"

勾践答应了将士们的请战要求，把军士们召集在一起，向他们表示决心说："我听说古代的贤君不为士兵少而忧愁，只是忧愁士兵们缺乏自强的精神。我不希望你们不用智谋，单凭个人的勇敢，而希望你们步调一致，同进同退。前进的时候要想到会得到奖赏，后退的时候要想到会受到处罚。这样，就会得到应有的赏赐。进不听令，退不知耻，会受到应有的惩罚。"

到了出征的时候，越国的人都互相勉励。大家都说，这样的国君，谁能不为他效死呢？由于全体将士斗志十分高涨，终于打败了吴王夫差，灭掉了吴国。

气壮山河

出处：宋·陆游《老学庵笔记》。——赵元镇丞相与谪朱崖，病亟，自书铭旌：身骑箕，尾归天上，气作山河壮本朝。

释义：比喻人的豪迈之气如同高山大河。

南宋大臣赵鼎出身贫寒，4 岁就失去父亲，在母亲抚养和教育下成长。他 21 岁考中进士，当官时敢于批评权贵，受到宰相吴敏赏识，被调到都城开封任职。

1125 年冬，北方的金国出兵南侵。次年秋攻陷太原，严重地威胁到宋朝的安全。昏庸懦弱的宋钦宗惊慌失措，赶紧召集文武大臣商议对策。一些贪生怕死的大臣主张割让土地向金国求和。赵鼎与这些大臣的看法不同。他说："祖先留下来的国土，怎能拱手送给别人？望陛下千万不要考虑这种意见！"可是，宋钦宗非常惧怕金兵，决心屈膝投降，把大好山河割让。

金军使者来谈判时，要求把黄河以北的土地全部割让给金国，宋钦宗不敢违抗，竟答应了金军提出的要求。但是，金国统治者并不满足，他们命令部队继续南下。

这年底，金兵抵达开封城下。胆小如鼠的宋钦宗不等金军攻破，就亲自到金军营中乞求投降。不久，金兵统帅扣留了宋钦宗，让部下进城掠夺，然后把宋钦宗和他的父亲徽宗当做俘虏，连同搜刮到的大量金银财宝，一起返回金国。北宋王朝就此灭亡。

不久，宋钦宗的弟弟康王赵构在南京建立了南末王朝，史称宋高祖。宋高祖即位初期，起用了一批主战派的大臣，赵鼎也在其中。曾经担任过宰相的秦桧，是主和派的头目，因结党专权而被罢职。赵鼎对他很警惕，曾经向人表示过，此人如果得志，我们就没有立足之地。不料，后来秦桧又一次被任命为宰相。他知道宋高宗只想偏安江南而不真心抗金，便竭力唆使宋高宗与金国讲和。赵鼎对他自然反对。于是，秦桧经常在宋高宗面前说赵鼎的坏话，使宋高宗对他逐渐失去信任。后来，宋高宗终于将他贬到外地去当官。

赵鼎离京时，秦桧假惺惺地为他送行。但赵鼎并不领情，只是轻蔑地瞧了他一眼，拱拱手就走了。为此，秦桧更加忌恨赵鼎，将他越调越远，最后贬谪到朱崖。赵鼎在朱崖住了三年，熟人都不敢去看望他，他的生活非常困苦。秦桧知道他的处境后，认为他活得不可能长久，便嘱咐地方官每月向自己呈报他是否还活着。赵鼎62岁那年，终于患了重病。临死前，他把儿子叫到床前，悲愤地说道："秦桧非要置我于死地。我不死，他可能会对你们下毒手；我死了，才可不再连累你们！"说罢，他叫儿子取来一面铭旌，在上面书写了一行字。它的意思是：我身骑箕、尾两座星宿回归上天，我的气概像高山大河那样雄壮豪迈地存在于本朝。几天后，赵鼎不食而死。

请君入瓮

出处：《资治通鉴·唐则天皇后天授二年》。比喻用某人整治他自己。

唐朝女皇武则天，为了镇压反对她的人，任用了一批酷吏。其中两个最为狠毒，一个叫周兴，一个叫来俊臣。他们利用诬陷、控告和惨无人道的刑法，杀害了许多正直的文武官吏和平民百姓。

有一次，一封告密信送到武则天手里，内容竟是告发周兴与人联络谋反。武则天大怒，责令来俊臣严查此事。来俊臣心里直犯嘀咕，他想，周兴是个狡猾奸诈之徒，仅凭一封告密信，是无法让他说实话的；可万一查不出结果，太后怪罪下来，我来俊臣也担待不起呀。这可怎么办呢？他苦苦思索半天，终于想出一条妙计。

他准备了一桌丰盛的酒席，把周兴请到自己家里。两个人你劝我喝，边喝边聊。酒过三巡，来俊臣叹口气说："兄弟我平日办案，常遇到一些犯人死不认罪，不知老兄有何办法？"周兴得意地说："这还不好办！"说着端起酒杯抿了一口。来俊臣立刻装出很恳切的样子说："哦，请快快指教。"周兴阴笑着说："你找一个大瓮，四周用炭火烤热，再让犯人进到瓮里，你想想，还有什么犯人不招供呢？"来俊臣连连点头称是，随即命人抬来一口大瓮，按周兴说的那样，在四周点上炭火，然后回头对周兴说："宫里有人密告你谋反，上边命我严查。对不起，现在就请老兄自己钻进瓮里吧。"周兴一听，手里的酒杯啪哒掉在地上，跟着又扑通一声跪倒在地，连连磕头说："我有罪，我有罪，我招供。"

如火如荼

出处：《国语·吴语》，形容某种人群或事物阵容之大，气势之盛。

春秋时代末期，吴国国王夫差连续征服了越国、鲁国和齐国，雄心勃勃，又继续向西北进军，打算一鼓作气征服晋国。

可就在这个时候，越王勾践抄了吴王的后路。他带领军队一直打到吴国的国都姑苏（苏州），又派人马占据淮河，把吴王的退路切断了。

这消息给吴王夫差当头泼了一盆冷水，他非常震惊，立即召集文臣武将商量对策。大家说，现在退回去等于打了败仗，还会两头挨打；如果能打败晋国，就等于在诸侯国中当定了霸主，再回去收拾越王勾践也不算晚。

大主意已经拿定，当务之急是尽快征服晋国。考虑再三，吴王决定出奇制胜。

一天傍晚，吴王下达了命令。全军将士吃得饱饱的，马也喂足了草料。从全军中挑出三万精兵强将，每一万人摆成一个方阵，共摆三个方阵，每个方阵横竖都是一百人。每一行排头的都是军官司，每十行，也就是一千人，由一个大夫负责。每一个方阵由一名将军率领。中间的方阵白盔白甲、白衣服、白旗帜、白弓箭，由吴王自己掌握，称为中军；左边的方阵，红盔红甲、红衣服、红旗帜、红弓箭；右边的方阵则全是黑色。队伍半夜出发，黎明时分到达离晋军仅有一里路的地方。天色刚刚显出亮色，吴军鼓声大作，欢呼之声震天动地。

晋军从梦中醒来，一看吴军那三个方阵和声威气势，简直都惊呆了：那白色方阵，“望之如荼”——像开满白花的茅草地；那红色方阵，“望之如火”——如熊熊燃烧的火焰；而那黑色的方阵，简直就像深不可测的大海。

四面楚歌

项羽和刘邦原来约定以鸿沟（今河南荣县境内贾鲁河）东西边作为界限，互不侵犯。后来刘邦听从张良和陈平的规劝，觉得应该趁项羽衰弱的时候消灭他，就又和韩信、彭越、刘贾会合兵力追击正在向东开往彭城（今江苏徐州）的项羽部队。他们布置了几层兵力，把项羽紧紧围在垓下（今安徽灵璧县东南）。这时，项羽手下的兵士已经很少，粮食也没有了。夜里，项羽听见四面围住他的军队都唱起楚地的民歌，不禁非常吃惊地说："刘邦已经得到楚地了吗？为什么他的部队里面楚人这么多呢？"说着，他的心里已丧失了斗志，便从床上爬起来，在营帐里喝酒，并和他最宠爱的妃子虞姬一同唱歌。唱完，他直掉眼泪，在旁的人也非常难过，都觉得抬不起头来。不一会儿，项羽骑上马，带了仅剩的八百名骑兵，从南突围逃走。他边逃边打，最后到乌江畔自刎而死。

后人用"四面楚歌"这一成语形容人们遭受各方面攻击而致陷于孤立、窘迫、走投无路的境地。

在我们的人生历程中，在我们的日常生活中，要好好地做人，脚踏实地地做事，若是行差踏错，就未免要遭受"四面楚歌"的厄运了。

桃李不言，下自成蹊

出处：《史记·李将军列传》，比喻为人真诚，严于律己，自然会感动别人，自然会受到人们的敬仰。

西汉时候，有一位勇猛善战的将军，名叫李广，一生跟匈奴打过七十多次仗，战功卓著，深受官兵和百姓的爱戴。李广虽然身居高位，统领千军万马，而且是保卫国家的功臣，但他一点也不居功自傲。他不仅待人和气，还能和士兵同甘共苦。每次朝廷给他的赏赐，他首先想到的是他的部下，就把那些赏赐统统分给官兵们；行军打仗时，遇到粮食或水供应不上的时候，他自己也同士兵们一样忍饥挨饿；打起仗来，他身先士卒，英勇顽强，只要他一声令下，大家个个奋勇杀敌，不怕牺牲。这是一位多么让人崇敬的大将军啊！

后来，当李广将军去世的噩耗传到军营时，全军将士无不痛哭流涕，连许多与大将军并不熟悉的百姓也纷纷悼念他。在人们心目中，李广将军就是他们崇拜的大英雄。

汉朝伟大的史学家司马迁在为李广立传时称赞道："桃李不言，下自成蹊。”意思是说，桃李有着芬芳的花朵，甜美的果实，虽然它们不会说话，但仍然会吸引人们到树下赏花尝果，以致树下都走出一条小路，李广将军就是以他的真诚和高尚的品质赢得了人们的崇敬。

天罗地网

出处：李寿卿《伍员吹箫》。——若不是华建来说就里，白破了这厮谎，险些儿被赚入天罗地网。

释义：“罗”是捕鸟的网；天空、地面遍张罗网。比喻包围得非常严密，无处可逃。

元代的李寿卿创作了一个杂剧，名叫《伍员吹箫》，说的是春秋时吴国大夫伍员一段曲折的经历。故事内容是这样的：

楚平王身旁有个很会拍马的人，名叫费无极。一次，他奉命到秦国去给太子华建迎接新娘，见新娘非常美丽，便怂恿平王把她留做自己的妃子。昏庸好色的平王居然照办。这件事传开后，成为一大丑闻。

太子华建的老师伍奢，是个刚正不阿的大臣。费无极生怕他今后帮助太子惩罚自己，便怂恿平王诱杀了他及其长子。这样做还不够，费无极又怂恿平王让太子华建去把守边疆。后来他仍不放心，又派人去杀害太子。

太子华建得到风声，连夜逃跑。他知道伍奢的次子伍员在樊城镇守，便赶到那里，告诉了他父兄被杀的情况，并说费无极已派他的儿子费得雄到樊城来骗他回去，然后杀掉他。

伍员听到这些消息，大骂费无极心狠，平王无道，决定采取适当措施对付赶来的费得雄。

过了几天，费得雄果然来到樊城。见了伍员后，他谎称平王因伍员屡立战功，要重加赏赐，请伍员立刻启程回朝，接受赏赐。

伍员故意问道：“我已半年未曾回朝，不知我家父兄等是否安康?”费得雄装模作样地说：“你们伍家好生兴旺，有哪家比得上!”伍员听了勃然大怒，一把抓住费得雄的衣襟，痛斥道：“你们这伙坏蛋，把我全家杀绝，还无耻地说我伍家兴旺!”

费得雄以为伍员不可能知道这件事的详情，便要求伍员举出证人。伍员愤怒地说："如果不是公子华建来到这里说明内情，道破你这个坏蛋的谎言，我险些被你骗进天罗地网!"费得雄这才无话可说。伍员痛打了他一顿，弃官而走。

后来他来到吴国，打扮成一个要饭的，在热闹的街市上吹箫唱曲，终于被吴王请去，当了吴国的大夫，促使吴国战胜楚国，为父兄报了仇。

退避三舍

出处:《左传·僖公二十二年》。比喻不与人相争或主动让步。

春秋时候，晋献公听信谗言，杀了太子申生，又派人捉拿申生的弟弟重耳。重耳闻讯，逃出了晋国，在外流亡十几年。

经过千辛万苦，重耳来到楚国。楚成王认为重耳日后必有大作为，就以国君之礼相迎，待他如上宾。

一天，楚王设宴招待重耳，两人饮酒叙话，气氛十分融洽。忽然楚王问重耳:"你若有一天回晋国当上国君，该怎么报答我呢?"重耳略一思索说:"美女侍从、珍宝丝绸，大王您有的是；珍禽羽毛、象牙兽皮，更是楚地的盛产，晋国哪有什么珍奇物品献给大王呢?"楚王说："公子过谦了。话虽然这么说，可总该对我有所表示吧?"重耳笑笑回答道："要是托您的福，果真能回国当政的话，我愿与贵国友好。假如有一天，晋楚两国之间发生战争，我一定命令军队先退避三舍（一舍等于三十里）；如果还不能得到您的原谅，我再与您交战。"

四年后，重耳真的回到晋国当了国君，他就是历史上有名的晋文公。晋国在他的治理下日益强大。

公元前633年，楚国和晋国的军队在作战时相遇。晋文公为了实现他许下的诺言，下令军队后退九十里，驻扎在城濮。楚军见晋军后退，以为对方害怕了，马上追击。晋军利用楚军骄傲轻敌的弱点，集中兵力，大破楚军，取得了城濮之战的胜利。

望梅止渴

出处：《世说新语·假谲》，比喻用空想安慰自己或他人。

有一年夏天，曹操率领部队去讨伐张绣，天气热得出奇，骄阳似火，天上一丝云彩也没有，部队在弯弯曲曲的山道上行走，两边密密的树木和被阳光晒得滚烫的山石，让人透不过气来。到了中午时分，士兵的衣服都湿透了，行军的速度也慢下来，有几个体弱的士兵竟晕倒在路边。

曹操看行军的速度越来越慢，担心贻误战机，心里很着急。可是，眼下几万人马连水都喝不上，又怎么能加快速度呢？他立刻叫来向导，悄悄问他："这附近可有水源？"向导摇摇头说："泉水在山谷的那一边，要绕道过去还有很远的路程。"曹操想了一下说，"不行，时间来不及。"他看了看前边的树林，沉思了一会儿，对向导说："你什么也别说，我来想办法。"他知道此刻即使下命令要求部队加快速度也无济于事。脑筋一转，办法来了。他一夹马肚子，快速赶到队伍前面，用马鞭指着前方说："士兵们，我知道前面有一大片梅林，那里的梅子又大又好吃，我们快点赶路，绕过这个山丘就到梅林了！"士兵们一听，仿佛梅子已经吃到嘴里，精神大振，步伐不由得加快了许多。

望洋兴叹

出处：《庄子·秋水》。——比喻要做某事而力量不够，感到无可奈何。

相传很久很久以前，黄河里有一位河神，人们叫他河伯。何伯站在黄河岸上。望着滚滚的浪涛由西而来，又奔腾跳跃着向东流去，他兴奋地说："黄河真大呀，世上没有哪条河能和它相比。我就是最大的水神啊！"

有人告诉他："你的话不对，在黄河的东面有个地方叫北海，那才真叫大呢。"

河伯说："我不信，北海再大，能大得过黄河吗？"

那人说："别说一条黄河，就是几条黄河的水流进北海，也装不满它。"

河伯固执地说："我没见过北海，我不信。"

那人无可奈何，告诉他："有机会你去看看北海，就明白我的话了。"

秋天到了，连日的暴雨使大大小小的河流都注入黄河，黄河的河面更加宽阔了，隔河望去，对岸的牛马都分不清。这一下，河伯更得意了，以为天下最壮观的景色都在自己这里。他在自得之余，想起了别人对他提起的北海，于是决定去那里看看。

河伯顺流来到黄河的入海口，突然眼前一亮，海神北海若正笑容满面地欢迎他的到来。河伯放眼望去，只见北海汪洋一片，无边无涯，他呆呆地看了一会儿，深有感触地对北海若说："俗话说，只懂得一些道理就以为谁都比不上自己，这话说的就是我呀。今天要不是我亲眼见到这浩瀚无边的北海，我还会以为黄河是天下无比的呢！那样，岂不被有见识的人永远笑话。"

胸有成竹

出处：北宋苏轼《文与可画筼筜谷偃竹记》。

释义："胸有成竹"，比喻做事之前已作好充分准备，对事情的成功已有了十分的把握；又比喻遇事不慌，十分沉着。

北宋画家文同，字与可。他画的竹子远近闻名，每天总有不少人登门求画。文同画竹的妙诀在哪里呢？原来，文同在自己家的房前屋后种上了各种各样的竹子，无论春夏秋冬，阴晴风雨，他经常去竹林观察竹子的生长变化情况，琢磨竹枝的长短粗细，叶子的形态、颜色，每当有新的感受就回到书房，铺纸研墨，把心中的印象画在纸上。日积月累，竹子在不同季节、不同天气、不同时辰的形象都深深地印在他的心中，只要凝神提笔，在画纸前一站，平日观察到的各种形态的竹子立刻浮现在眼前。所以每次画竹时，他都显得非常从容自信，画出的竹子，无不逼真传神。

当人们夸奖他的画时，他总是谦虚地说："我只是把心中琢磨成熟的竹子画下来罢了。"

有位青年想学画竹，得知诗人晁补之对文同的画很有研究，前往求教。晁补之写了一首诗送给他，其中有两句："与可画竹时，胸中有成竹。"

休戚相关

出处：《国语·周语下》——晋国有忧，未尝不成，有庆，未尝不怡……为晋休戚，不背本也。

释义："休"，喜；"戚"，忧。形容彼此关系密切、喜忧相关、命运相连。

春秋时期，晋国的晋淖公周子，又叫姬周，年轻的时候曾因受到族人晋厉公的排挤，不能留在国内，而客居到周地洛阳，在周朝世卿襄公手下做事，周王的大夫单襄公很器重他，把他请到自己家里，就像对待贵宾一样地招待他。周子虽然年纪轻轻，却表现得十分老成持重。他站立的时候稳稳当当，毫无轻浮的举动；看书的时候全神贯注，目不斜视；听人讲话的时候恭恭敬敬，很有礼貌；自己说话时总是忘不了忠孝仁义；待人接物时总是十分友善、和睦。他自己虽然身在周地，可是听说自己的祖国晋国有什么灾难时就忧心忡忡；听说晋国有什么喜庆的事情时就非常高兴。所有这些表现，单襄公都看在眼里，喜在心里，认为他将来一定大有前途，很有希望回到晋国去做个好国君。因此，单襄公对周子更加关心、爱护。不久，晋国国内果然发生了内乱，原来一直害怕失去权力而排挤王室公子的晋厉公被杀死了。于是，晋国大夫就派人到洛阳来，把周子接了回去，让他做了晋国的国君。

一箭双雕

出处：《北史·长孙晟传》。尝有二雕飞而争肉，因以箭两支与及，请射取之。晟驰往，遇雕相馒，遂一发双贯焉。

释义："雕"，一种凶猛的大鸟。发一枚箭就射中两只大鸟。比喻做一件事达到两个目的。

南北朝时，北周有一个智勇双全的人叫长孙晟，他具有百发百中的射箭技艺，无人敢与他相比。

北周的国王为了安定北方的少数民族突厥人，决定把一位公主嫁给突厥王摄图。为了安全起见，派长孙晟率领一批将士护送公主前往突厥。历经千辛万苦，终于到了突厥。摄图大摆酒宴，宴请长孙晟。酒过三巡，按照突厥人的习惯要比武助兴。突厥王命人拿来一张硬弓，要长孙晟射百步以外的铜钱。只听得“咯嘞嘞”一声，硬弓被拉成弯月，一支利箭“嗖”的一声射进了铜钱的小方孔。“好！”大家齐声喝彩。

从此摄图对长孙晟非常敬重，留他在突厥住了一年，并经常让他陪着自己一起去打猎。有一次，他俩正在打猎，摄图猛抬起头，看见天空中有两只大雕在争夺一块肉。他忙送给长孙晟两支箭说：“能把这两只射下来吗？”“一支箭就够了！”长孙晟边说边接过箭，策马驰去。他搭上箭，拉开弓，对准两只打得难分难解的大雕，“嗖”的一声，两只大雕便串在一起落下了。

一毛不拔

出处：《孟子·尽心上》。——杨子取为我，拔一毛而利天下，不为也。

释义：一根汗毛也不肯拔，原指杨朱的极端为我主义；后形容为人非常吝啬自私。

墨子，名翟，是战国时期的大思想家，是墨家学派的创始人，他主张“兼爱”，反对战争。

差不多与墨子同一时期，有一位叫杨朱的哲学家，反对墨子的“兼爱”，主张“贵生”“重己”，重视个人生命的保存，反对他人对自己的侵夺，也反对自己对他人的侵夺。

有一次，墨子的学生离滑厘问杨朱道：“如果拔你身上一根汗毛，能使天下人得到好处，你干不干？”

“天下人的问题，绝不是拔一根汗毛所能解决得了的！”

离滑厘又说：“假使能的话，你愿意吗？”

杨朱默不作答。

当时的另一位大思想家、儒家学派代表孟子就此对杨朱和墨子作了评论：“杨子主张的是‘为我’，即使拔他身上一根汗毛，能使天下人得利，他也是不干的，而墨子主张‘兼爱’，只要对天下人有利，即使自己磨光了头顶，走破了脚板，他也是心甘情愿的。”

一窍不通

出处：《吕氏春秋·过理》。——纣杀比干而视其心，不适也。孔子闻之曰："其窍通，则比干不承矣。"

释义："窍"，通气的窟窿，古人把两眼、两个鼻孔、两个耳朵和嘴称为七窍。七窍中没有一个窍是通气的，比喻对事物不理解；一点也不懂。

殷纣王是商朝的末代帝王，是一个被老百姓所怨恨的暴君。他整日胡作非为，并不尽心朝政，沉湎于酒色，轻信宠妃妲己的谗言，过着荒淫无耻的生活。

纣王有一个臣子叫比干，是一位忠心的良臣。他看到纣王如此昏庸，心中十分着急，多次苦口婆心地劝谏纣王改邪归正，为民多做好事。

有一次，纣王听信了妲己的话，下令杀害了无辜的梅伯，并要把梅伯剁成肉酱。比干知道此事后，又急忙劝谏纣王，希望他不要听信妲己的谗言，错杀无辜，并说这样下去是要亡国的。比干一连几天极力劝谏纣王，引起了纣王的极大不满。

纣王愤怒地嚷道："我早就听说圣人的心有七窍，我要把他杀了，取出心来看个究竟！"纣王果真杀了比干，并挖出了他的心。

孔子说起这件事，感叹道："纣王心窍不通，如果通了一窍，那么比干就不会被杀害了！"

一衣带水

出处：《南史·陈后主记》。——隋文帝谓仆射高颖曰："我为百姓父母，岂可限一衣带水不拯之乎？"

释义：像一条衣带那样狭窄的水域。原指窄小的水面间隔，后泛指地域相近，仅隔一水。

隋文帝杨坚取代北周称帝，建立了隋朝。隋文帝有志于统一中国，在北方实行了一系列富国强兵的政策，国力大增。而当时长江南岸的陈朝后主陈叔宝却十分荒淫，不理朝政。他虽知道隋文帝有意征伐，却依恃长江天险，并不把这事放在心上。

一次，隋文帝向仆射高颖询问灭陈的计策，高颖回答说：“江南的庄稼比江北成熟得早，我们在他们的收获季节，扬言出兵，他们一定就会放弃农时，屯兵防守；他们作好了准备，我们便不再出兵。这样来几次，他们便不会相信。等他们不作准备，我们突然真的出兵渡江，便可打得他们措手不及。另外，江南的粮食不像我们北方囤积在地窖中，而囤积在茅、竹修建的仓库中，我们可暗地差人前去放火烧毁它，如果连烧几年，陈朝的财力就大大削弱了，灭掉它也就容易得多了。”

隋文帝采取了高颖的计策，经过七年的准备，在公元588年冬下令伐陈。出发前，他对高颖说：“我是天下老百姓的父母，难道能够因为一条像衣服带子一样狭窄的长江的阻隔，而不去拯救那里的老百姓吗？”

隋文帝志在必得，派晋王杨广为元帅，率领五十万大军渡江南下，向陈朝的都城建康发动猛烈的进攻，并很快就攻下建康，俘获了陈后主，灭掉了陈朝。

以卵击石

出处：《墨子·贵义》。——以其言非吾言者，是犹以卵投石也，尽天下之卵，其石犹是也，不可毁也。

释义：比喻自不量力，自取灭亡。

有一年，墨子前往北方的齐国。途中遇见一个叫“曰”的人，对墨子说：“您不能往北走啊，今天天帝在北边杀黑龙，你的皮肤很黑，去北方是不吉利的呀！”墨子说：“我不相信你的话！”说完，他继续朝北走去。但不久，他又回来了，因为北边的淄水泛滥，无法渡过河去；名叫“曰”的那人得意地对墨子说：“怎么样？我说你不能往北走嘛！遇到麻烦了吧？”墨子微微一笑，说：“淄水泛滥，南北两方的行人全都受阻隔。行人中有皮肤黑的，也有皮肤白的，怎么都过不去呀？”“曰”听后支吾着说不出话来。墨子又说：“假如天帝在东方杀了青龙，在南方杀了赤龙，在西方杀了白龙，再在中央杀了黄龙，岂不是让天下的人都动弹不得了吗？所以，你的谎言是抵挡不过我的道理的，就像拿鸡蛋去碰石头，把普天下的鸡蛋全碰光了，石头还是毁坏不了。”

“曰”听了羞愧地走了。

有备无患

出处：《左传·襄公十一年》。——书曰：“居安思危，思则有备，有备无患。”

释义：“患”，祸患。事先有了充分的准备，就不会产生祸患。

春秋时，晋悼公当了国君以后，想重振晋国的威名，像他的先祖晋文公一样，称霸诸侯。当时，郑国是一个小国，它一会儿和晋结盟，一会儿又归顺楚国。晋悼公很生气，公元562年，他集合了宋、鲁、卫、刘等11国的部队出兵伐郑。郑简公兵败投降，给晋国送去大批礼物，计有兵车一百辆，乐师数名，一批名贵乐器和十六个能歌善舞的女子。晋悼公很高兴，把这些礼物的一半赏赐给魏绛，说：“魏绛，是你劝我跟戎、狄和好，又安定了中原各国；八年来，我们九次召集各国诸侯会盟。现在，我们和各国的关系就像一首动听的乐曲一样和谐。郑国送来这么多礼物，让我和你同享吧！”魏绛说：“能和狄、戎和好相处，这是我们国家的福气，大王做了中原诸侯的盟主，这是凭您的才能，我出的力是微不足道的。不过，我希望大王在安享快乐的时候，能够多考虑一些国家的未来。《尚书》里说：‘在安定的时候，要想到未来可能会发生的危险；您想到了，就会有所准备；有所准备，就不会发生祸患。’我愿意用这些话来提醒大王！”

有名无实

出处：《国语·晋语八》。——宣子曰：“吾有卿之名，而无其实，无以从二三子。吾是以忧，子贺我何故。”

释义：表示空有虚名，而无实际内容。

一天，晋国的大夫叔向去拜访老朋友韩宣子。韩宣子是当时晋国的六卿之一，职位很高。但他见了叔向，不住地唉声叹气，说自己很穷。不料叔向听他这样说，便站起身拱手向他祝贺。韩宣子不解地问道：“我是有卿的名，而没有卿的实际，无法跟大夫们相比。我正为此犯愁。你为什么要祝贺我呢?”叔向正色道：“我就是因为你贫穷才道贺的呀！穷，不一定是坏事；你只要回忆一下弈武子三代的遭遇，就可以知道了！”叔向知道韩宣子很清楚奕武子三代的不同遭遇，所以特地提起了这件事。最后他又说：“我看你像弈武子一样贫困，就想到您已经有了他那样的德行，所以才表示祝贺。不然，我只会担心，哪会再向您表示祝贺呢?”韩宣子听了叔向的话，顿时愁云消散，向叔向行礼说：“多谢您对我的指教，要不我连自己将走向灭亡也不知道呢。”

指鹿为马

出处：《史记·秦始皇本纪》，比喻故意颠倒是非，混淆黑白。

秦二世时，丞相赵高野心勃勃，日夜盘算着要篡夺皇位。可朝中大臣有多少人能听他摆布，有多少人反对他，他心中没底。于是，他想了一个办法，准备试一试自己的威信，同时也可以摸清敢于反对他的人。

一天上朝时，赵高让人牵来一只鹿，满脸堆笑地对秦二世说：“陛下，我献给您一匹好马。”秦二世一看，心想：这哪里是马，这分明是一只鹿嘛！便笑着对赵高说：“丞相搞错了，这是一只鹿，你怎么说是马呢?”赵高面不改色心不跳地说：“请陛下看清楚，这的确是一匹千里马。”秦二世又看了看那只鹿，将信将疑地说：“马的头上怎么会长角呢?”赵高一转身，用手指着众大臣，大声说：“陛下如果不信我的话，可以问问众位大臣。”

大臣们都被赵高的一派胡言搞得不知所措，私下里嘀咕：这个赵高搞什么名堂？是鹿是马这不是明摆着吗！当看到赵高脸上露出阴险的笑容，两只眼睛骨碌碌轮流地盯着每个人的时候，大臣们忽然明白了他的用意。

一些胆小又有正义感的人都低下头，不敢说话，因为说假话对不起自己的良心，说真话又怕日后被赵高所害。一些正直的人坚持认为是鹿而不是马。还有一些平时就紧跟赵高的奸佞之人，则立刻表示拥护赵高的说法，对皇上说：“这确是一匹千里马！”

事后，赵高通过各种手段把那些不顺从自己的正直大臣纷纷治罪，甚至满门抄斩。

自惭形秽

出处：《世说新语·容止》。——“珠玉在侧，觉我形秽。”

释义“惭”，惭愧；“形秽”，丑陋，不体面。因为自己在某一方面不如别人而有一种惭愧的感觉。

晋朝时候，有个骠骑将军名叫王济，相貌英俊，待人接物也很有风度。虽然是个提刀弄枪的军人，但平时读书论经，才学很好，在城里也颇有名声。有一年，王济的外甥卫玠母子前来投靠王济。王济一见卫玠如此眉清目秀，风度翩翩，简直惊呆了。他对卫母说：“人家都说我相貌漂亮过人，现在与外甥一比，就像把石块与明珠宝玉放在一起，我真是太难看了！”

过了几天，王济带着卫玠，骑着马去拜见亲朋好友。走到街上，看见卫玠的人都以为他是白玉雕成的，大家都争着围观，你挤我拥，几乎轰动了全城。好不容易到了亲戚家，亲友们想了解一下卫玠以外貌漂亮，学问是否出众，便坚持要他讲解玄理。卫玠推辞不了，便讲了起来。讲的时间不长，听的人却没有一个不称赞他讲得精深透彻的。人们嬉笑着说：“看来，你们三王抵不上卫家的一个儿郎啊！”王济说：“是啊，和我这外甥一起走，就像有明珠在我身旁，熠熠发光。”

第五编　中外童话篇

开卷提示

童话对于每个人来说是美丽而又熟悉的，因为它伴随着我们成长的每个阶段；童话对于每个人来说是清新的，犹如清晨一缕阳光照耀每个人的心房。

童话故事可以为人们带来快乐，也带来对正义与邪恶、善良与凶残、诚实与虚伪、勤劳与懒惰的认识。

老鼠、小鸟和香肠

从前，一只老鼠、一只小鸟和一根香肠住在一起，它们和睦相处，生活充满了幸福和快乐。它们分工合作，积累不断增加，变得十分富裕。小鸟每天飞到森林里去衔柴回来；老鼠担水，生火，布置饭桌；香肠则负责做饭。

有一天，小鸟遇到了另外一个朋友，它向朋友很自豪地谈起自己生活的惬意现状。那只鸟却嘲笑它是一个可怜的傻瓜，说它辛辛苦苦在外面干活，另两个伙伴待在家里干轻松的活：老鼠每天生火、担水之后就回到自己的房间里躺下休息，到了吃饭的时候才去摆好桌椅，铺上桌布。香肠则坐在锅子旁，除了看食物烹煮的情况外，什么事都不做。到了要吃饭的时候，只加一点油、盐就算了事，不到一分钟就干完了。小鸟听了这些话，心里很不是滋味。它飞回家，把柴担放在地上。大家和平时一样一起坐在桌子边吃饭，进餐之后又都回房睡觉，一直睡到第二天早晨起来。

还有什么生活比这种默契、合理分工的生活更令人满意呢？

可是小鸟受了朋友的挑拨，第二天不想到森林里去了，还说自己一直在服侍它们两个，做了很久的傻子，现在应该交换一下工作，家务事应该大家轮着来干。尽管老鼠和香肠苦苦劝说，说明它们这样分工最合理，这样才可能继续维持正常的生活，但小鸟听不进去，坚持它的提议。最后，它俩只好顺着它。它们用抽签的方式决定了这样的分工：香肠去背柴，老鼠做饭，小鸟去担水。

人要是离开了适合自己干的工作岗位时，会有什么结果呢？

香肠出发到森林里去了，小鸟生起火，老鼠架好锅子，只等香肠回家担来第二天用的柴枝。但香肠去了很久都没有回来，它俩意识到它一定出事了。小鸟马上飞出去沿着小路去找香肠，但它飞了不远就发现路上有一只狗，狗说它遇到了可怜的小香肠，把它当做可以捕食的猎物抓起来吃掉了。小鸟指责狗公开抢劫，行凶杀人。但所有的话都已毫无用处，因为狗说它发现香肠从事的工作与它的身份不符合，断定它是伪装的间谍，这样才把它杀死的。小鸟非常伤心地衔起柴枝回到家里，把自己所看到和听到的都告诉了老鼠。它和老鼠都很悲痛，但它们两个商定，最好还是住在一起。

小鸟把桌子铺好了，老鼠把菜也做好了，但当老鼠去盛菜时，热气一冲，它一下子就掉进了锅里，连淹带烫死去了。小鸟来到厨房想把饭菜端到桌子上，可它没有看到厨师。它把柴枝翻来翻去扔得到处都是，这里叫，那里喊，每个地方都寻遍了，就是找不到厨师。就在这时，灶里的火掉到柴枝上，柴枝马上燃了起来。小鸟急忙去担水，但匆忙间又把木桶掉到井里去了，它也跟着一起掉了下去。一个好端端的家庭就这样完了。

蚂蚁大力士

蚂蚁国的达里，是个有名的大力士，他能独自拖动比自己的身体重六百倍的东西。别的蚂蚁拼着命，咬着牙，也只能拖动比自己身体重五百倍的东西。一次，他居然从树丛里拖着一只死蜻蜓，走了八百里。别惊讶，这是按蚂蚁国的里程计算的。当他把蜻蜓拖到蚂蚁国洞口时，蚂蚁国国王都惊讶了，不住地夸他能干，力气大。

还有一次，那可真是惊险。在蚂蚁国里有一个很大的仓库，里面装有各类食品，食品码放得比蚂蚁们高出十几倍。那天，蚂蚁们齐心协力把一块巧克力拖进仓库，想把它码上垛去。不知哪位蚂蚁不小心把垛碰倒了，垛顶的一个大米包顺势落下来。足有几千斤重的物体（当然是蚂蚁国的重量）落下来，还不把蚂蚁们砸个折胳膊断腿的？在这千钧一发的时刻，小蚂蚁达里一步向前，用坚实的身躯，顶住米包，他高喊着："快闪开！"直到蚂蚁们逃离险区，他才放下米包，尽管他累得浑身是汗，但丝毫没有伤着筋骨。蚂蚁们纷纷围上来，赞扬他的献身精神。达里不住地说："为了大家，没什么！"

不知哪位蚂蚁别出心裁，向蚂蚁国王建议，要像人类那样，举行全国性举重比赛，蚂蚁国王欣然同意。这第一次全国比赛当然场面宏大，热闹非凡，达里也真是不负众望，取得了全国轻重量级的举重冠军，获得蚂蚁国大力士称号。当他拿到金光闪闪的奖牌时，心里异常激动。他心想，以前我拖过蜻蜓，顶过下落的米包，出了那么大的力气，谁给过我奖励？看来我应该注意节省力气，留着重大比赛时用，平时把力气用完，比赛时就没有了，那不吃了大亏？

达里自认为找到了做蚂蚁的真理，从此再也不像以前那样卖力气地干活了。开始时，他时时处处找轻松活干，该他使力气的时候，不是装病，就是装装样子，不肯多花一点儿力气。他想，我才不当傻瓜，听那没用的夸奖呢，那金光闪闪的奖牌，厚厚的奖金，才是最实惠的呢。

当全国第二次举重比赛开始的时候，蚂蚁达里自然信心十足，抱着重拿冠军、再获奖牌的愿望走上比赛场。可是万万没想到，他连去年成绩的一半也没达到，而让平时不起眼的、默默劳动的星星得了冠军。蚂蚁国轰动了，蚂蚁们高高举起星星向他祝贺，当蚁王向星星颁发奖牌的时候，达里溜到一个角落里，哇哇大哭起来。

直到很久很久以后，蚂蚁达里才明白：投机取巧，处处偷懒，身上的力气会消失的，所以才失去了当大力士的资格。达里决心重新开始，把大力士的称号夺回来，那么，他该怎么办呢？

十二生肖的故事

你知道自己属什么吗？有属小白兔的，有属大老虎的……有属猫的吗？没有，怎么有属老鼠的，没有属猫的呢？这里有个故事。

很久很久以前，有一天，人们说："我们要选十二种动物作为人的生肖，一年一种动物。"天下的动物有多少呀？怎么个选法呢？这样吧，定好一个日子，这一天，动物们来报名，就选先到的十二种动物为十二生肖。

猫和老鼠是邻居，又是好朋友，它们都想去报名。猫说："咱们得一早起来去报名，可是我爱睡懒觉，怎么办呢？"老鼠说："别着急，别着急，你尽管睡你的大觉，我一醒来，就去叫你，咱们一起去。"猫听了很高兴，说："你真是我的好朋友，谢谢你了。"

到了报名那天早晨，老鼠早就醒来了，可是它只想到自己的事，把好朋友猫的事给忘了，就自己去报名了。

结果，老鼠被选上了。猫呢？猫因为睡懒觉，起床太迟了，等它赶到时，十二种动物已被选定了。

猫没有被选上，就生老鼠的气，怪老鼠没有叫它，从这以后，猫见了老鼠就要吃它，老鼠就只好拼命地逃，现在还是这样。

你知道哪十二生肖吗？

它们是：老鼠、牛、老虎、兔子、龙、蛇、马、羊、猴、鸡、狗、猪。

怎么让小小的老鼠排在第一名呢？这里也有个故事。

报名那天，老鼠起得很早，牛也起得很早。它们在路上碰到了。

牛个头大，迈的步子也大，老鼠个头小，迈的步子也小，老鼠跑得上气不接下气，才刚刚跟上牛。

老鼠心里想：路还远着呢，我快跑不动了，这可怎么办？它脑子一动，想出个主意来，就对牛说："牛哥哥，牛哥哥，我来给你唱个歌。"牛说："好啊，你唱吧——咦，你怎么不唱呀？"老鼠说："我在唱哩，你怎么没听见？哦，我的嗓门太细了，你没听见。这样吧，让我骑在你的脖子上，唱起歌来，你就听见了。"牛说："行喽，行喽！"老鼠就沿着牛的腿一直爬上了牛脖子，让牛驮着它走，可舒服了。它摇头晃脑的，真的唱起歌来：

牛哥哥，牛哥哥，过小河，爬山坡，驾，驾，快点儿喽！

牛一听，乐了，撒开四条腿使劲跑，跑到报名的地方一看，谁也没来，高兴得哞哞地叫起来：“我是第一名，我是第一名！”牛还没把话说完，老鼠从牛脖子上一蹦，蹦到地上，吱溜一蹿，蹿到牛前面去了。

结果是老鼠得了第一名，牛得了第二名，所以，在十二生肖里，小小的老鼠排在了最前面。

鸟窝里的树

春天，鸟先生用干草和泥土筑了一个又大又结实的鸟窝，鸟太太就蹲在窝里孵她的蛋宝宝。

一天，一个鸟蛋“骨碌”动了一下，呀，是宝宝快要出生了？鸟太太忙起身看那个鸟蛋。“天哪！”鸟太太惊叫起来，原来鸟窝里长出了一棵小树苗，叶子绿绿的、肥肥的，正一个劲儿地往上蹿呢！

鸟太太孵出了一棵树！这消息一下子就传开了。

“快把它砍掉，要不，它会把你们的鸟窝撑破的。”螳螂先生扛着大刀赶来了。

鸟先生接过大刀就要砍小树苗。

“可怜的小苗苗，瞧它长得多好呀！”鸟太太扑上去拦住了鸟先生。

“那你们就得搬家，你们的鸟窝很快就要被它戳出个大窟窿的。”甲虫先生开来了大卡车准备帮鸟先生一家运东西。

可鸟先生说什么也不愿离开他辛辛苦苦筑的窝。

树苗一个劲儿地往上长，眼看就要把鸟窝撑破了。

“要不，咱们把这小树挪个地方。”鸟先生、鸟太太同时想出了一个好办法。

螳螂先生和甲虫先生捋起袖管就动手搬树了。

“可不能碰坏了我筑的窝。”鸟先生叮嘱着。

“也不许碰坏了我孵的蛋宝宝！”鸟太太赶快加了一句。

于是，小树苗连同它根上的土一起被大家轻手轻脚地从鸟窝里搬了下来，种到了地里。鸟太太又去孵她的蛋宝宝了。

这时，一个鸟蛋又“骨碌”动了一下。“哎呀，又要孵出一棵了。”鸟先生叫起来。

鸟太太瞪了鸟先生一眼：“我哪能老孵出树来？这一次准是我们的宝宝要出生了。”可不，这一次鸟太太一连孵出了四个鸟宝宝，鸟先生成了四个鸟宝宝的爸爸了。

在鸟先生、鸟太太的精心照顾下，鸟宝宝和小树苗一起长大了。当四只小鸟学会飞的时候，这棵从鸟窝里搬出来的树上开出了粉红色的花。呀，这是一棵漂亮的合欢树。

鸟先生一拍脑门说：“嗨！我就是用合欢树下的泥土筑的鸟窝呀！”

当春天又来时，这棵合欢树上出现了四个新的鸟窝。这四个新筑的鸟窝里还会长出小树来吗？这，谁也说不准喽……

力太郎

从前，在一个村子里，有一对夫妇，他们唯一的孩子不幸生病去世了。

他们失去心爱的孩子后，既没有心情工作，也不想洗澡，老是想着他们的孩子，就这样悲伤地哭了好几年。因此，两个身上都积满了污垢，脏得连老鼠都被吓跑了。

“今天是孩子死去的纪念日，我们用身上的污垢做个泥娃娃来拜他吧！”于是，夫妇俩便搓下身上所有的污垢，做了一个很像他们的孩子的男娃娃。

“啊！他真像我们的孩子！”

夫妇俩把污垢娃娃供奉起来，摆上祭品，烧香拜他。就在这个时候，污垢娃娃的身体忽然动了起来，而且还把所有祭品都吃光了。

“我还要吃，还有吗？”污垢娃娃嚷着。

他们俩大吃一惊，叫道：“啊！我们的孩子真的活过来了。”

夫妇俩高兴极了，把家里所有的东西都拿出来给污垢娃娃吃。污垢娃娃吃多少，身体就壮大多少。

“我们给这个孩子取个名字，叫力太郎吧！”

从此以后，夫妇俩拼命地工作，好让力太郎吃得很饱，长得很壮。

力太郎不断地吃，吃了很多东西，不久就长成一个又强壮又有力气的大小伙子。

夫妇俩从早到晚不停地工作，但还是不能让力太郎吃饱。“真糟糕！能吃的东西都吃光了，孩子仍然吃不饱。”夫妇俩伤透了脑筋。

有一天，力太郎对他们说：“爸爸，妈妈，因为我吃得太多而连累你们，实在很对不起。现在我决定要到外面旅行，做一个杰出的人，请你们为我准备一支铁棒吧！”

夫妇俩花掉全部的储蓄，请铁匠做了一支很结实的铁棒给了力太郎。

力太郎轻轻松松地举起笨重的铁棒，朝着一块大石头敲下去，大石头就飞到山顶上去了。

“爸、妈，你们保重身体，安心地等我回来。”告别了父母亲后，力太郎就出门旅行去了。

力太郎走呀走。有一天，对面来了一个大力士，背上背着一座神庙。因为神庙太大，堵住了整条路，来往的行人都不能通过。

于是，力太郎便挥起铁棒，“砰！”的一声，就把大力士的神庙打得粉碎。

“好大胆的小子，竟敢把全国最了不起的神庙武士的神庙打坏，我绝饶不了你！”神庙武士非常生气地扑过来，力太郎用脚轻轻一踢，便把他踢向空中，挂在高高的松树上。

“哎哟！救命啊！”

力太郎走过去，“啊”的一声，把松树连根拔起，又轻轻地放下大树，救下了神庙武士。

“力太郎，请让我做你的随从吧！”神庙武士很诚恳地要求。力太郎便答应了他，带着他继续旅行。

当他们走到一条山路时，忽然飞来很多石头。

“危险！”力太郎用铁棒将石头打碎。

“到底是谁在作怪？”力太郎想找出石头飞来的地方，于是就向前方走去。

令人惊讶的是，在碎石场里有一个大汉，正用拳头将石头打碎。飞过来的石头原来只是一些碎石片。当碎石又飞过来时，力太郎轻轻一吹，石片又飞回去，打在大汉的头上。

“哎呀！好痛啊！谁敢在我石武士的头上动土！”愤怒的石武士向力太

郎扑了过来。

力太郎抓起石武士，“砰”一声，摔在岩石上，石武士的头卡在岩石里拔不出来了。

“哎哟！好痛喔！救命啊！”

力太郎抓住石武士的脚，一使劲就把他拔出来且救了他。

石武士因此也心服口服地做了力太郎的随从。

傍晚，他们三人来到镇上，但看不到一个人影。力太郎说：“这里的情形不太妙喔！”

他们往前走，来到一个有钱人家的大门口，看到一位姑娘正哭得很伤心。力太郎走上前去问她为什么哭。

姑娘很害怕地回答说：“妖怪将要抓我去做新娘，并把我吃掉。不然，妖怪就会毁掉这个城镇。”

“镇里所有的武士都被妖怪杀光了。你们快救救我吧！”满脸泪水的姑娘，请求他们帮忙。

“好！我们来除掉妖怪。”于是，力太郎、神庙武士和石武士就躲了起来，等待妖怪出现。

忽然，“呼”的一声，吹来一阵很臭的风。

“嘎喔！”一个三只眼的妖怪出现了，正伸手要抓起姑娘的时候，力太郎他们三个人同时跳了出来，说道：“我们要除掉你这个坏蛋。”

但是，不一会儿，神庙武士和石武士就被妖怪吞到肚子里去了。

“好啊！这回看我的。”力太郎挥起铁棒冲过去。可是铁棒却两三下就被妖怪折弯了。力太郎只好丢开无用武之地的铁棒，与妖怪空手打了起来。

力太郎虽然勇猛，但妖怪也很厉害，根本分不出谁赢谁输。

“呀！”力太郎忽然使劲一踢，刚好踢中妖怪的肚子。

“哎哟！”妖怪痛得大叫一声，神庙武士和石武士便从鼻孔喷出来。

结果，“隆”的一声，妖怪倒了下去，就再也爬不起来了。

躲着看这场大战的富翁和镇上的人们，一窝蜂地跑了出来。“万岁！妖怪死了。太棒了！力太郎，真是太谢谢你了！”大家异口同声地说。

大富翁高兴极了，连忙向他们道谢，并说：“你们救了我的女儿，我愿意做任何事情来报答你们。”

“打了一场苦战，肚子饿得很，那就让我们吃个饱吧！”

于是，大富翁准备了很多山珍海味来招待他们。

三个人很尽兴地吃了丰富的一餐后，便向大富翁告辞。

大富翁认为他们既谦虚又不贪心，就说：“我有三个女儿，你们就娶她们做妻子吧！”

后来，孝顺的力太郎把爸爸妈妈接来住在一起，一家人过着幸福快乐的日子。

猴子与螃蟹

在一个晴朗的日子里，有一只猴子在路上散步。走着走着，突然觉得肚子好饿。于是，它一边走一边想：“如果能在地上捡到好吃的东西，那该有多好啊！”“有了！有了！”猴子捡到了一颗柿子的种子。可是，它看了看种子，摇摇头说：“不行啊！这颗种子太小了，根本吃不饱。”于是，猴子便拿着种子，继续往前走去。

忽然，猴子看到路的另一端，有一个大饭团慢慢地向它这边滚过来，它便十分高兴地跑了过去，想抓住那个滚动的大饭团。他心里想：

“真是太神奇了！香喷喷的饭团一定很好吃，吃了它，就不会肚子饿了！”

饥饿的猴子一边流着口水，一边加快脚步，往前面跑着，希望能快点拿到那个好吃而且可以填饱肚子的大饭团。

“不行！不行！”猴子听到饭团后面有个小小的声音说：“这是我的饭团！你不可以把它抢走！”它仔细一看，原来是一只小螃蟹正辛苦地搬着那个饭团。

猴子说：“可是，我肚子好饿啊！分一点给我吃吧！”螃蟹摇摇头回答它说：“不！我不能把饭团分给你吃。如果我把饭团给了你，在家里等我的螃蟹宝宝们就没有东西可吃了。”

“那么，我用我在路上捡到的柿子种子和你换那个饭团，好不好？”猴子装出一副十分可怜的样子。

螃蟹看了看种子说：“不行！那种子根本不能吃！”

猴子连忙说：“可是，如果你把种子种在泥土里，辛勤劳地浇水，那么，不久，它便可以长成大树，每天都可以吃到很多红柿子呀！而这个小饭团一吃掉，可是什么东西也没留下来。”

螃蟹听了猴子的说明以后，不但觉得猴子的话很有道理，还认为猴子非常聪明。于是，它就用饭团和猴子交换了那颗小小的柿子种子。

猴子心里想：“想不到事情进行得那么顺利，这只笨螃蟹！这么容易就上当了，这下子，我可以好好享受这个香喷喷的饭团了！”

猴子一拿到饭团，立刻张开了嘴巴，几口就把饭团吃光了。

“真是太好吃了！”猴子拍拍肚皮对螃蟹说：“螃蟹妈妈！你要好好地把种子种到泥土里去哟！还要记得浇水，用不了多久，你和你的螃蟹宝宝们就可以吃到许多又香又甜的红柿子了！”猴子说完，便笑着走了。

螃蟹妈妈不知道自己上当了，还把种子当成宝贝一般，她心想：“我带了这么好的种子回去，宝宝们一定也会觉得非常高兴。”

螃蟹妈妈回到家里以后，很高兴地把事情的经过告诉了螃蟹宝宝们，然后，她便带领着小螃蟹们来到了院子里，非常小心地把柿子种子埋在泥土里，而且还十分仔细地替它浇水。

“快发芽吧！快发芽吧！如果你不赶快发芽，我们就用锋利的剪刀，把你剪成两半！”螃蟹们围着种子，不停地唱着，希望种子快快发芽，快快长大。

埋在泥土里的种子听了十分害怕，便努力吸收水分，拼命生长着。不久，种子便冒出绿色的嫩芽，螃蟹们又围着芽唱道：

“嫩芽！嫩芽！快快长大，如果你不快点长大，我们就用锋利的剪刀，把你的嫩芽剪断！”嫩芽听了螃蟹的话，更加努力地长大，不久，便长成一棵好大好高的柿子树。

柿子树长得越来越高，螃蟹们又开始唱道：“大树！大树！赶快长出又香又甜的红柿子吧！否则，我们就用锋利的剪刀，把你的树叶剪光，树干也剪断！”

螃蟹们一边浇水一边不停地唱着，不久以后，柿子树果真结了很多的红柿子，饿肚子的螃蟹看到满树的果子，心里十分高兴，它们的辛勤劳动终于换来了丰硕的果实。

“肚子好饿啊！可是，树长得太高了，我们采不到好吃的红柿子！”螃蟹妈妈搬来了一个长梯子，螃蟹宝宝们也拿来了长竹竿，希望能采到树上的红柿子，但是，柿子树实在太高了，小螃蟹们只好站在柿子树下，不甘心地望着高挂在树上的柿子。

就在螃蟹们十分失望的时候，狡猾的猴子看到了好吃的柿子，便非常高兴地走到柿子树下。

“这棵柿子树长得好高啊！你们采不到柿子，是吗？我最拿手的就是爬树了！我来替你们采柿子吧！”

“真的吗？你真好！那就麻烦你替我们采柿子吧！我们都快饿坏了呢！”螃蟹们高兴地说。

于是，螃蟹们站在树下，看着猴子轻快地爬到高大的柿子树上。猴子爬上柿子树之后，很高兴地大声说：“树上结了好多好多的红柿子啊！真是太棒了！一定非常可口！”

贪心的猴子一边采一边吃，螃蟹妈妈和螃蟹宝宝们站在树下直流口水。

“猴子先生啊！你别只顾着吃柿子呀！我们的肚子也好饿呢！你赶快采几个成熟的红柿子，丢到树下来给我们吃吧！你说过要帮我们采柿子的，不是吗？”螃蟹们大声地对着树上的猴子说。但是，猴子却自私地吃着好吃的红柿子，假装没听见树底下螃蟹们说的话。

螃蟹妈妈和螃蟹宝宝的肚子越来越饿，只好不停地对树上的猴子叫道：“你好坏呀！一个人在树上吃得津津有味！我们的肚子也很饿啊！你应该采几个红柿子丢下来给我们吃才对！”

猴子听了，很生气地说：“啰嗦！你们想吃柿子吗？那就吃这种涩柿子吧！”说完，就采了很多青柿子，往树下的螃蟹们身上用力的丢下去！

又硬又涩的青柿子打中了树下的螃蟹妈妈，螃蟹妈妈又累又饿，马上就昏倒在地上。

螃蟹宝宝们大吃一惊。

“妈妈！你怎么了！醒醒啊！妈妈，你不能死啊！”螃蟹宝宝一边哭一边将昏倒的螃蟹妈妈抬回家。它们十分细心地照顾妈妈，希望它能早一点恢复健康。

第二天，螃蟹们的三个好朋友栗子、蜜蜂和石臼来探望它们，看到受伤的螃蟹妈妈，便问小螃蟹们：“到底发生了什么事啊？”

螃蟹宝宝把事情的经过告诉了栗子、蜜蜂和石臼三个好朋友。

三个好朋友听了非常生气地说：“这只猴子实在太可恶了！不但狡猾而

且又那么贪心！我们一定要想个办法，狠狠地教训它不可！”

于是，它们三个人便来到猴子的家里，贪心的猴子正好不在家。“我们就留在这里，等它回来再好好教训它吧！”

三个人商量好了以后，石臼就到了屋顶上，栗子则躲进火炉里，蜜蜂找到了一口大水缸，停在水缸上。就这样，三个十分生气的好朋友，决定好好教训这只既贪心又狡猾的坏猴子。

不久，猴子回来了。

“好冷的天气啊！快把我冻坏了！我要赶快生把火，烤烤冰冷的屁股！”猴子放了几根柴火到火炉里，很快便燃起了红色的火焰。

它坐在火炉边，烤着冰冷的屁股。

首先，躲在火炉里的栗子，被火焰越烤越红，“啪”的一声，从火中弹跳出来，撞上猴子冰凉的红屁股！不知情的坏猴子以为是火太大，被火苗烫到了，痛得大叫：“这火怎么突然烧过来呢？烧得我的屁股又红又痛的！受不了了！痛死我了！”猴子一边叫着一边跑。“水！水！我的屁股会烧焦的！”

猴子跑到水缸旁边，想用水冰一下被烫伤的红屁股。“好机会！这下子该我这个蜜蜂朋友上场了！”这时，躲在大水缸上的蜜蜂便拿着它长长的刺，往猴子的屁股上用力地刺下去。

“好痛啊！痛死我了！水缸里怎么会有蜜蜂呢？我的屁股好痛啊！”猴子又叫又跳，在屋子里团团转。

最后，猴子痛得受不了，便急急忙忙地往屋外跑。

这时候，躲在屋顶上的石臼说：“现在，该我上场了！”就在猴子经过大门的时候，“砰”的一声，重大的石臼压住了想要逃跑的猴子。

这时，螃蟹宝宝们也来了。“谢谢你们！真是谢谢你们替我们教训了这只坏猴子。”

猴子见了螃蟹宝宝，很惭愧地说：“对不起！”“怎么样？你以后还敢不敢再做坏事？欺骗别人呢？”“不敢了！不敢了！我以后再也不敢做坏事了！”改过向善的猴子跟着三个朋友来到螃蟹家，对螃蟹妈妈和螃蟹宝宝道歉后，很快地爬到高高的柿子树上，采了很多又香又甜的红柿子，然后很诚恳地对栗子、石臼、蜜蜂以及螃蟹们说：“请大家尽情吃吧！”

后来，每当柿子树上结满了又红又甜的柿子时，会爬树的猴子一定会主动来帮助螃蟹妈妈和螃蟹宝宝们采柿子，与石臼、蜜蜂、栗子以及所的好朋友分享快乐，大家也原谅了以前做错事的猴子。

辛迪的梦

天儿蓝蓝的，飘着雪白的云朵。鸟儿成群结队地飞过白云。真讨厌！全世界本来就只有辛迪一个人，为什么现在又多了一个人，被人们称为极其可爱的家伙——辛迪的妹妹瑞拉。

全家人的目光都注意着妹妹瑞拉，以前只要辛迪想要什么，妈妈总会很耐心地给他什么。但是现在，妈妈总对辛迪说："你是哥哥，应该学会独立，学会帮妈妈照顾妹妹。"很无奈，辛迪不能不听妈妈的话，他再怎么撒娇也比不过妹妹瑞拉的一声哭喊。

辛迪从此都是早早地出门，迟迟地回家吃晚饭。他宁愿一个人躺在空旷的草地上，也不愿回家跟妹妹瑞拉挤一张床。

爸爸妈妈坚持要辛迪带着妹妹上学，因为农田里有一大堆的活要干。不管怎样，辛迪必须照顾妹妹，每天带妹妹上学，还要带妹妹回家。本来辛迪可以自在地躺在草地上，可以快活地跟伙伴们打水仗，可以哼着老师刚教的歌在路上飞奔……有多少个可以，但是现在统统都不可以了。妹妹瑞拉走路很慢，一带她快跑就很容易摔跤，然后就开始大哭。辛迪最怕妹妹哭了，他感觉那是一种折磨。不过，辛迪很快就想到了一个好办法。放学后他让妹妹瑞拉坐在一个他自认为很安全的土堆上，然后给瑞拉一根小小的棒棒糖。在妹妹瑞拉吮着糖的那会儿时间，辛迪就去干自己可以干的事情。这似乎是一个很好的办法。

每次辛迪玩完回来时，妹妹瑞拉都刚好吮完那根棒棒糖。没有妹妹跟着，辛迪可以像以前一样玩得很开心。

有一次，辛迪在和伙伴们玩捉迷藏时，玩过了头，等辛迪跑到妹妹瑞拉那儿时，他只看见了掉在地上的棒棒糖的棒子。瑞拉呢？不见了……第一次，辛迪有些急了。要是爸爸妈妈知道瑞拉不见了，肯定要伤心坏了。辛迪开始大喊妹妹的名字："瑞拉，瑞拉……"声音响彻整个天际，可是没有半点回音。只有一群唧唧喳喳的鸟儿成群结队地飞过。辛迪似乎没有起初那么讨厌妹妹瑞拉了，他开始担心妹妹了。看着太阳一点一点地爬下山，不争气的眼泪从辛迪的眼眶中一滴一滴地落下。原来妹妹瑞拉也没那么讨厌，原来他是爱妹妹的，没有妹妹跟着，他会不习惯的，没有妹妹坐在小土堆上，他感觉空荡荡的，他还有还有好多棒棒糖要给妹妹的。可是，辛迪还是找不到妹妹瑞拉。妹妹瑞拉去哪儿了呢?

瑞拉在小土堆上吮完那根棒棒糖，还是等不到哥哥回来，就去找哥哥了。但是瑞拉不知道哥哥在哪里，她就顺着一条小路向前走。路边的小花好看极了，有红色、蓝色、紫色、黄色，瑞拉摘了好多，小手都拿不过来了，她完全忘记了要找哥哥回家的事情。瑞拉很开心，就这么一路摘了又扔，扔了又摘。一路上的花好像怎么也摘不完，花丛里似乎还有东西在动。瑞拉扒开花丛，一只又白又胖的小兔子一蹦一蹦地向前跳着。瑞拉想抓住它，可是小兔子很灵活。这时，瑞拉想起了哥哥，要是哥哥在的话就能叫哥哥帮忙了。

可是，哥哥去玩了，瑞拉只有自己抓。瑞拉跟在小兔子后面也不知道跑了多久，瑞拉累了，停了下来。奇怪，小兔子也停了下来，回头看看瑞拉，红彤彤的眼睛瞅着瑞拉一动不动。瑞拉撅着小嘴瞪了小兔子一眼。那双红彤彤的眼睛似乎有魔力，瑞拉只觉得想睡觉。瑞拉躺在花丛里睡着了。

也不知道过了多久，瑞拉醒了发现她来到了一间小屋，一个老婆婆坐在火炉旁，火炉上有个锅，锅里一直向外冒热气。

老婆婆的脸是那么苍老，皱纹深深地刻在老婆婆的脸上。瑞拉“哇”的一声哭了，因为那个老婆婆有种难闻的味道，瑞拉不喜欢。原来那老婆婆就是可怕的老妖婆，专吃细皮嫩肉的小孩。可她最讨厌小孩哭，这样会让她烦躁以至于没食欲。但是老妖婆有一种药水，能让爱哭的小孩永远睡下去。

辛迪似乎感应到了妹妹瑞拉的哭声，似近又远。辛迪循着哭声一阵狂奔，妹妹就在前方，太好了。哭声越来越大，越来越响，辛迪看到前面出现了一座小屋，小屋四周长满了带刺的植物。辛迪很小心地爬过这些带刺的植物，可是他的手还是被划破了，鲜血流了出来。

这时，老妖婆放下正要给瑞拉喝药水，辛迪“啪”的一声撞开门进来了。“瑞拉不要哭，哥哥来了。老妖婆，把妹妹还给我，不然我让你死得很难看。”也不知道哪里来的力量，辛迪大声地朝老妖婆喊着。老妖婆看着手无寸铁的辛迪，不禁哈哈大笑。老妖婆抖了抖右手，一群乌鸦飞了过来，朝辛迪身上乱啄。辛迪不断地挥舞着手臂，他看到火炉里的火棍，于是猛冲到火炉旁，一把抓起燃烧的火棍，熊熊的火焰使得乌鸦不敢靠近。瑞拉擦着眼泪，使劲地喊："哥哥，小心，小心。"

老妖婆看着辛迪手上的血，口水不住地往外流。她拍了拍手，小锅立刻变得巨大，足够容得下辛迪整个人。辛迪马上退出了老妖婆的屋，在带刺的植物中，辛迪发现了一根绿油油的闪着光的植物，那植物的刺足以刺穿老妖婆的心脏。辛迪使出全身的力气，拉出这根粗壮的植物。这时，老妖婆正在寻找着辛迪，当她走到前门时，那些带刺的植物都让出一条道，似乎很怕老妖婆。辛迪可不怕，他死死地拽着这根带刺的植物，绕过屋子，从老妖婆的背部慢慢地靠近，狠狠地朝老妖婆的背部刺进去。老妖婆顿时面目狰狞，一股极其难闻的味道从老妖婆的心脏里散发出来，熏得辛迪与瑞拉都昏了过去……

"辛迪，辛迪，醒醒，醒醒……"妈妈使劲地推着辛迪，他已经睡过头了。辛迪睁开睡眼，马上问："瑞拉呢？瑞拉呢？"妈妈瞪着眼睛奇怪地回答："瑞拉比你早起床，已经在吃饭了。你做哥哥的还在做梦呢，还不起床。"难道这是个梦吗，怎么会……

是真的，原来昨天辛迪与伙伴们玩得太疯了，妈妈都出来叫他回家了，辛迪吃完饭就睡了。

不过，辛迪再也不把妹妹瑞拉一个人丢在一旁自己玩了，他不管做什么都带着妹妹瑞拉，直到妹妹瑞拉长大。

"辛迪和瑞拉永远是最好的兄妹。"这是辛迪在自己的一张拿满分的画上画的。

带箭的朋友

小兔子、小鸭子、小猴子是好朋友，他们在草地上愉快地跳皮筋儿。这时来了一个全身插箭的动物，看上去他就像在地上滚动的巨大毛栗，走起路来簌簌作响。

"你们好，让我们一起玩吧。"身上插满箭的动物说。

小白兔晃晃长耳朵说："哎呀，你全身插满了箭，真是可怕。"

“你要碰一碰我们，我们会全身受伤的。不玩，不玩。”小鸭子嘎嘎地说。

小猴子跳过去，左瞧瞧，右瞧瞧，用手抓抓腮帮子说：“你是谁呀，我们怎么不认识你呀?”

“我是箭猪，因为愚笨，其貌不扬，没人和我做朋友，可孤独了。你们能和我玩吗?”

“噢，箭猪呀，我听妈妈讲过，没想到这么可怕呀。你只好在旁边看着了。”小猴子摊开双手，做个鬼脸。

小兔子、小鸭子、小猴子又跳起了皮筋儿。他们又跳又笑，玩得好开心哟。箭猪只好在一边看着，不能和他们一起玩儿。

小兔子看看孤独的箭猪，忽然对两个伙伴说：“还是让箭猪和我们一起玩吧，多一个朋友有什么不好?”

小鸭子扭过头看看箭猪，改换口气说：“也是，长得丑也不是他的错，看他真是孤独。”

小猴子调皮地接过话茬儿：“我刚才只是说说笑话。我同意让他做我们的朋友。”

于是，小兔子、小鸭子、小猴子一起对箭猪说：“对不起。我们现在要和你做朋友。”

箭猪听了，真是高兴极了，他大声地喊道：“有人和我做朋友了，有人和我做朋友了!”

这四个朋友又继续开心地玩着。

忽然，小猴子发现东边来了一只狐狸，忙喊道：“快看！狐狸!”

小兔子指指西边说：“哎呀，一条恶狼!”

小鸭子指着南边说：“不好，一只大老虎!”

他们三个拉着箭猪准备向北边逃走，可是抬头一看，一头凶猛的狮子也正向这里走来。小猴子抓耳挠腮，小兔子直摇耳朵，小鸭子拍拍翅膀，急得一点办法也没有。箭猪摸摸身上的箭说：“我倒有一个好办法。”

“你有什么办法?”小兔子、小鸭子、小猴子一齐问。

“你们有皮筋儿，我身上有箭，可以射他们呀。”箭猪说。

“这倒是个好办法。”小猴子跳起来说。

于是，箭猪从身上拔下箭，由小兔子、小鸭子拉紧皮筋儿，小猴子用皮筋儿做弓弦，搭上箭对准狮子的嘴巴，“嗖”地射过去。好！小猴子的箭法真准，这一箭正射在狮子大王的嘴唇上，痛得他嗷嗷直叫，掉头逃走了。

小猴子又接二连三地把箭射向恶狼、狐狸和老虎，将他们一个一个地赶跑了。

他们胜利了，手拉手地跳起舞来。小猴子发出感叹说：“真是多一个朋友，多一份力量！”

小兔子、小鸭子也齐声地喊道：“对！多一个朋友，多一份力量！”

箭猪也开心地笑了。

野猫买冰箱

野猫买了一个大冰箱。冰箱是最大的那种，涂着淡绿的漆，上上下下有好几层，能放好多好多的东西。

野猫买来5千克鱼塞进冰箱里。“再冰点什么呢？”野猫想了想，又把家里所有能冰的东西都装了进去。大冰箱一下子塞得满满的。

“买冰箱我在村里可是头一个呀，”野猫得意地想，“我得让大家都知道我买了一个大冰箱！”

野猫决定把大冰箱搬出去，放在门口正对着马路的地方。野猫紧靠着大冰箱，一步也不离开。“不这样谁会知道这是我的冰箱呢！”野猫想。

平时，这里来来往往的人很多，可今天总也不见人来，野猫等得好心急呀！

终于，路口走来一只花猫。花猫只顾匆匆忙忙地赶路，根本就没朝冰箱看。野猫忍不住伸长脖子大叫起来：

“嘿，伙计！”

“啊?!”花猫吓了一大跳。

“往这儿瞧：我买了个大冰箱！这在我们村可是头一个呀！”野猫说。

“冰箱？能做什么?”花猫奇怪地打量着这个从未见过的玩意儿。

“你真傻：冰箱能冰东西呀！有了它，随时都能吃到新鲜鱼呢！”野猫拉开冰箱拎出一条鱼。他呱唧呱唧啃着冰鱼，好像这辈子都没吃过这么新鲜的鱼。

花猫擦了擦淌到嘴边的口水，有点难为情。野猫有点不忍心了，又从冰箱里拎出一条冰鱼：“花猫，请尝尝鲜吧！”

“呀，好吃！只有像您这样有知识的人才配用冰箱呢！”花猫讨好地说。

花猫打着饱嗝走了，野猫也很开心：“嗯，总算有人知道我有冰箱啦！”

没多久，又来了一只白猫。

“嘿，瞧呀！我买了个大冰箱！”野猫又大叫起来。

“冰箱？”白猫走过来东摸摸西瞧瞧，然后挺内行地说：“啊，我知道这东西。”

“哈，终于有个识货的啦！这可是个最最棒的东西呢！”野猫把冰箱门拉开，对白猫说，“瞧，能冰多少鲜鱼呀，吃鱼不用愁呢！”

看到冰箱里塞得满满的，全是好东西，白猫的眼睛都发亮了：“唔，冰鱼……味道怎样？差些吧？”白猫眯眼，使劲吸了吸鼻子，“是不是新鲜，我一尝就知道！”

“肯定新鲜的！”野猫又拎出一条鱼送给了白猫。

“味道怎样？”野猫盯着白猫的嘴巴，很紧张地问。

“味道嘛……不错的，冰箱是个好东西呀！”白猫很肯定地说。野猫松了一口气。

走过这儿的人越来越多了，大家都围过来看野猫买的大冰箱。野猫热情很高地请大家看冰箱，介绍冰箱的用处，然后弄条鱼或者其他东西给人家尝尝。

天黑的时候，野猫把大冰箱搬回了家里。

白天满满的冰箱已经空空荡荡了。“虽然有点累，可别人都说我的大冰箱好，还是值得的！”野猫这么想。

突然，门外传来一阵吵闹声。野猫打开门愣住了：野猫村的老猫带着一家老小在他的门口排起了长长的队伍。

“出什么事了？”野猫问。

“我们还想尝尝冰箱里的鲜鱼！”

“是呀，是呀！”“晚饭没吃，真饿呀！”

小猫们七嘴八舌地说。

野猫突然觉得很累很累。

猫兵救司令

淘淘的爸爸是个警察。淘淘戴上爸爸的大檐帽，扎上爸爸的武装带，别上自己的小手枪，嘿，别提多神气啦。

他跑到妈妈跟前说："妈妈，我当司令啦！"妈妈笑着说："连一个兵都没有，是个光杆儿司令。"

淘淘用袖子抹了一下自己的鼻子。是呀，没兵，算什么司令？谁来当我的兵呢？他看见伟伟和娜娜在院子里玩，就想：伟伟不和我好，不听我的话；娜娜呢？更不行！我不要女兵。

"喵——"一只毛茸茸的小白猫冲着淘淘叫。

"噢，你想当我的兵？太好啦！"

淘淘请妈妈给他的猫兵做一身军服，军服是红颜色的，露出一条白白的、长长的大尾巴，又威风又漂亮。

"猫兵，跟我正步——走！一二一！一二一！……"

伟伟和娜娜捂着嘴嘻嘻地笑。

有什么好笑的？"猫兵，去！给我教训教训他们！"

一声令下，猫兵"呼"地扑过去，一爪子把娜娜手里的红气球抓破了，"呼"把伟伟的短裤也撕烂了。

"呜哇呜哇……"伟伟和娜娜哭着去找淘淘的妈妈告状。

"快逃吧！猫兵。"淘淘话还没说完，猫兵早就跑出老远了。唉，这个兵，比司令跑得还快！

前面有个脏水井，不知谁干的坏事，把井盖揭开了。猫兵一跳就过去了，淘淘却"扑通"一声掉了进去。

"喵！喵！"猫兵趴在井口叫，淘淘喊："快，把司令救上去！"不一会儿，猫兵找来一根绳子，把绳子的一头放下去，淘淘抓住绳子往上爬，不但没上来，反而把猫兵拽了下去。

猫兵"哧溜"一声，一下子蹿出井口，一溜烟儿跑了。淘淘气得大叫："扔下司令不管，这算什么兵?!"

不一会儿，妈妈跑来了，是猫兵带的路。噢，原来他是去叫妈妈了。淘淘说：“猫兵真好，我错怪他了。”

妈妈把淘淘救了上来。司令和猫兵像两个泥猴儿，耷拉着脑袋，跟着妈妈回家了。

淘淘当司令啦！司令什么都不怕，就怕吃饭。

饭菜里有好多他不喜欢吃的东西，什么肉片啦，鸡蛋啦，菜叶啦，淘淘全都挑出来扔到了桌上。

妈妈看见了，拿着鸡毛掸子立在桌旁逼着他吃。

喵！不许欺负司令！猫兵冲着妈妈大叫一声，想吓唬吓唬她。谁知，脊梁骨上却狠狠地挨了一掸子，猫兵被打败啦。

司令和猫兵一齐想啊想，终于想出了一个好主意。

这一次，淘淘吃饭再也不用犯愁了。凡是司令不想吃的东西，都偷偷地扔在桌子下面，给他的猫兵吃。

这个秘密，妈妈可没有发现。妈妈看见淘淘盛饭的小碗空了，盛菜的小盘子也空了，别提多高兴！

别看淘淘吃饭不行，可吃起冰糕来却不要命。看，他左手拿一根，右手拿一根，猫兵还给他捧着一盒冰淇淋。

慢慢地，淘淘越来越瘦。妈妈说：“吃那么多还不胖，是不是肚里有虫?”

妈妈买来打虫药，让淘淘吃，淘淘偷偷对猫兵说：“你替我吃了吧。”猫兵敬个礼：“是！司令。”

不一会儿，猫兵肚子疼了，他拉出了好多虫子。“淘淘吃药，猫兵拉虫子，这是怎么回事?”妈妈弄糊涂了。淘淘呢，在妈妈背后咯咯地笑。

后来，猫兵越来越胖，浑身圆滚滚的，走起路来雄赳赳，气昂昂；淘淘却越来越瘦，走路耷拉着脑袋，打不起精神。不知道的人还以为猫是司令，淘淘是兵呢。

有一天，猫兵的妈妈从乡下来看猫兵，给他带来五只老鼠。猫妈妈比淘淘的妈妈更厉害，五只老鼠非让他一顿吃光不可，不吃不行。

猫兵吃了两只就吃饱了，看着盘子里的三只老鼠犯愁。他悄声对淘淘说：“司令，你替我吃了吧。”

淘淘连连摇头。猫兵生气了：“兵可以帮助司令，司令就不可以帮助兵吗？……”

猫兵把吃饭的秘密全告诉了淘淘的妈妈，妈妈这才明白了。

以后再吃饭的时候，妈妈就先把猫兵关“禁闭”，等淘淘吃完饭，才放他出来。他们再也没办法捣鬼了。

癞蛤蟆船长

夏天，癞蛤蟆先生乘轮船去旅游，轮船载着他游览了名山大川。回来后，癞蛤蟆先生特别羡慕在轮船上工作的人。

癞蛤蟆先生对夫人和孩子们说：“在轮船上工作，可神气了！尤其是船长先生，拿着望远镜指挥着轮船航行，真叫帅！”

一个小癞蛤蟆对他说：“爸爸，我们为什么不造一艘自己的轮船呢？有了我们的轮船，您当船长，我们当水手。全家开着轮船到湖心岛去玩！”

“对呀！我怎么没想起来呢？”癞蛤蟆先生说，“孩子们，说干就干！”

于是，癞蛤蟆先生率领着夫人和孩子们造起了轮船。他们砍下湖中的荷叶，把荷叶打造成轮船的船体；锯下湖边的芦苇，用芦苇制成轮船的烟囱和桅杆……

癞蛤蟆一家紧张地工作着，青蛙先生走过来，问癞蛤蟆先生：“大哥，您在干什么呀？”

“造轮船！”癞蛤蟆先生信心十足地说。

“呀！您这是瞎耽误工夫！”青蛙先生鄙视地说，“怪不得有人说您是‘想吃天鹅肉——痴心妄想’呢！您想造轮船，这不是异想天开吗？”

“世上无难事，只怕有心人！”癞蛤蟆先生没有理睬青蛙先生的挖苦，带领着孩子们继续工作。经过他们的不断努力，终于造出一艘轮船，船体是绿色的。他们把这艘轮船命名为“小荷号”。

癞蛤蟆一家登上了“小荷号”轮船。癞蛤蟆先生担任船长，他的夫人当大副，小癞蛤蟆们担当水手。

癞蛤蟆邀请在岸边看热闹的青蛙先生：“喂——青蛙先生，跟我们到湖心岛去玩，好吗？”

“对不起！”青蛙先生说，“我还要命呢！”

癞蛤蟆先生不再理睬青蛙先生，他果断地下命令：“孩子们！起航！”

“小荷号”在碧波荡漾的湖水中前进，在它身后湖水泛起一条长长的白浪。

轮船中不时传出癞蛤蟆船长的命令：“左满舵——满舵左！”

小癞蛤蟆们一边紧张地工作，一边唱起了欢快的《癞蛤蟆船长之歌》。歌声传出很远，一直传到优美的湖心岛上……

减肥腰带

小狐狸开的商店专卖腰带。每天，小狐狸都扯着嗓子喊：

“买腰带买腰带，这里的腰带品种齐全，美观大方，价钱便宜，保您满意，快来买腰带呀！”

许多天过去了，腰带一条也没卖出去。小狐狸真发愁。

一天，小狐狸突然想出一个主意。早晨，刚一开门，他又喊：

“买腰带来买腰带，这里卖的是减肥腰带，不论您有多胖，只要您系上我的腰带，保您肚子变小，人变苗条，快来买减肥腰带呀！”

这一招真灵！

河马大伯正为他的肚子大发愁呢，听说腰带能减肥，立刻买了一条。

大象公公也觉得自己的腰太粗，买了一条。

熊太太吃了许多减肥药，猪大婶抹了十几盒苗条霜，都瘦不下来，她们听说系一条腰带就能减肥，也都跑来买。结果，你一条，我一条，几个月没卖出去的腰带，不到半天都卖完了。

这一天，小狐狸早早就关了商店的门，他数着钱，非常得意自己的聪明。

买了腰带的动物们都系上了新腰带，盼着自己的大肚子快点下去。

十几天过去了，河马大伯觉得自己的腰并没有细下来，他找到大象说：“大象公公，您的腰细了吗？”

“咳，细什么呀，刚才我还称了一下体重，又长了二十斤！”

熊太太、猪大婶也来了。熊太太说：“你们看，这腰带都快系不上了。”猪大婶也叫道：“你们瞧我的肚子，我都快看不见自己的肚脐眼了。”大家知道上了小狐狸的当，便一起解下腰带，去找小狐狸算账。

小狐狸见大伙气势汹汹地朝商店走来，知道不好，想赶紧关门，可是，来不及了，大象公公的长鼻子一下子就把小狐狸卷了过来。由熊太太动手，四条腰带全都系在了小狐狸身上。

真奇怪，小狐狸一系上腰带，立刻像吹气似的，眼瞧着胖了起来，最后，竟成了个肉团。

“哈哈哈，这腰带留着你自己用吧！”

望着哈哈大笑的伙伴们，小狐狸一步也走不动，一句话也说不出来。

真假小白兔

小白兔当了萝卜店的经理。小狐狸很羡慕：“哼，我要变成小白兔！”于是，他念起咒语：“一二三四五六，狐狸变成小白兔。”嘿！小狐狸变成了一只小白兔。

早晨，一只小白兔一蹦一跳地来到萝卜店。店里的小灰兔一见，惊叫起来：“咦？小白兔经理刚进去，怎么又来了一个小白兔经理呢？”

里面的小白兔走出来一瞧，大叫：“你是……”

外面的小白兔也大叫：“我是这里的经理，你是谁？”

“明明我是经理，你是谁？”

两只小白兔吵起来。小灰兔们左看看右看看，全愣住了，实在分不出谁是真的小白兔经理。

熊法官来了，先在他俩面前放两捆青草，两只小白兔很快吃完了青草。熊法官又在他们面前放了两块肉，两只小白兔都皱着眉头：“不吃不吃！”熊法官看看这个，又看看那个，怎么也看不出真假，急得直搔头：这可怎么办？

兔妈妈来了，两只小白兔一齐叫：“妈妈，我是你的孩子。”

兔妈妈看看这个，又看看那个，摇摇头：“咦，真怪！唔，我的孩子尾巴上有个伤疤。”

可仔细一看，两只小白兔尾巴上都有伤疤。这可怪了！兔妈妈想了想，忽然捂着肚子叫起来：“哎哟，哎哟，我的肚子疼！哎哟，哎哟！”兔妈妈疼得弯下了腰。

“妈妈，你怎么啦?”一只小白兔眼泪都流出来了，扑上来扶着兔妈妈，一边大叫：“快，快去叫救护车，快！快!”

另一只小白兔虽然也在叫“妈妈，妈妈”，声音却一点也不急。

兔妈妈猛然站起来，一把抱住扑上来的小白兔，说：“我分出来了，你才是我的孩子——真正的小白兔!”

小白兔笑了：“妈妈，你到底认出自己的孩子了!”

另一只小白兔见兔妈妈忽然好了，愣了一愣，才明白自己上了当。他只好摇身一变，变成狐狸溜走了。

熊法官笑了：“兔妈妈，你真聪明!”

兔妈妈笑了，小白兔也笑了。

白马住院了

动物幼儿园的马老师生病住院了，小动物们很着急。它们决定一起去探望马老师。

下课后，小动物们向医院走去。小狐狸伽伽一条腿受了伤，走路一颠一颠的，走得很慢很慢……

小动物们很快来到医院，它们围在马老师床边问长问短。马老师很高兴，摸摸小羊脑袋，又拉拉小狗的手……忽然，马老师问：“小狐狸伽伽的腿好了吗?”

“伽伽!”小动物们这才想起了伽伽。

小狗说：“它的腿还没有好，走得很慢，我们就先来了。”

“啊!”马老师收起了笑容。

小动物们全不吭声了，一个个低下了脑袋，一会儿，小猪惭愧地说：“我们应该帮助伽伽。”

“对，我们应该帮助伽伽!”小兔轻轻地说。

小熊忽地站起来，向门外走去：“我们去接伽伽!”

“对，我们去接伽伽!”小动物们呼啦一下子向门口走去。

它们走呀走，走了好久，碰见了一颠一颠的伽伽。伽伽奇怪地问：“你们怎么回来了?”

“伽伽，我们接你来了！快，我来背你！”小熊在伽伽面前蹲下身子。

小羊说：“对不起，伽伽，我们让你一个人走了那么久。”

小动物们纷纷向伽伽道歉，伽伽感动得眼泪都流出来了。

小熊背着伽伽向医院走去，小熊累了，小羊背；小羊累了，小猪背……

医院到了。这回，小动物们一个不少，全来了。马老师看看这个，又看看那个，连连说：“好，好，你们都是好孩子。”

笨狼上闹市

听说城里很热闹，笨狼就想去看看。

他穿上红色的灯笼裤，戴上白色的鸭舌帽，唱着歌儿走出森林，来到了公路上。

开来了一辆绿色的出租车，前头亮着空车的标志。笨狼挥挥手，车停了，司机打开车门，礼貌地说：“先生，请上车！”

笨狼伸出手，想拉司机一把，没想到司机撒腿就跑，跑得比兔子还快。

司机跑了，笨狼只好自己开车。

前面是街心广场，红灯亮了，大大小小的车停了一长溜儿。

笨狼不懂得交通规则。他一踩油门，“呼”的一声，绿色小汽车冲过了斑马线。

交通警察猛地举起了手臂，他想拦住这辆车。可是，他的口哨掉了，举起的手臂僵得像根木头，半天也没能放下来。

交通警察什么都见过，就是没见过一只狼开着绿色出租车闯红灯。

笨狼走进了城里最大的百货商店。

商店里的顾客和营业员看见笨狼来了，乱作一团。试衣间的门挤破了，柜台底下人堆人。商店经理用一个塑料水桶罩住脑袋，以为这样最安全。一个正在给女儿买洋娃娃的年轻妈妈，吓得把女儿和洋娃娃弄混了，抱着洋娃娃就跑，反而把宝贝女儿留下了。

商店里有自动扶梯。这新鲜玩意儿，森林里还从没见过呢！

笨狼站在自动扶梯上，不用自己爬楼梯，就从一楼到了二楼，又从二楼到了三楼。笨狼好高兴，就一边坐自动扶梯，一边从口袋里掏出两个松球抛着玩。抛着抛着，咕咚，咕咚，松球掉了，沿着扶梯滚到了楼下。

笨狼想去捡，但是，自动扶梯越升越高。

“停下！”笨狼大声命令。但是，自动扶梯不理他，越升越高。

“你难不住我！”笨狼说，“咱们比比，看谁厉害！”

笨狼转身就往楼下跑。可是，笨狼跑下一级，自动扶梯就上升一级，笨狼跑得气喘吁吁，跑得脱下了鸭舌帽和灯笼裤，还是在老地方。笨狼好狼狈。

商店里的顾客和营业员见了，都哈哈大笑起来，唉，他们真没礼貌。

经理取下头上的塑料桶，给动物园和警察局打电话：“快快，快把这只狼捉住，关进动物园去！”

买洋娃娃的小姑娘踏上自动扶梯，来帮助笨狼。她牵着笨狼的手说：

“来吧，我们先到楼上去，再从另一个扶梯下来！”

原来商店里有两个自动扶梯，一个管上，一个管下。

笨狼在楼下找到了松球，一个留给自己，一个送给买洋娃娃的小姑娘。

警察和动物园的工作人员来了。他们戴着头盔，拿着麻醉枪。

笨狼可不想被抓住。他冲出商店，钻进绿色出租车，使劲一踩油门，“呼”，汽车像一阵风似的开远了。

斗智强过斗力

一个孩子在山上种了一片苞米。苞米快要成熟的时候，被狗熊发现了。狗熊钻进苞米地吃了一些，扔了一些，糟蹋了一地。

孩子找狗熊去讲理。狗熊满不在乎地说：

“你的苞米是让我给糟蹋了，你能把我怎么样呢？”

孩子说：“我要你赔。”

狗熊说：“我若是不赔呢？”

孩子说：“那我就叫你知道知道我的厉害。”

狗熊说：“我劝你还是忍了吧，我有的是力气。”

孩子说：“我只听说狗熊傻，可没听说狗熊有力气。”

狗熊火了，指着一个磨盘大的石头说：

“等我把这块石头扔到山下去，你就知道我是不是有力气了。”

狗熊背起了磨盘石，故意在草地上走了一圈儿，顺着陡坡把石头扔下山去。磨盘石发出隆隆的巨响。

狗熊得意地哼了一声。

孩子说：“背石头不算力气大，能拔起一棵树才算力气大。”

“那你就等着瞧吧！”

狗熊说着，吭哧吭哧拔起树来。他费了九牛二虎之力，总算把一棵松树拔起来了。

孩子说：“你能把松树拖到东边的湖里去吗？如果你能把树扔到湖里，让它像船一样漂起来，我就服你了。”

狗熊真的把大树拖到湖里了。可是，他已经累得筋疲力尽，站进湖里以后，本想爬到岸上来，却“扑通”一声落到水里。孩子趁机跳过去，揪住狗熊的耳朵，把他的脑袋摁到湖里，灌了他一肚子水。

狗熊告饶了，答应了孩子的要求，给孩子赔偿：自己要当一头牛，学会拉犁，帮助那个孩子种地。

呼呼噜和猫头鹰巫婆

一

小花猪呼呼噜，他很爱幻想。

呼呼噜每天吃饱了，喝足了，在进入梦乡以前，他都要幻想好一阵子——

他幻想自己成了一个国王，成了一个富翁，他还幻想自己遇到了一位漂亮的公主，还拥有一座五色的城堡……

二

呼呼噜听说，树林里有一位猫头鹰巫婆，她有着神奇的魔法，她只要一念咒语，就能让人们实现自己的愿望。

呼呼噜去找猫头鹰巫婆。他说：

“猫头鹰奶奶，请让我的幻想都变成真的，让我享受一下幻想的成果吧。”

猫头鹰巫婆说：“我当然能满足你的愿望。我念完咒语，你回去试试吧。”

“嘛米么，米嘛么，嘛嘛米么……”

猫头鹰巫婆念起了咒语。

三

猫头鹰一念完咒语，小花猪呼呼噜就飞也似的跑回家。

他躺在床上，想象自己有一座宏伟的城堡。果然，一座神奇的城堡一下子出现在他的身边。

他想城堡里应该有很多漂亮的家具。

果然，每个房间里都有了崭新的家具。

他想，每件家具的抽屉里、橱门里，都放着新奇有趣的玩具和好吃的东西。

果然……

呼呼噜想要的东西，都一件件出现在城堡里。呼呼噜停止了幻想，他想下床享受一下自己幻想的成果了。

可是，当他的脚刚一接触地面，这城堡、这家具、这玩具和好吃的东西，一下子都消失得无影无踪。

小花猪呼呼噜又试了几次，每次都这样。

四

呼呼噜很失望，他去找猫头鹰巫婆。

猫头鹰巫婆说：“只能是这样。你在幻想中创造出来的东西，只能在幻想中享用。只要你的脚一踩实地，那些东西就像风一样地消失，即使再有魔力的咒语，也都帮不了忙。”

猫头鹰巫婆看着垂头丧气的呼呼噜说：

“假如你要享受实际存在的东西，你只有实际地去创造。你用一砖一瓦造的房子，你用一点一滴的努力积累起来的财富，再厉害的咒语也不能使它消失……”

猫头鹰巫婆看着若有所思的呼呼噜说：

“这是我教你的最有用的咒语，你懂了吧！”

五

“我懂了！”小花猪呼呼噜坐在一棵大橡树下，他手托着下巴自言自语：“我是应该像猫头鹰奶奶说的那样，去现实世界努力呢，还是继续我的幻想……”小朋友，你说呼呼噜该怎么办呢？

一根了不起的木棍

“通通通！”一根了不起的木棍，敲开了老木匠家的门，对老木匠说：“我是一根了不起的木棍，我要在世界上干一番了不起的大事，求求你，把我做成一件最威风、最神气的东西吧！”

“你认为什么东西最威风、最神气呢？”老木匠问这根了不起的木棍。了不起的木棍想了想，说：“把我做成一杆枪吧。”

“好。”老木匠就动起手来。他把这根了不起的木棍刨光，又在它的身上刻出了枪栓和扳机：“现在你已经是最威风、最神气的一杆枪啦。”老木匠把已变成了枪的木棍放在地上。变成了枪的木棍很威风地昂起头，很神气地挺着胸，用一只脚在地上跳着，然后“笃笃笃”头也不回地出门了。

“嘭嘭嘭”！枪用很大的声音敲开了工厂的大门，对工人说：“我是最威风、最神气的枪，我能帮你做点什么吗？”

工人看着枪，摇摇头说：“我用钢铁造机器，我用棉花织布，你帮不了我的忙。”

“哼，你这里用不上我，总有用得上我的地方。”枪又“笃笃笃”地跳出工厂大门，来到大街上，看见一个警察站在那儿，它跳上前说：“警察先生，我是最威风、最神气的枪，我能帮你干一番大事业。”

警察看看枪，笑着说：“我用红绿灯指挥车辆来往，让每一辆车都平安地到达它们要去的地方，这就是我干的大事业。”“我能找到用得着我的地方的。”枪又用一只脚“笃笃笃”地向前跳去。

“喂，我是一杆最威风、最神气的枪，你需要我帮忙吗？”离老远，枪看到一个农民，就大声地对他说。农民回头看看，来的竟是一杆枪。他连连地摆摆手又摇摇头。“不用不用。有拖拉机帮我耕地，有肥料帮助苗儿长大，还要你帮什么忙呢?”农民用手指指远方的高山，告诉枪说，“那里有一位猎人，或许他需要你干点什么。”

“笃笃笃!”枪就向高山跳去。

枪走了许多许多路，才来到猎人家的门口。

“猎人，猎人，我来啦!”枪一头撞进了猎人家的门，威风凛凛地站在猎人面前。

猎人的眼睛里放出了光芒，他上上下下打量着这杆枪，好一会儿，突然问它:“你要我干什么呢?”

“打老虎，打狼呀。”枪用很响的声音回答。

猎人忽然皱了一下眉头，说:“老虎和狼都生活得好好的，我为什么要去打它们呢?”

“因为你是猎人呀。”

“我已经不是猎人了。”

“那你当什么了呢?”

“我已经当动物园的饲养员了。”“唉!”枪叹了一口气，“啪嗒”一个筋斗，从猎人家翻了出来。它看看东，看看西，看看南，看看北，不知到哪儿去才好。

“咚咚咚!”有一天，幼儿园的门突然响起来，小朋友们拉开门一看，都惊叫起来:“枪!枪!枪!”

“哈哈哈，我终于找到地方啦。”枪“笃”地跳进门，大声问站在它身边的一群小姑娘，“你们喜欢我吗?”

小姑娘们忽闪着大大的眼睛，齐声回答:“可我们不喜欢。”

枪接着又问:“你们喜欢什么呢?”

“喜欢跳舞。”小姑娘的声音像一支甜甜的歌，在幼儿园上空飞来飞去。

“那么你们呢，喜欢我吗?”枪的声音小多了，它问围在自己身边的一群男孩。

“喜欢!”男孩子们齐声回答，但不等枪高兴得跳起来，男孩子们又齐声地说，“可我们最喜欢踢球。”

“哇——”枪失望地大哭起来，而且倒在地上再也起不来了。

“呜呜呜!”小姑娘的心肠是最软的，眼眶里的泪水也贮藏得最多，她们跟着枪哭了起来。这可把男孩子们急坏了。有的挖耳朵，有的抓头皮，不知道怎样来收拾这个局面。

“它要是能变成一棵树就好了。”一个男孩子看看自己的操场里没有一棵树，这样说。

“还要开许多许多花!”一个小姑娘停住了哭。

“还要结许多许多果子!”又一个小姑娘停住了哭。

枪突然从地上跳起来，用力向泥土里一插，高兴地说：“那我就变成一棵树吧!”

一会儿，枪杆上长出了枝丫，枝丫上长出了许多许多树叶，又开出了许多许多花朵。又一会儿，花朵结成了又大又红的果子。幼儿园的小朋友们就在树底下跳舞，踢球。他们跳累了，踢累了，团团地坐在树底下，吃着树上掉下来的果子。

“我现在是一棵最威风、最神气的树，正在干一番了起的大事业。”由枪变成的树，看到孩子们这样高兴，开心地说。不过，它的话马上被风婆婆带走了。所以，树底下的孩子谁也没有听到。

智斗大灰狼

晚上，一只大灰狼溜进了树林，踩疼了一串喇叭花。喇叭花闻出了大灰狼味，立刻变成了会报警的小喇叭：大灰狼来啦！大灰狼来啦!

树林里住着小白兔、笨笨熊、淘气狗、喇叭象、小刺猬、小山羊……他们听说大灰狼来了，都很高兴。

大灰狼偷偷摸摸地来到了一间红房子的窗前。大灰狼往屋里一看，满屋子的大老虎、小老虎，他们张牙舞爪，呼啸吼叫，吓得大灰狼出了一身冷汗：“妈呀，这是老虎大王的家，进不得!”大灰狼灰溜溜地溜走了。

“嘻嘻嘻”，小白兔从大衣柜里蹦出来，朝着满屋子的老虎笑。原来，一面墙上的小老虎，是小白兔画出来的；墙对面的大老虎，是小白兔用放大镜照出来的。录音机里播放的《老虎之歌》，是小白兔从勇敢商店买来的磁带。小白兔把大灰狼吓跑了。

大灰狼远远地看见了一座小木屋，小木屋里有几个小影子在跳舞。大灰狼咬牙切齿地说："先用这几个小鬼塞塞牙缝！"大灰狼气势汹汹地向小木屋闯来。

"哎哟哟！"大灰狼捧着狼掌，呀呀乱叫，一屁股坐在地上，又"哎哟"了一声，捂着屁股打起滚儿来。

"嘻嘻嘻"，几只小刺猬从小木屋的窗口探出头来。原来，小刺猬们把衣服脱下来，铺在门前当地毯，迎接大灰狼的来临。

大灰狼一瘸一拐地走着，狼尾巴像破扫帚似的扫着地。一只熊掌踩住了狼尾巴。大灰狼一看，是一只花里胡哨的笨笨熊，便气急败坏地喊："我吃了你这笨熊！"

"呜呜呜"，笨笨熊哭着说："你吃了我吧！我得了癞皮病，谁也不要我了，我好难过。请你吃了我吧！"笨笨熊一边说，一边往大灰狼身上撞。

"去！去！去！你这病熊，吃了你也得拉肚子。"大灰狼又气又怕地走开了。

"嘿嘿嘿"，笨笨熊笑了："笨笨狼！"原来，笨笨熊身上抹的是皮鞋油，黑一块，白一块，红一块，黄一块，抹在巧克力色的熊皮上，真像是一只癞皮熊。

大灰狼垂头丧气地向前走。突然，大灰狼的眼睛绿了，他看见了一棵香肠树！树上挂着一根根香喷喷的肉肠。大灰狼心花怒放，"噌"地蹿起来，咧开大嘴，把一根香肠吞进了肚子。

"哎哟哟"，大灰狼捂着肚子惨叫了几声，就疼昏过去了。

"汪汪汪"，淘气狗叼着一根肉肠，得意地跑来了。原来，淘气狗把细菌药水注进香肠，让大灰狼尝到了细菌肠的滋味。

夜深了，大灰狼迷迷糊糊地记得有一根香肠，大灰狼爬起来找呀找，找到了——一根好肥的大肉肠。

大肉肠突然变成了滑溜蛇，把大灰狼卷住了。原来，大灰狼找到的肉肠，是喇叭象的长鼻子。还没等大灰狼明白过来，喇叭象鼻子一甩，把大灰狼甩到了一间小草屋门前。

"咩咩咩"，一只雪白雪白的小山羊奶里奶气地叫着，一阵阵扑鼻的羊膻味，馋得大灰狼口水和眼泪一起流了下来："现在我总算交上好运了！"大灰狼想着，像只疯狼扑向了小山羊。

“嗷！”大灰狼一声惨叫，倒在地上一动也不动了。

“嗒嗒嗒”，小山羊从小草屋里跑出来，高兴地喊：“大灰狼死喽！大灰狼死喽！”原来，门前的小山羊是一只机器羊，它把大灰狼电死了。

清晨，林子里的小动物们，手拉着手，围着大灰狼，又唱又跳：

活该活该呀真活该，
谁让你总是坏呀坏。
除掉了大灰狼真痛快，
大家唱歌跳舞来呀来。

纸片上的字

小白兔在树林里玩，拾到一张纸片，纸片上写着四个字：一条老狼。小白兔吓得直哆嗦。它拼命跑回家告诉妈妈：“妈妈，妈妈，树林里有一条老狼，你看你看！”

小白兔妈妈看了纸片，也吓坏了：这可是大事，快告诉兔子村所有的伙伴。

不一会儿，兔子村的伙伴们都来看这张纸片，许多兔子吓得哭了起来。

“哎呀，我的兔宝宝生下来才两天呀，这可怎么办呀?”

“哎呀，我的腿跛了，跑不快，这可怎么办呀?”

村长老灰兔来了，它仔细看了看纸片说：“别怕别怕，这是半张纸片，另外半张上写的什么还不知道呢。小白兔，这张纸片是从哪儿捡的?”

“小树林里。”

“我们一起去看看吧。”，

小白兔领着村长老灰兔和许多兔子来到小树林。村长老灰兔说：“大家找找看，这儿肯定还有纸片。”

大家找呀找，一只小白兔眼尖，找到了另一张纸片，纸片上写着“来了”两个字。

两张纸片合在一起，大家吓坏了。啊，一条老狼来了，快跑呀！腿快的逃了，跑得慢的和跛了腿的兔子们哇哇大哭：“一条老狼来了，我跑不动，怎么办呀？怎么办呀？”

村长老灰兔拿不定主意了，因为这句话已经写得很明白了。

一只小松鼠听见哭声，问：“你们哭什么呀？”

村长老灰兔说：“一条老狼来了，我们要倒霉了，你瞧这纸片。”

小松鼠看了看纸片说：“这纸片还不完整，你瞧，这儿还有撕的印儿，再找找看，一定还有其他碎纸片。”

灰兔村长仔细看了看，明白了，连忙叫兔子们一起找。可找了好久也没找到。长颈鹿来了，说：“你们找什么呀？”

“我们找碎纸片。”

长颈鹿四面瞧瞧，说：“瞧，那树枝上有一张碎纸片。”

兔子们抬头一瞧，果然不远的树枝上有一张碎纸片，还一掀一掀的呢。原来它们光顾在地上找了。

长颈鹿衔来了纸片，村长老灰兔把三张碎纸片合一起，啊，这才是一张完整的纸片呢。纸上写着：“一条老狼来了，可是被我打死了，大家别害怕。”下面署名是“神枪小猎人”。

啊，原来老狼已经死了。兔子们快活得做起游戏来，那些逃走的兔子也回来了。当然，它们还邀请了小松鼠和长颈鹿。

雪　人

“天气真是冷得可爱极了，我身体里要发出清脆的裂声来！”雪人说，“风可以把你吹得精神饱满。请看那儿一个发亮的东西吧，她在死死地盯着我。”雪人是指那个正在下落的太阳。“她想叫我对她挤眼是不可能的——我绝不会在她面前软下来的。”

雪人的眼睛是由两大块三角形的瓦片做的，他的嘴巴是用一个旧耙做的，因此他也算是有牙齿了。

他是在一群男孩子的欢乐声中出生的，雪橇的铃声和鞭子的呼呼声欢迎他的出现。

太阳下山了。一轮明月升上来了，她在蔚蓝色的天空中显得又圆又大，又干净又美丽。

“她又从另一边冒出来了。”雪人说。他以为这又是太阳在露出她的头。“啊！我算把她的瞪眼病治好了。现在让她高高地挂在上面照着吧，我可以仔细地把自己瞧一下，我真希望有什么办法，可以叫自己活动起来。我多么希望活动一下啊！如果我能动的话，我真想在冰上滑几下，像我所看到的那些男孩子一样。不过我不知道怎样跑。”

“完了！完了！”那只守院子的老狗说。他的声音有点哑——他以前住在屋子里，躺在火炉旁边时就这样。“太阳会教给你怎样跑的！去年冬天我看到你的祖先就是这样；在那以前，你祖先的祖先也是这样。完了！完了！他们一起都完了。”

“朋友，我不懂你的意思，”雪人说，“那东西能教会我跑吗？”他指的是月亮。“是的，刚才当我仔细瞧她时，我看到她在跑。现在她又从另一边偷偷地冒出来了。”

“你什么也不懂，”守院子的狗说。“可是你也不过是刚刚才被人做起来的。你看到的那个东西是月亮，而刚才落下的那个东西是太阳啊。她明天又会冒出来的，而且她会教你怎样跑到墙边的那条沟里去。天气不久就要变，这一点我在左后腿里就能感觉到，因为它有点酸痛。天气要变了。”

“我不懂他的意思，”雪人说，“不过我有一种感觉，他在讲一件不愉快的事情。刚才盯着看我，后来又落下去的那个东西——他把她叫做‘太阳’——绝不是我的朋友。这一点我感觉得到。”

“完了！完了！”守院子的狗叫着。他兜了三个圈子，就钻进他的小屋里躺下了。

天气真的变了。天亮的时候，一层浓雾盖满了这整个地方。早晨一阵凉风吹来，寒霜紧紧地盖着一切。但是太阳一升起，那是一幅多么美丽的景象啊！树木和灌木丛盖上一层白霜，看起来像一座完整的白珊瑚林。所有的树枝上似乎开满了亮晶晶的白花。许多细嫩的小枝，在夏天全被叶覆盖得看不见，现在都露出来了——每一根都显出来了。这像一幅刺绣，白得发亮，每一根小枝似乎在放射出一种雪白晶莹的光芒。赤杨在风中摇动，挺拔有力，像夏天的树儿一样，分外美丽。太阳一出来，到处在闪光，好像撒上了钻石的粉末似的，而雪铺的地上像盖满了大颗的钻石。

“这真是出奇的美丽，”一位年轻的姑娘和一个年轻的男子走进这花园的时候说。他们两人恰恰站在雪人的身旁，望着那些发光的树。“连夏天都不会有比这更美丽的风景！”姑娘说，她的眼睛里射出了光彩。

“而且在夏天我们也不会有这样的一位朋友，”年轻人说，指着那个雪人。“他真是漂亮！”

姑娘格格地大笑起来，向雪人点了点头，然后就和她的朋友蹦蹦跳跳地在雪上舞过去了——在她的步子下发出疏疏的碎裂声，好像他们是在面粉上走路似的。

“这两个人是谁？”雪人问守院子的狗。“你在这院子里比我住得久。你认识他们吗？”

“我当然认识他们，”看院子的狗说。“她抚摸过我，他扔过一根骨头给我吃。我从来不咬这两个人。”

“他们是什么人呢？”雪人问。

“一对恋人——恋人！”守院子的狗说。“他们将要搬进一间共同的狗屋里去住，啃着一根共同的骨头。完了！完了！”

“他们像你和我那样重要吗？”雪人问。

“他们属于同一个主人。”看院子的狗说。“昨天才生下来的人，所知道的事情当然是很少很少的。我上了年纪，知识广博，知道院子里的一切事情。有一个时期我不是用链子锁住，在这儿的寒冷中站着的。完了！完了！”

“寒冷是可爱的，”雪人说，“你说吧，你说吧。不过请你不要弄响链子——你这样弄的时候，我就觉得要裂开似的。”

“完了！完了！”看院子的狗儿叫着。“我曾经是一个好看的小伙子。人们说，我又小又好看，那时我常常躺在屋子里的椅子上，有时还坐在女主人的膝上。她常吻我的鼻子，用绣花的手帕擦我的脚掌。我被叫做最美丽的哈巴小宝贝。不过后来她觉得我长得太大了，把我交到管家的手里。

此后我就住在地下室里。你现在可以望见那个房间。我就是它的主人，因为我跟那个管家的关系就是这样。比起楼上来，那的确是一个很小的地方，不过我在那儿住得很舒服，不再像在楼上那样，常常被小孩子捉住或揪着。我同样得到好的食物，像以前一样，而且分量不少。我有自己的垫子，而且那儿还有一个炉子——这是这个季节中世界上最好的东西。我爬到那个炉子旁，可以在那儿睡一觉，啊！我还在梦想着那个炉子哩。完了！完了！”

“那个炉子很美丽吗？”雪人问。“它像我一样吗？”

“它跟你恰恰相反，它黑得像炭一样，有一个长颈和一个黄铜做的大肚子。它吞下木柴，所以它的嘴里喷出火来。你必须站在它旁边，或者躺在它底下——那儿是很舒服的，你可以从你站着的这个地方透过窗子望见它。”

雪人瞧了瞧，看见一个有黄铜肚子、擦得发亮的黑东西。火在它的下半身熊熊地烧着。雪人觉得有些奇怪，他觉得身上有一种说不出的感觉，他身上发生了一种变化，他一点也不了解。但是所有别的人，只要不是雪做的，都会了解的。

“那么为什么你离开了她呢？”雪人问。因为他觉得这火炉一定是一个女性。“你为什么要离开这样一个舒服的地方呢？”

“我是被迫离开的呀，”守院子的狗说，“他们把我赶出门外，用一根链子把我套在这儿。我把那个小主人的腿咬了一口，因为他把我正在啃着的骨头踢开了。‘骨头换骨头’，我想。他们不喜欢这种做法。从那时起，我就被套在一根链子上，同时我也失去了我响亮的声音。你没有听到我的声音是多么哑吗？完了！完了！事情就这样完了。”

不过雪人不再听下去了，他朝着管家住的那个地下室望去，他望着房间里那个站在四条腿上的、跟自己差不多一样大的火炉。

“我身上有一种痒痒的、奇怪的感觉！”雪人说。“我能不能到那儿去一趟呢？这是一种天真的愿望，天真的愿望一定会得到满足的。这也是我最高的愿望，我唯一的愿望。如果这愿望得不到满足的话，那也真是太不公平了。

我一定要到那儿去，在她身边偎一会儿，就是打破窗子进去也管不了。”

“你永远也不能到那儿去，”看院子的狗说。“如果你走近火炉的话，那么你就完了！完了！”

“我已几乎完了，”雪人说。“我想我全身要碎裂了。”

这一整天雪人站着朝窗子里面望。在黄昏的时候，这个房间变得更逗人喜爱，一种温和的火焰，既不像太阳，也不像月亮，从炉子里放射出来。不，这是炉子加上了柴火以后发出的那种亮光。每次房门一开，火焰就从它的嘴里吐出来——这是炉子的一种习惯。火焰明亮地照在雪人洁白的脸上，射出红光，一直把他的上半身都照红了。

“我吃不消了，”雪人说。“当她伸出她的舌头的时候，她是多么美啊！”

夜很长，但是对雪人来说，可一点也不长。他站在那儿，沉浸在美丽的想象中，他在寒冷中起了一种痒酥酥的感觉。

在早晨，地下室的窗玻璃上盖满了一层冰。冰形成了雪人所喜爱的、最美丽的冰花，不过它们却把那个火炉给遮住了。它们在窗玻璃上融化不掉，他也就不能再看到她了。他的身体里里外外都有一种痒酥酥的感觉，这正是一个雪人所最欣赏的寒冷天气，但是他却不能享受这种天气。的确，他可以而且应该感到幸福的，但当他正在害相思病的时候，他怎能幸福起来呢？

“这种病对于一个雪人来说，是很可怕的。”守院子的狗说。“我自己也吃过这种苦头，不过我已经渡过了难关。完了！完了！现在天气快要变了。”

天气的确变了，雪开始在融化。

雪融化得越多，雪人也就越衰弱。他什么也不说，什么牢骚也不发——这正说明相思病的严重。

有一天早晨，他忽然倒下了。看，在他站过的那个地方，有一根扫帚把直直地插在地上。这就是孩子们做雪人时用做支柱的那根棍子。

“现在我可懂得了他的相思病为什么害得那样苦。”守院子的狗说。“原来雪人的身体里面有一个火钩，它在他的心里搅动。现在他也可算是渡过难关了。完了！完了！”

不久，冬天就过去了。

“完了！完了！”守院子的狗儿叫着，不过那屋子里的小女孩们唱起歌来：

快出芽哟，绿色的车叶草，新鲜而又美丽；
啊，杨柳啊，请你垂下羊毛一样软的新衣。
来吧，来唱歌啊，百灵鸟和杜鹃，
二月过去，紧接着的就是春天。
我也来唱，滴沥！滴沥！丁当！

来吧，快些出来吧，亲爱的太阳。于是谁也就不再想起那个雪人了。

青蛙王子

在古代，当许愿还有用处的时候，有一个国王。他有几个女儿，都生得很美；最小的女儿生得尤其美。太阳看见的东西算是多的了，可是每逢见到了她，也要为她的美惊讶。在王宫附近有一座黑暗的大森林，森林里有一棵老菩提树，树下面有一口水井。天气一热，公主就到森林里去，坐在清凉的水井旁边。她感觉无聊的时候，就拿出一个金球抛到空中，然后用手接住它，这个金球是她最喜欢的玩具。

有一次，公主的金球没有落在她伸出去接的手里，却落到地上，一直滚到水井里。公主在后面看着球滚去，但是它不见了。那口水井很深，深得看不见底。她就哭起来了，越哭越响，没法抑制自己。

当她这样痛哭的时候，有人喊她，说："公主，你有什么伤心事情，哭得连石头都感动了。"她朝四周望望，想找出这声音是从哪里来的。她看见一只青蛙，难看的大头伸在水面上。她说："啊，原来是你，划水的老手，我因为金球落到井里去了，所以在哭。"

青蛙回答说："安静些吧，不要哭了，我可以想办法帮助你。如果我把你的玩具拿了出来，你拿什么东西谢我呢?"

她说："好青蛙，我的衣服，我的珍珠、宝石，还有我戴的金帽子，随便你要什么，我都可以给你。"

青蛙回答说："你的衣服，你的珍珠、宝石和你的金帽子，我都不要，但是如果你爱我，让我做你的伙伴，和你一起游戏，和你一起坐在你的小桌子旁边，从你的金盘子里吃东西，从你的金杯子里喝酒，在你的小床上睡觉，如果你能答应我这样做，我就肯下去，把你的金球拿上来给你。"

她说："哦，只要你把金球给我拿来，你所要的东西，我都答应。"但是她心里却想，这个笨青蛙的话真多，他只配在水里同别的青蛙一起叫，不能做人的伙伴。

青蛙得到了这个许诺，就抱头没到水里，沉了下去。过了一会儿，他嘴里衔着金球，又摇摇摆摆地上来了。他把它丢在草里。公主重新看见了她可爱的玩具，非常高兴，她拾起来，就跑了。青蛙叫道："等一等，等一等，带我一起走，我不能像你那样跑。”尽管他大声叫喊，但是毫无用处！她不听，只顾跑回家去，马上把可怜的青蛙忘记了。青蛙只好跳到水井里去。

第二天，当公主同国王和朝臣坐在桌旁，她正在用她的小盘子吃饭的时候，有一个东西从大理石台阶上一级一级地爬上来，到了门前，他敲着门，叫道：“小公主，给我开门。”她跑去，把门开开，看外面是谁，看见青蛙坐在前面。她赶快关上门，又坐到桌子旁边，十分害怕。

国王看到她非常慌张的样子，就说：“孩子，你怕什么，难道有个巨人在门口，要抱你去吗？”

她回答说：“哎哟，不是的，那不是巨人，而是一只难看的青蛙。”

“青蛙向你要什么呢？”

“啊，好爸爸，昨天我到森林里去，我坐在水井旁边玩的时候，我的金球落到水里去了。因为我哭得厉害，那只青蛙就把金球给我衔了上来。他硬要我答应他做我的伙伴，我没有想到他能够从水里爬出来。现在他就在门外，想要进来。”

这时候，青蛙第二次敲门，叫道：

“最小的公主，
给我开开门，
你记不记得，
昨天在清凉的井边，
向我说的话？
最小的公主，
给我开开门吧。”

国王说：“你答应了什么，就应该照做，去给他开门吧。”

她去开了门，青蛙跳进来，一步一步跟着她，一直跳到她的椅子前。他坐着叫道：“把我抱上椅子，坐在你的旁边。”她拖延了好久，直到国王命令她抱的时候，她才抱他上去。青蛙到了椅子上，就想上桌子。

他坐在桌子上，说：“把你的盘子给我推近些，让我们一起吃。”公主虽然这样做了，但是显然她并不愿意。青蛙吃得很有味，而公主喉咙里却像塞了一样东西。最后青蛙说：“我已经吃饱了，现在我很疲倦，把我抱到你的房间里去，把你的床铺好，我们一同睡觉吧。”

公主哭起来了，她怕那只冷冰冰的青蛙，不敢挨近他，而那青蛙现在要到她可爱的、清洁的小床上去睡觉。但是国王生气了，说：“谁在困难中帮助过你，你以后就不应当轻视他。”于是她用两个指头提着他，带他上楼去，把他放在一个角落里。但是当公主睡在床上的时候，青蛙爬过来，说：

“我疲倦了，我要跟你一样好好地睡觉，请你把我抱起来，不然，我就要告诉你的父亲。”公主非常生气，把他提了起来，用力朝墙上摔去，说：

“你这个讨厌的青蛙，请你安静些吧。”

但是，当他落下的时候，他不是一只青蛙，而是一个王子，生着一对又和善又美丽的眼睛。按照国王的意志，他现在是公主的亲爱的伙伴和丈夫了。他向她讲，他曾经被一个恶毒的巫婆施了魔术，除了公主，没有人能够把他从水井里救出来。第二天，他们要一起到他的王国，于是他们睡着了。第二天早晨，太阳照醒他们的时候，来了一辆八匹白马拖着的马车，那八匹马头上都装饰着白色的鸵鸟毛，身上挂着金链子。车子后面站着王子的仆人，忠实的亨利。这个忠实的亨利，自从他的主人变成青蛙以后，非常忧愁，叫人在他的胸口箍上了三个铁箍，防备他的心因为忧愁和悲哀而炸开。马车是来接王子回国的，忠实的亨利扶着他们两人上车，自己坐在车子后面，他看见王子恢复了原形，非常高兴。车子走了一段路，王子听到后面有爆裂的声音。他转身叫道：

“亨利，车子坏了。”

亨利回答说：

“主人，不是的，车子没有坏。
响的是我胸口的铁箍。
你变成青蛙坐在井中的时候，
我非常痛苦，
所以我在胸口箍上了三个铁箍。”

在路上，又爆裂了第二次和第三次，王子总以为是车子坏了，其实是忠实的亨利胸口的铁箍炸开了，因为他的主人获得了自由和幸福。

弟兄俩

弟兄俩一同出去旅行，中午，他们在树林里躺下来休息，醒来时，看见身旁有一块石头，石头上写着几行字。他们仔细瞧了瞧，读道：

“谁看到这块石头，请朝日出方向向林中走去。林中有一条河，请游过这条河到达彼岸。在那里将遇到一只母熊带着两只小熊——请从母熊身边抢走两只小熊，头也不回地往山里跑。山上有一所房子，在那所房子里会找到幸福。”

哥儿俩读完石头上的字，弟弟说：“咱俩一起去吧！也许我们能游过那条河，把两只小熊带到那所房子里，一同找到幸福。”

哥哥听了说道：

“我不到树林里去捉小熊，劝你也别去。第一，谁也不知道，石头上写的字是不是实话；也许这只是为了开个玩笑。也许我们并没有看明白。第二，即使石头上写的字是实话，我们到树林里去，如果天黑了，我们走不到那条河边，迷了路怎么办！再说，就是我们找到那条河，也许河很宽，水很急，我们怎么游过去呢？第三，即使我们游过河去了，难道从母熊身边抢走两只小熊容易吗？万一它把我们咬死，我们不但得不到幸福，还会白白把命送掉。第四，即使我们把两只小熊抢到手，也不可能一口气跑到山里。还有，石头上也没提到主要的事：我们在那所房子里将找到什么样的幸福？也许那儿等待着我们的那种幸福，根本不是我们所需要的。”

弟弟说：

“我认为不是这样。人家不会多余地把这种话写在石头上。一切写得明明白白。第一，我们就是试试的话，也不会倒霉。第二，假使我们不去，别人读了石头上的字，就会找到幸福，我们却一无所获。第三，不费点力气，不干点事情，世上什么也不能使人快乐。第四，我不乐意让别人认为我有所畏惧。”

这时，哥哥说：

“谚语说得好：‘占大便宜得吃小亏’。还有：‘十鸟在树，不如一鸟在手。’”

弟弟说：

“我可听说过这样一个谚语：‘不入虎穴，焉得虎子。’还有：‘放平的石头，流不过水去。’我认为，应该去。”

弟弟去了，哥哥留了下来。

弟弟刚走进树林，就遇到一条河，他游过河到了彼岸，看见一只母熊。母熊正在酣睡。他抓起两只小熊，头也不回地往山里跑去。他刚跑到山顶，迎面走来一群人，赶来一辆轿式马车，请他坐上，把他送进城里，让他当了皇帝。

他当了五年皇帝。第六年，另外一个比他更强大的皇帝率兵来攻打他，占领了那个城，把他赶下了台。于是弟弟又去旅行，去找哥哥。

哥哥住在农村里，不阔，也不穷。弟兄俩见面，十分欢喜，开始讲各自的经历。

哥哥说：

“结果还是我对：我一直安安静静地过好日子；你虽然当过皇帝，可是看见了不少不幸的事。”

弟弟说：

“我并不因为那时自己进了树林，上了山而伤心。虽然我现在不如意，但是我的生活是值得回忆的，你却连可回忆的事情都没有。”

四个少女

国王准备娶妻的消息传遍了全国，四个漂亮的少女碰在一起，经过一番商量，决心一起到王宫让国王挑选。来到王宫前，其中年龄最大的一个说：

“嗨！没有什么可说的，要是国王娶我为妻，我就给他生个双胞胎，其中一个的肚脐是金的，另一个的是银的。”

一个说：“嗨！我也没有什么可说的，要是国王娶我为妻，我就替他把全国的城市和农村管理得井井有条。”

一个说：“嗨！我也没有什么可说的，要是国王娶我为妻，我就给他把全国的城市和农村打扫得干干净净。”

最后一个说：“嗨！我还有啥可说的呢，要是国王娶我为妻，我就让全国的城市和农村的人都吃得饱饱的。”

国王听说有四个少女来求婚，便让她们进王宫里来。她们来到国王面前，各自把自己刚才说的话重复了一遍。国王见四个少女一个比一个漂亮，如果娶一个，不甘心舍去另外三个，于是便同时娶她们四人做妻子。婚后，一个替国王管理着全国的城市和农村；一个把全国的城市和农村打扫得干干净净；一个使全国的农村和城市的人都吃得饱饱的。

那个年龄最大的少女同国王结婚后不久就怀了孕，九个月后生下了一胎两个男孩，果真一个孩子的肚脐是金的，另一个的是银的。另外三个少女听到这个消息后，心里很不是滋味，因为她为国王生了儿子，从此后就理所当然是王后了，她们之间从此后不会再有平等的地位了。

孩子满月后，大少女到浴室去洗澡，三个少女悄悄溜进她的房里，抱起孩子就往王宫的后门跑去，最后扔到王宫外面的草地里。紧接着，她们抓回两条蛇放到大少女的床上。

大少女洗完澡回到房间，看见床上有两条蛇，发现孩子没有了，感到非常奇怪，急得直跺脚。

就在这时，国王走了进来，高兴地问：“孩子在什么地方？让我瞧瞧！”

两个女仆人回答说：“不知为什么，床上的两个孩子变成了两条蛇。”

国王一看，床上果真是两条蛇，他气得指着跪在面前的大少女说：“同你一块来的三个少女都是遵守自己诺言的人，唯独你违背了自己的诺言。从现在起，你离开王宫回到你的老家去。”

大少女含着眼泪收拾了几件衣服，就向王宫的后门走去。当她走出王宫后，就听见草丛里有婴儿的哭声，她扒开草丛一看，原来正是自己生的两个孩子，她急忙抱起孩子回到了自己父母那里。

从此以后，她精心照料着两个孩子，为他们找吃的，用自己织的布为他们做衣服。当孩子渐渐长大后，她每天都给他们讲各种故事，讲王宫里的生活，讲他们出生后所发生的事情。

有一天，两个儿子对妈妈说：“妈妈！我们要骑马。”

她卖掉了家里所有值钱的东西，买来两匹马，交给两个儿子。两兄弟骑上马，说了一声“再见”便走了。她以为两兄弟骑马到野外去玩，也就没有问一声。

两兄弟骑着马，径直来到王宫前，大声喊道：“我们是国王的儿子，我们要见国王！他为什么不管我们和妈妈。”

国王听见宫外有吵闹声，问大臣发生了什么事情，大臣们告诉国王有两个少年要见他。国王听后笑了笑说：“两个少年有如此的胆量，那就让他们进来吧！”两兄弟进了宫。

国王见来到自己面前的两兄弟不仅长相一模一样，而且高低、胖瘦都一样，心里很喜欢他们，便问：“你们刚才在外面说什么？”

两兄弟齐声说道：“我们是你的儿子，你为什么不管我们和妈妈？你像一个爸爸吗？你像一个丈夫吗？”

国王听了，不但不生气，反而笑着招呼他们走近些。两兄弟向国王面前走了几步，国王说：“让我看看你们的肚脐好吗？”

两兄弟捂着衣服，说：“你干吗要看我们的肚脐？我们不让你看，妈妈不让我们给任何人看。”

不过两兄弟毕竟还是孩子，经不住七哄八哄，最后他俩解开了衣服，国王和大臣们都惊呆了，原来一个的肚脐是金的，另一个的是银的。“王子回来了！”“王子回来了！”王宫里像炸了锅一样热闹起来。

国王急忙把两兄弟搂到怀里，含着眼泪说：“这是怎么一回事？你们的妈妈在哪里？”

两兄弟把出生后被人抛进草丛以及妈妈辛勤抚养他们等情况详细讲了一遍。

国王问在场的大臣们谁知道这件事。一位老大臣跪下说：“几年前，我家一个仆人亲眼看见您娶的三位夫人把孩子扔进草丛，并从草丛中抓回两条蛇，事关三位夫人，下官没敢禀告，望陛下谅解。”

国王听说是三位夫人干的事，气得脸色发青，大声吼道：“给我把三个贱人赶出宫去！”三个夫人悄悄地离开了王宫。

国王对两兄弟说：“快回去，我派人跟着你们去，把你们的母亲接到王宫来吧！”

两兄弟带着浩浩荡荡的一支人马回到家，母亲不知发生了什么事情，把两兄弟拉到屋里问情况。两兄弟笑着说：“没什么事，父王请你马上回宫，马都准备好了，现在就走。”

两兄弟领着母亲回到王宫时，国王亲自迎出宫外，并当着众人的面向自己的夫人道歉！这时，王宫里鼓声四起，欢呼声震耳，如同过盛大节日。

狮子的统治者

从前，有一头驴子，人们都叫不出它的名字，因为它出生还只有三天，它的主人还来不及给它取名字。

在驴子出生的第四天，它在院子里看见沙地上有一个坑。驴子感到十分新奇，它伸出蹄子，低下头，想看一看这里有什么东西。这时，突然，从坑里跳出一个怪物：肚子长得圆圆的，脚爪很多很多，它一点也不怕驴子，反而朝着驴子爬了过来。原来这是一只蜘蛛，它坐在沙坑里等蚂蚁。驴子见了蜘蛛十分害怕，拼命地喊叫起来。

主人听见它的叫声赶来一看，见驴子这么胆小，不禁哈哈大笑起来：“勇敢的家伙，你怎么竟怕起一只小蜘蛛来了！现在我想到应该给你取个什么名字了，你就叫加尔巴廖奴——狮子的统治者吧！”

驴子就这样有了自己的名字。

不知过了多少时间，驴子慢慢地长大了。有一次，它一边在牲口栏里嚼干草，一边想心事：大概我是一头不平凡的驴子吧！世界上没有一头驴子有我这样的名字——狮子的统治者。取这种名字的驴子，是不该驮货物、任凭别人吆喝的。

想到这里，驴子就下决心到世界各地去走走，以寻找更好的命运。它使劲甩了一下头，挣断了绳子，又用蹄子踢开了门，跑到外面去了。

驴子心里说不出有多高兴，它一会儿在田野里奔跑，一会儿停下来，摇摇尾巴，高兴地欢叫几声，远处还传来了回声。

这一天，刚巧狮子经过这里，听到叫声，它想弄明白是谁发出那么好听的声音。于是，狮子从树丛里跳了出来，循声找去，看到驴子在叫，感到十分惊奇。原来，它从来没看到过这种动物。听声音，同自己发出的倒也差不多，长着毛的尾巴，与自己的尾巴也有点像，但为什么自己不认识它呢？狮子忍不住，就开口问了：

“你是谁？你叫什么名字？”

“加尔巴廖奴——狮子的统治者。”驴子回答说。

“加尔巴廖奴——狮子的统治者？”狮子一听，有点胆怯了。

“是的，要知道，世界上我的力气最大，头脑也最聪明。”

狮子听它这么说，就建议：

“如果真是这样，我很高兴同你交朋友。你到我那里去玩玩吧！”

驴子一听，当然很高兴：

“这正合我的心意。”

于是，它们俩一起走了。不一会儿，一条河挡住了它们的去路。狮子说：

“现在，最不愉快的事要发生了。我们要缩着身子过去，皮也要被弄湿的！”

“这有什么稀奇的！”驴子用鼻子哼了一下说，“只有跳蚤才怕水。”

狮子听了，气得叫了一声就向河里扑去，它也不愿意在驴子面前显得自己的软弱无能。驴子不慌不忙地走进河里，由于它常常拉着货物涉过一些小溪流，所以，心里一点也不害怕。但它没有料到，眼前不是小溪流，而是一条较宽的河！越往前走，河水越深，冷水刺激着它的肚子，它只好被迫抬起头。

可再往前走，它连脚都碰不到河底了，整个头都没到水里去了，差点被水呛死。它只好不顾一切地用蹄子乱蹬乱划，总算浮了上来。

这时，狮子已从河里出来了，它身子一抖，便把身上的水全都甩到了地下。再回头一看，自己的新朋友还在河当中挣扎，过了很长时间，才气喘吁吁地上了岸。

驴子上岸后，声音也变得嘶哑了，呼哧呼哧喘着气，还不停地咳嗽、打喷嚏。

“你怎么了？”狮子问，“你不是说过，水是件小事吗？”

“当然是件小事！”驴子一点也不脸红地说，“你没看见吗？刚才我在河里发现了一条鱼，就用尾巴钩住了它，打算弄来给你当午饭吃。可它一点都不听话，拼命地挣扎，我就只好同它玩一阵。”

狮子听了，信以为真地问：

“鱼在哪里？”

“当我把鱼捉到岸边一看，这鱼太瘦了，我就把它放了。”

狮子听了，也没有追问，同驴子一道继续朝前走。它们走啊，走啊，前面碰到了一堵高墙，狮子纵身一跃，就跳了过去。可是驴子不会跳，它只好先提起前脚，放在墙上，然后用后脚一蹬，想就此跳过去。没料到不但没有跳过去，反而把肚子搁在墙上，前脚在墙的一边，后脚在另一边。狮子看了非常惊奇，大声地问：

“你在那里做什么？”

“我？嗯……难道你没看到我是在称自己的体重吗？”驴子好不容易才说出了这句话。可怎么才能想方设法跳过墙去呢？老搁在墙上总不行。驴子只好用腿乱蹬，总算翻过墙，掉到了地上。

可驴子还是死要面子地对狮子说：

“不管怎样，朋友，我确实很聪明，你说是吗？”

“聪明是很聪明，”狮子说，“不过，你别生气，你说你的力气大，好像是吹牛。”

驴子一听，愤怒地说：

“你要知道，我身上的力气一点不比聪明少。要是不信，我们就在这里比比力气。”

“那好吧，看看谁能撞倒刚才那堵墙。”

狮子说完，用长满毛的头朝墙上撞，它提起脚爪，挥舞着，往墙上扑。可墙还是岿然不动，狮子的脚爪却痛得厉害。

这时，驴子来试了。它先仔细看看墙，发现墙的下面有一块石头已经松动了，然后它转过身子，对准了那块石头用后蹄踢了一下、两下，石头就飞了出来，一大片墙顿时倒塌了，并且打伤了狮子的第二只脚爪。

狮子一看，心里非常佩服，尊敬地说：

“以前，我总以为世界上没有一种野兽的力气比我狮子大，现在看来是我错了。尊敬的朋友，你还会做什么？”

“我还会吃刺！”驴子说。

“这可是无法相信！”

驴子往四周一看，找了一个长得最茂盛的飞廉树丛，满意地嚼起有刺的叶子和有刺的花。

狮子看了佩服得五体投地：“现在我看到了，你确实是一种不平常的野兽，你的名字很有道理！你生出来，就是为了统治所有的野兽。我们快走吧，我要把你介绍给我的同胞。”

说完，狮子大步往前跑，驴子拼命地在后面跟着。不久，他们便到了目的地，狮子爬上最高的一个悬崖，大吼了几声，他那些同胞们顿时从四面八方来集合了。

驴子看到狮子家族时心里很怕，但它想起自己的名字，就摆出一副高傲的姿态，扇了扇耳朵，把尾巴甩在一边。

狮子说：

“同胞们，我给你们带来了一头非常奇怪的野兽，我认为比它更有权威的统治者是找不到的。”

“我们要统治者干什么？”狮子们说。

“你们不知道，它会用尾巴捉鱼，它非常聪明，它的力气很大，它的脚可踢倒一堵石墙。但最主要的是，它能吃有刺的东西，所以它的名字叫加尔巴廖奴——狮子的统治者。”

“好吧。如果是这样，让它当我们的国王吧。”于是驴子当上了狮子们的统治者。

盐的甜味

从前，有一个傲慢的国王。他经常吹嘘自己的聪明，自己的才干。他想让所有的人都崇拜他，称颂他的伟大。因此，他喜欢那些对他恭维的人。

国王有三个女儿。有一天，他想考验一下三个女儿是否真的爱他，就把她们叫到自己身边。

“我的可爱的女儿们，”他说，“人们都说，我是个才华出众的国王，而且非常热爱我，甚至为了表示对我的忠诚，他们都可以牺牲自己的生命。他们每时每刻都在颂扬我。但是我想知道，我的女儿们对我又是如何呢？现在你们回答我，你们到底对我有多么爱，怎么个爱法？”

首先，他把脸转向自己的大女儿，想听听她的回答。

“爸爸，我非常爱您，”大女儿说，“我的爱就像蓝天一样无边无际，像金子一样纯真无瑕。”

国王听后，非常高兴。这时他又问自己的二女儿，看她说些什么。

“爸爸，我非常爱您，”二女儿回答说，“我对您的爱就像大海一样深，像宝石一样珍贵。”

国王高兴得笑出声来。现在他把目光转向自己最小的女儿。

“你说什么呢？我的小宝贝。”他问道，“你是怎样爱你的爸爸呢？”

三女儿性情腼腆，不爱讲话，一时没能回答父亲的提问。国王再三催问，心想她可能比两个姐姐说得更动听。

“亲爱的爸爸，”过了一会儿，小女儿答话了，“我的爱，就是一个女儿对自己的爸爸所应有的爱。”

“但是，你到底对我有多爱呢？”国王又问，“你的爱是一种什么样的爱呢？”

三女儿想了想，说：“爸爸，我只会这么说，那就是我对您的爱，就像您和我都离不开盐一样。”

“什么？”国王不耐烦地说：“你把对我的爱，看成和普普通通的咸盐一样贵贱？”

“是的，爸爸。”小女儿回答说。

“你怎么有胆量，竟把对我的爱比做咸盐。”国王气得叫喊起来，“难道我就这么不值钱？你马上把自己的话收回去，不然，对你是没有好处的。”

“可是，爸爸，”三公主说，“我没有比这更好的方式来表达我对您的爱。”

国王恼羞成怒：“这样侮辱我，你要自食其果。”当天，国王就和自己的小女儿断绝了一切关系。他连看都不愿看她一眼。

时间一天天过去了。国王把自己的两个大女儿嫁给了两个邻国的国王，并送给了她们大批昂贵的嫁妆。

现在只剩下三公主留在王宫。一天，王后要国王也安排小女儿的婚事。

“那个不中用的丫头的婚事？”国王说，“等着瞧吧，看我怎么安排她的婚事！”

国王朝外面大街上看了看，只见有个衣衫褴褛的青年正在讨饭，就把他叫进王宫。

“你是谁呀？”国王问，“你在大街上干什么？”

“我在要一些吃的，”青年回答说，“我已好几天没有找到事干了。”

“这么说，你是乞丐，这很好。”国王说道，“我要让你和一个公主结婚，到时候你们俩就可以一起乞讨了。”

国王让自己的小女儿同那个穷青年结了婚，然后就把她赶出了王宫。

公主对父王给自己的惩罚没有一句怨言，她对自己的处境没有丝毫遗憾。她知道自己现在已经不是公主，既没钱财，也没地位，唯一所有的，只是一个乞丐丈夫。

但是，她是一个勇敢的姑娘。她准备面对任何情况，战胜一切困难。

首先，她想知道自己丈夫的情况。她问他："你到底是谁?"

丈夫回答说："实际上，我不是乞丐，我是刚来到这个城市找工作的，实在找不到，才迫不得已要点饭吃。恰巧就在这个时候我被国王看见，他就把我叫去了。"

年轻人志向远大，在得到一个勇敢、聪明、美丽的妻子后，他非常高兴。

公主向他讲述了自己的遭遇，青年为公主的正直、诚实所感动，夫妻俩决心用自己的双手改变目前的困难处境。

年轻人和妻子来到离城很远的一个小草房里安了家。为了安排他们美好的新生活，妻子把随身带着的首饰卖得一干二净。

他们用卖首饰的钱租了少量的土地，精耕细作，庄稼长势很好，获得了丰收。

几年之后，他们靠自己的辛勤劳动，挣了很多钱，就把租种的土地全部买了下来。他们逐渐富裕起来了。过了一些时候，他们又盖了新房子。但是，他们并没有满足，他们依靠自己的勤劳、勇敢和智慧，换来了丰硕的劳动成果。他们不仅拥有大片土地，还盖起了一座豪华的楼房，开始了舒适幸福的生活。

这时候，夫妻俩的社会地位也大大提高了，他们经常邀请城里有名望的人到家里做客。

有一天，三公主的父亲也收到了请帖，来到夫妻俩的家里赴宴。宴会很盛大，国王和其他贵宾们都为男女主人的热情好客而感动。当公主来到自己父亲面前时，她先用面纱遮住脸，然后请他坐下吃饭。

国王坐在自己的位子上，公主把装着各种饭菜的金篮子送到他面前。看到这丰盛的饭菜，国王马上就感到肚子饿了，他顺手从篮子里抓起一把菜放进嘴里，可是一嚼却什么味道也没有，他赶紧又尝了其他的菜，可是全都没有盐味。

国王非常生气。他向周围扫了一眼，只见其他客人都津津有味地吃得很香甜。女主人戴上面纱又来到国王身旁。

“大王，”她声音甜蜜地问，“您感到我们的饭菜好吃吗？”

国王顿时火冒三丈。他没好气地说：“你们竟敢用这样的饭菜招待我，连点儿盐味也没有，根本无法吃，这是对我的不尊重。”

女主人这时完全摘掉了自己的面纱。“那么，尊敬的父王大人，您对盐有好感了。”她微笑着说：“您也很喜欢盐，盐对您来说，是否比金子和宝石都宝贵呢？”

国王一听大吃一惊，抬头仔细打量这位女主人，他认出来了，站在面前的正是他多年不见的小女儿。他又激动又惭愧，有生以来，他第一次体会到，对于人来说，价钱便宜的、普普通通的盐比黄金和宝石更贵重。

“我的好女儿，爸爸委屈你了，”国王爱怜地说，“原谅我的愚笨吧，我今天才算真正尝到了盐的甜味。”

国王每当想起自己对小女儿采取的鲁莽行为，就悔恨不已。现在他无论如何也要弥补自己的过失，他决定把整个国家交给小女儿和女婿来治理。

狮子求智

很多年以前，相传动物和人一样会说话。

一个农民在自己田里干活。一天中午，他把牛放到一旁吃草，自己吃了几张烙饼，喝了两碗水，就躺在一棵树下睡起觉来。

这块田紧靠森林。突然，一只狮子从森林里跑出来，牛看见狮子来到跟前，立刻竖起两只锋利的犄角，准备和狮子决一死战。

“喂，我说朋友，干吗摆出一副拼命的架式，你看我是来和你打架的吗？”狮子赶紧解释。

“可是，我凭什么相信你呢？”牛回答。

“我心里有一个疑问，”狮子说，“你是不是能帮我解答它呢？”

“只要我能做到的，就一定尽力而为。”牛点了点头，表示同意。

此刻，农民睡得正香甜，狮子带着恐惧的眼神看着他，对牛说：“你的身体比他大很多，你的力气也顶他好几倍，可是他为什么就能用绳子把你拴住，命令你为他干活？”狮子向牛提出了问题。牛回答道：“老弟，这其中的奥妙我也说不清楚，不过我知道，要想摆脱他的控制是一件很难的事。啊，我听说他有一个魔法之类的东西，威力很大，人都叫它‘智慧’。”

狮子心中暗想：“如果我要有那么一点点智慧，那该多好，只要我一下命令，所有的动物都会站到我的面前听候吩咐。只要我喜欢谁的肉，就可以把谁吃掉。”

“老弟，你在想什么呢？”牛说，“干吗不把农民叫醒亲自问一问？”

这时，恰巧农民已经睡醒，他躺在那儿一动不动地听它们谈话。他身边没有任何可以对付狮子的家伙，不免心里一阵紧张。狮子见农民醒了，就来到他面前，毕恭毕敬地说：“主人，我听说你有个魔法之类的东西，你们人把它称为智慧，借助于它，你可以降服恶魔和猛兽。要是你能把这东西也给我一点，那我将万分感谢！”

“狮老兄，请原谅，”农民深表歉意地说，“我把它忘在家里了。”

经狮子一再施礼请求，农民说：“那好吧，我回家给你去取。”

可是，他刚刚走出十多步，又好像想起了什么事情，返回身来对狮子说：

“狮老兄，你可别在我走了后又变了主意，趁机把我的牛吃掉。所以我想暂时委屈你，把你绑在树上，我才能放心回家。”

由于求智心切，狮子同意了农民的请求。

农民用一条很粗的绳子，把狮子牢牢地捆在大树上。但是农民并没有回家，走到半路，他又从小路返回来。他抱来很多干草，堆在狮子周围，点起了熊熊大火。当火焰把狮子团团围住的时候，农民仰面哈哈大笑说：“看到了吗？这就是我的智慧！”狮子这才恍然大悟，它咆哮着，吼声震撼着整个森林。

火势越烧越猛，捆绑狮子的绳子被烧断。狮子惨叫着，头也不回地奔向森林。绳子虽然断了，可粘在狮子身上的绳子头还在燃烧。因此，直到今天，在狮子黄褐色的身体上，还留有长长的黑色条纹。

第六编　民间故事

开卷提示

民间故事是从远古时代起就在人们口头流传的一种以奇异的语言和象征的形式讲述人与人之间的种种关系，题材广泛而又充满幻想的叙事体故事。就像所有优秀的创作一样，民间故事从生活本身出发，但又并不局限于实际情况以及人们认为真实的和合理的范围之内。它们往往包含着超自然的、异想天开的成分。

三个商人买三条猫腿

在一个村镇里，有这么三个商人，一个叫白胡子，一个叫没胡子，另一个叫秃头。他们仨合伙做买卖。他们有一座装货的仓库，里面装着地毯、披肩、绸缎、男女时装和其他一应物品。世上的商人都最害怕盗贼。所以，他们三个人雇了一个名叫阿里的穷人给他们看守仓库。

没想到，搅得商人们不得安生的恰恰不是偷儿，而是老鼠。

仓库里老鼠成灾，把许多货物都咬坏了。

商人们吩咐阿里快去买一只猫来。

阿里说：

“我家有一只猫，很能捉老鼠，可以卖给你们。”

商人们问：

“你想要多少钱?”

阿里说：

“很便宜，每条腿要一个银币。”

这时，最吝啬、最狡猾的白胡子商人问：

“你的猫是四条腿吧？”

阿里回答说：“当然是四条腿。”

“那我们只买三条腿。顶用的猫有三条腿就能够捉到老鼠。现在给你三个银币，我们买下三条猫腿，你把猫拿来吧！”

阿里问道：

“那第四条腿是属于我的，对吗？”

贪财的商人们说：“是的。”

于是阿里把猫放进了仓库。

谁料到，第一天就发生了倒霉的事：猫在捕捉老鼠的时候从货架上跌下来，把一条腿摔坏了。

商人们听说之后，异口同声地说：

“快去找兽医看看！”

阿里说：

“我将立即按你们的吩咐办。不过，尊敬的先生们，我想知道，你们谁给我钱去付治疗费？”

白胡子商人抢先声明：

“我不付钱。我买的是左后腿。猫摔坏的是右前腿。”

没胡子说：

“我付钱买的可是右后腿。”

秃头说：

“我买的是左前腿。”

白胡子说：

“属于阿里的那条猫腿摔坏了。医疗费用应由阿里负担。”

阿里并没有争辩，他把猫装进口袋，进城去了。在城里，兽医给猫整了骨，把摔坏的腿包扎了起来。医生对阿里说：

“一周后才能好。现在它只得用三条腿跳来跳去了。”

阿里把卖猫得来的三个银币付给医生作了诊费，然后带着猫回来了。黑夜，他又把猫放进了仓库。

这一夜，老鼠可太多了。它们听说小猫摔断了腿，就闹腾得更加厉害了。

可怜的猫儿为了捉老鼠，不得不用三条腿跳来跳去，好不艰苦！有一次，它在追捕一只最调皮的老鼠时，尾巴把油灯打翻到地上。这样，就引起了一场大火，仓库全烧掉了，货物变成了一堆灰烬。

商人们遭到这样惨重的损失，心里恼火极了，气得嗷嗷直叫。稍微冷静下来之后，他们说：

“全怪这只该死的猫。而这只猫又是属于四个人的。阿里也该承担损失的四分之一才是。”

阿里说：

“我的全部财产就是一身破衣裳。可敬的先生们，你们从我身上是榨不出什么油水来的！”

白胡子说：

“我们的货物一共值一千卢比。如果你拿不出二百五十卢比，法官就会判处你做我们的奴隶，你将终身为我们白白干活。”

商人们捉住阿里的衣袖，把他扭送到法官面前。

白胡子商人手里抱着小猫，猫的一条腿上还扎着绷带。白胡子对法官说：

“公正的法官先生！这只猫捉老鼠时用尾巴把油灯扫倒了，引起了一场火灾，我们的货物全被烧光了。英明的法官，您说，难道猫的主人们不应当平均分担这场火灾的损失吗？”

“应当。”法官说。

于是三个商人一起扑向阿里。

“你听见尊敬的法官说什么了吗？快给我们二百五十卢比，不然我们就让你当奴隶累死。”

这个时候，法官提了一个问题：

“为什么猫有一条腿包扎起来了？”

商人们齐声回答：

“猫捉老鼠时摔伤了一条腿，医生给它包扎起来了。”

法官问白胡子商人：

“告诉我，为了医治猫腿，你付了多少钱？”

“法官先生，猫摔伤的那条腿，不是属于我的，我没有付钱。”

“那么，请秃头商人告诉我，你付了多少钱？”

“善良的法官，我买的那条猫腿没有摔坏，我为什么平白无故地付钱呢？”

“那么一定是没胡子商人付的治疗费用了?”

没胡子也连连摇头说:

“不，猫摔伤的那条腿是属于阿里的，所以阿里付了这笔款。”

法官问:“就是说，猫儿受伤的那条腿是阿里的?”

商人们又一次异口同声地说:“是的，是属于他的。”

“另外三条腿分别属于你们三个人?”

“是的，一点不错。”三人齐声答道。

这时，法官想了想又问:

“就是说，猫儿是用三条没受伤的腿跑的时候撞倒了油灯?”

三个商人连声说:“是的，是这样。”

法官这才判定说:

“看守仓库的阿里一个卢比也不应当付给你们。猫之所以撞翻油灯造成火灾，是因为它在捉老鼠。当时，猫是用属于你们三个人的三条腿在捉老鼠，第四条腿受伤包扎，并未参与捉老鼠。请你们走开吧，不要再打搅我了。”

听了这样的判决，白胡子气得把猫使劲扔到地上，把白胡须扯掉了好几根，气急败坏地走出了法庭。秃头和没胡子也跟着白胡子跌跌撞撞地走了出去。

阿里对法官的公正判决非常满意，抱着自己的猫儿回到自己的小草房。

自找苦吃

从前，有个吹牛鬼跟人打赌说:“明天中午，我能算出从日出到日落的全部距离。”

他真算得出来吗?不!他只是吹吹牛而已。因此，他一回到家里便打不起精神来了，愁眉苦脸的。妻子看见后，非常着急地问他:“瞧你这副没精打采的样子，到底发生了什么事啊!”

他只好把打赌的事告诉了妻子，并说要是明天中午还算不出来的话，那么，他们的房子和地就都要变成人家的了。

这个吹牛鬼的妻子是个非常聪明的女人。她说:“事情既然到了这个地步，怕也没有用了，我来教你个方法:明天中午，你把一根竹竿插到那些跟你打赌的人面前。告诉他们，从那根竹竿到日出的地方的距离是36000公里，到日落的地方的距离也是36000公里。如果他们不信，就让他们自己去量好了。”吹牛鬼一听，高兴得跳了起来。

第二天，他真的照着妻子的话去做了，那些跟他打赌的人，一个个又佩服又惊奇：“奇怪！这家伙本来并不聪明，为什么今天居然能够想出这样的妙计？”

吹牛鬼打赌胜了！这消息传到了国王的耳朵里。国王立刻命令说：“能够想出这么个好方法的人，一定不平常。你们快把他找来见我。”

人们把吹牛鬼带到国王面前。“吹牛鬼啊！听说你不但会吹牛，而且还非常聪明，真是个人才。我要给你做大官。”

吹牛鬼急得双手直摇，喊了起来：“不！不！我不聪明，我不要做大官，那个办法不是我想出来的，是我老婆教我的呀！”

国王一听感到非常惊奇，就问道：“是你老婆教你的！你会有这样聪明的老婆？”

吹牛鬼听了，心里又高兴又不服气。他大声地对国王说：“我的老婆不但聪明，而且还非常年轻漂亮呢！”

“真的吗？”国王一听高兴极了，他说：“又聪明又年轻漂亮的女人应该嫁给国王！好家伙！还不快回去把你老婆带进宫来？”

吹牛鬼垂头丧气地回到家里，悔恨得连一句话都说不出来了。妻子一瞧他这副模样，便着急地问：“快告诉我！到底又发生什么事了！”

吹牛鬼强忍住心里的悲痛与焦急，把事情经过告诉了妻子。妻子不高兴了：“什么！你居然跑到国王面前去吹牛？你把我吹得那么聪明，那么年轻漂亮，那好啊，我就嫁到王宫里去吧！”

吹牛鬼急死了。他再三恳求妻子想个主意，让国王打消娶她的念头。

“事到如今，急有什么用呢？”妻子说，“现在你赶到王宫，告诉国王：‘我妻子听说您要娶她，心里非常高兴，叫我来请您到家里吃晚饭，其他的事就让我来应付吧。’”吹牛鬼一听妻子有办法了，高兴得快步跑进王宫，邀请国王到家里吃晚饭。没多久，国王真的带着随从来了。他走进吹牛鬼的家，看见桌上摆了许多碗，这些碗有大有小，有深有浅，有圆有扁，每个碗上都盖着一块质地很好的布。吹牛鬼请国王坐下吃饭。国王的随从翻开盖在一个碗上的布，发现碗里装着一些灰。他连着翻了好几只碗，发现碗里装的都是灰。国王气极了，大声喊道：“可恶！竟敢作弄我！快叫她出来见我！”

吹牛鬼的妻子从房间里轻盈地走了出来，国王向她怒吼道："你这个可恶的女人！请我来吃饭，为什么碗里装的都是灰？饭呢？你是想作弄我吧！"

吹牛鬼的妻子回答说："陛下，您是国王，我只是民间一个普通的女子，我怎么敢作弄您呢？"

国王听了仍旧十分气愤："你不敢作弄我？那么，我问你，你这样做是什么意思？"

吹牛鬼的妻子微微一笑："陛下，我想用这个方法来向您解释一个道理。

聪明的地主

从前，巴哈马群岛有个地主，他自以为很聪明，时常变着法儿让那些替他种地的农民多干活，还总想少给些工钱。农民要是吃了饭休息一会儿，他就会大声呵责："不许偷懒！"农民要是在工作时间里讲几句话，他就要吹胡子瞪眼："少废话，快干活！"

在这个村子里，住着一个真正聪明的小伙子。一天，聪明的小伙子对他哥哥说："我要给那个坏蛋一个教训。"说着，就转身向地主家走去。

"老爷，请求您让我干些活。"

"好呀！"地主说，"可你要知道，干活必须又快又好，不许偷懒，不许讲话。"

"我知道。"聪明的小伙子回答。

"你早饭吃过没有？"地主问。原来，巴哈马群岛那时有个规矩，工人的伙食是由主人供应的。

"还没有。"小伙子回答。

"这样吧，我给你早饭，你就在这里吃，不过要记住，只准吃饭，不许讲话。"因为巴哈马人喜欢一面吃饭，一面讲话。

吃罢早饭，小伙子站起身来，想到地里去干活。地主故意大声问道："这么早就下地去？难道你不想吃了午饭才走吗？"

"吃午饭？"聪明的小伙子当然明白地主的诡计："他这是想让我从早到晚一刻不停地干活啊！"但他却应道："好啊！好啊！"

“真是笨蛋。”地主心里想道，“他把早饭和午饭一起吃了，不是可以节省许多时间吗？不是可以干更多的活了吗？想不到他这么容易上当。”

不一会儿，地主把午饭拿来了。小伙子把它吃得一干二净，然后站起身来，抹抹嘴巴往外走去。

“你到哪里去？”地主又问道，“你不吃了晚饭再去吗？”

“吃晚饭？不！不！我的肚子太饱了。”小伙子随口回答。

然而地主说：“我看啊，还是现在吃吧，今天的晚饭不太多，等你收工回来，恐怕早就吃光了。”

“既然这样，那我现在就吃吧。”小伙子说。

不一会儿，地主又把晚饭拿来了。见鬼！晚饭和刚刚吃过的早饭、午饭一模一样，除了咖啡、牛油、面包外，什么新鲜东西都没有。照理说，小伙子是根本无法吃得下去的。可说来奇怪，小伙子却吃得津津有味！

“好！好！今天的早饭、午饭和晚饭都吃过了，快点到地里干活去吧。记住，干活时不许讲话，不许休息，月亮出来才能收工，明白吗？”地主奸笑着说。

聪明的小伙子呢？他坐着没起身，只是张开嘴巴，哈哈大笑：“我现在要睡觉了，不去地里了。”

地主听了，大吃一惊，叫道：“你要睡觉，不去干活了？我请你来难道就是白吃饭的吗？”

小伙子平静地答道：“您别生气，老爷。吃了晚饭，天不就黑了吗？月亮不就出来了吗？我不就可以休息了吗？再见！我的老爷。”说完，他头也不回地向外走去。

自以为聪明的地主气坏了。他呆呆地站在门口，一动也不动，半天也没说出话来。

聪明反被聪明误

从前有一个很富的农民，他有四个儿子。最大的儿子留在庄园里他父亲身边，准备在他父亲去世之后接管庄园，而另外三个儿子却走出家门自谋职业。他们认为，当个农民没有“出息”，因此他们想找一个更好的职业。他们分手之后就各奔前程，结果他们每个人都找了个大夫在那里学医。过了一段时间，他们学业期满，三个人都成了真正的大夫，他们就开始单独行医。

后来他们的父亲死了，为了给他送葬和分配他留下来的一点儿遗产，他们弟兄三人都收拾好行装日夜兼程赶回家去。留在家里的那个儿子当然准备了举行葬礼时喝的啤酒，而且啤酒准备了很多。银酒杯和锡壶碰得越响，年轻的三兄弟讲话声音就越高，他们都竭力吹嘘自己的学识。没过多大会儿，他们就为他们三人之中到底谁的学识最高而争吵起来。什么也没学的农民对这些一窍不通，他也没有在学问上和他们竞争的想法。

“我可以把我的两只眼睛挖下来，”其中一个说，“然后把它们再装上去，看起来还和从前一样好！”

“这有什么了不起的！”另一个说。“我可以把我的肚子剖开，取出内脏，然后再把它放回去，我仍然和一个好人一样。如果你们行的话，也照我的样子试试看！”他说。

“那些玩意儿你们也值得吹嘘呀！”第三个说。“只要有两只手，做这样的手术没有什么了不起的。我可以让你们砍掉我的双手，我再把它们重新安上，而谁也看不出来这双手是被砍掉过的！我就是这样的一个人！”

老大为自己对所有这些学识一窍不通而不安，因为他根本不会这些东西。

半夜里，三个大夫都躺在那座屋子里的一个小屋里，他们到了那里，就开始像他们说的那样干起来。一个挖下了自己的眼睛，另一个剖开了自己的肚子，第三个则让别人砍下自己的双手，就这样他们都躺在了桌子上。

太阳出来的时候，女佣人走进那间屋子看看客人是否醒来，老妈妈可以给他们端进早上喝的东西，这时女佣人看见了桌子上面令人作呕的东西。“唉呀，真惨啊！”她一边叫一边赶忙去拿只桶来，把那些恶心的东西弄到桶里，然后就把脏东西倒在了猪食桶里。

“我的有学问的儿子们怎么样了？”当女佣人又回来的时候，老妈妈问。

“我也不知道他们怎么了，”女佣人说。“他们一定是一劳永逸地睡着了，但是上帝知道他们后半夜怎么样了。我相信我没看错，他们是在那里把他们的老父亲拉到桌子上解剖了，我早上进屋里的时候看到的就是这样。”

“我的天啊！”老太太不安地说。“上帝呀，你干了些什么呀，你可不要动。这正是他们要做的，这是大夫的本领，你懂吗？”

老妈妈讲这话的时候，小猪们正在那里会餐。但是女佣人很机灵，她赶忙来到牲口棚里。在牲口棚里她抓着一只猫，把猫眼睛挖下来，又宰了一头猪，把猪的内脏都掏出来，然后又跑到一个执行绞刑的山坡上，因为还真有运气，那里刚刚绞死一个盗窃犯，她把他的两只手割了下来，然后她把这些东西都抱进去放在桌子上。她想，现在大夫们可以施展他们的才能了，他们也的确干了一阵子。他们一醒过来，就都抓着了各自的那一部分——他们以为是他们自己的——他们一个个都认为自己医术高明而趾高气扬。他们三个都很同情当农民的哥哥，因为他连一点学识也没有，然后弟兄们就分手了，有学识的三兄弟都回到了自己原来的地方。

又过了一年或一年左右的时间，最大的兄弟要结婚，他当然要请自己有学识的三个弟弟来参加婚礼。他们开始讲起自从他们最后一次见面之后过得怎么样。他们当然挣了不少钱——这是不言而喻的，因为作为一个医生，可以用一只手抓钱，用另一只手行骗，而没有人对此进行指责。但是他们之中没有一个人真正过得很好。

“我不知道，”其中一个说，“我是怎么搞的。半夜里我就像白天看东西一样清楚，我一听见老鼠吱吱叫或啃东西，就不得安宁，不管我愿意不愿意，就得从床上跳下来在后面追，直到我抓着老鼠为止。对此我恼火透啦！你们有什么医治的方法吗？”

不知道，这一点他们可不知道。

“我比你还要糟糕，”另一个说。“最近我对人们平常喜欢的肥肉和瘦肉以及其他食物一点儿兴趣也没有。但是对我所看到的所有废物和脏东西我都想塞进肚子里，不论有多少我都不反对，我都能把它们填进肚子。对此你们有什么医治的办法吗？”

没有，他们也没有什么办法。

“你们连自己的病都治不了，你们肯定也治不了我的病。”第三个说。

“看来最糟糕的一定是我。我的手指头总是发痒，我怎么也摆脱不了，手指头好像不是我的，虽然我是天底下最诚实的人，我的手却违背我的意志去偷，使我差一点上了绞刑架。”他说。

现在当农民的老大又因他们有这么大的学识而可怜起他们来。

“可怜的弟弟们，”他说，“那么说，我的一切倒还不错呢。耗子和老鼠我让猫去逮，脏东西我都扔给小猪吃，凡不是我的东西，我从不伸手。”

爱吹的女人

国王花园里有一个园丁，名字叫拉合尔。他干活十分认真，手也真是巧，不管什么样的花园，只要一经他打扫，就会变得特别清洁；一经他修剪，就会变得格外美丽。国王很喜欢他，就把他升做管工，让他管理国王花园里的所有园丁。

拉合尔高升了，他妻子乌莎可高兴了。乌莎特别喜欢吹牛皮。丈夫这次得到国王的重用，她像是捡到了一大笔资本一样，吹起来更加起劲了。

拉合尔当了管工后，对工作更加认真负责了。这天晚上，天气非常闷热，拉合尔睡不着了，他想到了花园里那几棵白天刚种下的花木。他悄悄地爬下床，推开门，朝花园走去。一进园门，他就看见一只大白象正在不远的草地上低头吃草。月光柔和地照着绿色的小草，照着白象的身体，那情景真美极了。拉合尔想起小时候曾听妈妈讲起过天帝和神象的传说，传说中的那只神象就像眼前这只白象一样，浑身上下雪白如银，天帝巡视时，就骑着这只神象！拉合尔惊喜地想：神象吃完草，是要回到天上去的，我要是在它飞升之前抓住它的尾巴，不就可以同它一起到天宫去看看了吗？拿定主意后，他便悄悄地躲到白象的身后，静静地等待白象飞升。

白象吃呀，吃呀，一直吃到天快亮了，它才慢慢地抬起头，移动身体，准备离去，拉合尔见了，立刻飞快地跑了过去，双手紧紧地抓住它的尾巴；白象腾空而起向天宫飞去。

拉合尔来到了天上，他立刻被天宫里的景象陶醉了：无数朵不知名的鲜花散发出芬芳的香味；无数种从未见过的水果沉甸甸地挂在枝头；还有那数不清的建筑，是那样宏伟、华丽、辉煌、别致……太阳下山、月亮升起来了，拉合尔又拉着白象的尾巴，回到了地上，临走还采了一颗椰子般大小的槟榔。

他刚踏进家门，乌莎便冲着他大声哭骂起来：“你这个该死的混蛋总算回来了呀！说！快说！你滚到哪里去了！”

拉合尔双手捧着那颗特大的槟榔，兴奋地对乌莎说：“我到天宫去了，快瞧，这是我给你从天上采来的大槟榔。”

乌莎拿过槟榔一看，可不是吗？人间哪有这么大的槟榔呀！她那挂满泪水的脸上顿时绽开了笑容，她让拉合尔把见到白象和去天宫的经过，一点不漏地全告诉了她。

拉合尔说完后，乌莎又惊又喜：拉合尔见过白象，去过天宫，还给她带来一颗大槟榔，这些，不都是向邻居们夸耀的好材料吗？她抹去脸上的泪水，拿起那颗大槟榔快步走了出去，她要敲开所有邻居的门，好好吹个痛快！

拉合尔一见，急得赶快追出门，一把抓住他老婆："站住！乌莎，你千万不能告诉别人，这可是天大的秘密啊！要是让白象知道了，它就不会再到花园来了呀！"

乌莎在拉合尔的苦苦哀求下，终于答应了，因为她不仅是个吹牛鬼，而且还是一个贪心鬼呢！她想，白象如果真的不再到花园里来了，那么她丈夫就不能再把天宫里的宝物带给她了。所以，从那天晚上开始，她便逼自己的丈夫每个晚上都到天宫里去，为她带些人间没有的宝物回来。

这天晚上，拉合尔从天宫里给她带回来一朵像脸盆一样大小的玫瑰花。

乌莎嗅着那从花蕊里散发出来的芳香，再也忍不住了，她一定要向邻居们夸耀一番！

第二天清早，她趁丈夫还在熟睡，立刻拿起那朵神奇的玫瑰花，冲出门去，逢人就不停地夸耀起来："瞧见了吗？都瞧见了吗？这可是生长在天宫里的玫瑰花呀！你们有吗？闻闻，都把鼻子伸过来闻闻吧，世界上最好的香水也不能和它比！"

村里的妇女们一个个争先恐后地伸长了脖子，拼命嗅着玫瑰花溢出的芳香，她们每一个人的脸上都露出了羡慕的神色。乌莎见了，更加得意起来，她把丈夫拉合尔怎样发现白象，怎样跟着白象去了天宫，在天宫里又见到了什么……一五一十地全说了出来。

拉合尔去过天宫的新闻，像一阵风传遍了全村。村民们轰动了，天还没黑，他们就向拉合尔家涌了过来，恳求拉合尔带他们去天宫开开眼界！

拉合尔一见，知道乌莎把秘密全告诉别人了，非常生气。但又有什么办法呢？一切都晚了。可乌莎才不后悔呢！她见全村人都在恳求自己的丈夫带他们去天宫，高兴得都快疯了。她当着全村人的面，像女皇般对丈夫命令道："拉合尔，把他们全部带上天宫！"

可怜的拉合尔只好答应。那天晚上，全体村民悄悄地跟着拉合尔来到国王的花园里，藏在大树后面，静静地等待白象出现。

不一会儿，白象在柔和的月光下出现了。村民们亲眼看到了雪白的神象，兴奋得几乎叫出声来！乌莎得意极了，她禁不住悄声向身边的村民问了一句：

“怎么样，我没吹牛吧！”拉合尔怕吓跑白象，急忙轻轻用手拉了一下乌莎的衣服，这才使她闭了嘴。

白象并没有发觉藏在树后的村民，仍像平时一样，低着头，在柔和的月光下，静静地吃着草。天快亮的时候，它才抬起头，移动身体，想飞回天宫。拉合尔赶忙向村民们悄悄地打了个手势，然后静静地跑近白象，猛地伸出双手，紧紧地抓住了白象的尾巴。乌莎抱着拉合尔的脚，就这样一个抱着一个，跟着白象朝天上飞去。乌莎听着耳边呼呼的声响，兴奋得心都快从胸膛里跳出来了，她吹牛的老毛病又发作了。她忍不住夸耀道：“喂！觉得有趣吗？要不是我的丈夫和我，你们大家能到天上来玩吗？”

村民们谁也没开口，可乌莎才不管这些呢，仍然不住声地继续吹着。这时，有一个人实在熬不住了，也接口说道：“我想从天宫里带一个大西瓜回去，你知道天宫里的西瓜有多大吗？”

乌莎一听，便神气地回答道：“天宫里的西瓜可大啦，你只要采一个回来，你们全家可以围着吃一年呢！”

可那人对这样的回答并不感到满足，继续追问道：“那到底有多大呢？”

天宫里的西瓜到底有多大，乌莎心里可一点数也没有。她只好仰起脸来低声问自己的丈夫：“喂！拉合尔，天宫里的西瓜到底有多大呀？”拉合尔一听，忙回答说：“就这……样……大。”他一面说，一面张大双手比画给老婆看。可他刚一张开双手，天啊！他的身体便迅速地往下掉，那一大串村民也跟着统统掉在了国王的花园里……从那天晚上起，白象再也没到花园里来吃草。

真假阿必甲

在山北村，有个叫阿必甲的农夫，他勤劳聪明，种出的玉米又香又大。

每次玉米成熟后，他总是把玉米分给穷人，村里的人都喜欢他。

山北村的南面有个山南村，村长早就知道了阿必甲的为人。

有一天，村长派人捎信来，叫阿必甲到山南村去，他想把自己最美丽的女儿嫁给他。

阿必甲兴高采烈地上路了。正走着，碰上了本村的巴古冬。巴古冬是个游手好闲的二流子，平时尽干坏事，乡亲们都很讨厌他。

巴古冬问道："你匆匆忙忙去哪儿啊？"

阿必甲说："去山南村。村长打算把女儿嫁给我。"

巴古冬佯装高兴地说："是吗？那可要恭喜你啦！"接着，他又说："你一定走累了，先在这里休息一会儿，我去采些果子给你吃。"

不一会儿，巴古冬捧回一大包果子。

"这是什么果子啊？"阿必甲发现果子有一种奇特的香味，就好奇地问。

"你尝尝看，这是我特意为你采的。"巴古冬狡黠地笑道。

阿必甲尝了一个果子。不一会儿，他觉得昏昏沉沉，便倒在草地上睡着了。

巴古冬朝阿必甲冷冷一笑，说："阿必甲啊，阿必甲！你终于上了我的当！"说完，他便从阿必甲身上搜出村长的信，拿了阿必甲的行李，向山南村走去。

两天后，阿必甲苏醒过来，他觉得喉咙像火烧似的，便到河边去喝水。

他正弯腰喝水时，吓了一跳：水面上映出了一个瘦骨嶙峋的老头，没有牙齿，头发雪白。阿必甲转过头来，发现周围一个人也没有。

"这个样子可怕的老头就是我吗？"阿必甲痛苦极了。

为了揭露巴古冬的阴谋，阿必甲来到山南村。

这时，村里的人正在欢天喜地地庆祝假阿必甲和村长女儿的婚礼。

阿必甲见到村长，说："我就是阿必甲！"

村长听了哈哈大笑："你这个老头别寻开心了！阿必甲可是个年轻人！"

阿必甲眼巴巴地看着巴古冬娶了村长的女儿，心里很难过。

不久，村长把村里最肥沃的一块土地送给了巴古冬，让他种玉米。

阿必甲也在村里住了下来，在一块荒地上种上了玉米。

收获的季节到了，阿必甲的玉米又香又大，巴古冬的玉米又瘦又小。

一天，阿必甲给村长送去一袋玉米。村长从未见过这么大的玉米，十分惊奇。

巴古冬看到大家都称赞阿必甲，心里的妒火又燃烧起来。

一天夜里，他偷偷摸摸地到阿必甲的地里，想偷些玉米回去，谁知在把玉米装进筐里的时候，不小心跌进了一个土坑里，怎么也爬不上来。

第二天，村长发觉巴古冬失踪了，叫人到处去找。

村长来到阿必甲的家里，问道："老伯伯，您见过阿必甲吗？他昨晚失踪了。"

"我们到田里去看看吧！"阿必甲说。

他们来到玉米地，只见巴古冬陷在土坑里，旁边有一筐玉米。

村长生气地说："阿必甲，你竟敢偷别人的玉米！"

"他不是阿必甲！真正的阿必甲是种玉米的能手，绝不会偷别人的玉米！他叫巴古冬，是个大坏蛋！我才是阿必甲，因为吃了他给我的果子，才变成现在这副模样的！"阿必甲愤愤地说。

这时，一位老人走了过来，说："听说吃了这种怪果的人，只要到山上洗个温泉澡，就能恢复以前的模样了。"

阿必甲听了老人的话，立刻跑到山上，洗了温泉澡。洗完后，他发觉自己同过去一样年轻、英俊了。

巴古冬的行径激起了村民们的愤怒。大家把他狠狠揍了一顿，赶出了村子。

阿必甲终于同村长的女儿结了婚，过上了幸福美满的生活。

割错了马尾巴

从前，有一个棒小伙子，名叫横山。他生来胆子就小，但就是不肯承认，还总喜欢穿着武士服装，腰挎武士刀，摆出一副耀武扬威的样子，逢人便夸耀自己如何勇敢，武功怎样高强。人们听了都信以为真。不论他走到哪里，村里的乡亲们都尊敬地给他行礼，称他为"勇敢的横山"。

光阴似箭，一晃几年过去了。横山虽然没做什么勇敢的事，但却一直保持着他的威名，乡亲们还是很尊敬他。

过了不久，横山住的村子受到敌人的围攻，村子里的男女老少都拿起武器和敌人作战。可是一贯夸耀自己勇敢的横山却躲在家里一动也不敢动，他心里害怕极了，吓得浑身发抖。他怕敌人杀进村子把他杀死。他真希望乡亲们能快点儿把敌人杀退。

也不知是谁发现了这件事，消息一下子传遍了全村。不多一会儿，就有人来到了横山的家门口。这时，横山正吓得躲在床底下，忽然听见有人敲门，还以为是敌人杀进村子来了，他真恨不得地上有条缝钻下去。敲门声越来越响，横山吓得结结巴巴地喊道：“别……敲了，别敲了，屋里没……人。”

“屋里没人，那你是谁呢？”外面的人喊道。

这一问可把横山问傻了：“我……我……”他突然灵机一动，随口说道：“我……我是一只鹦鹉。”

横山满以为这样一定能把外面的人骗过去，可外面的人听了大声说道：“横山君，我们听出了你的声音，快开门吧！”

横山一听是村里的人，心里一亮，大概是仗打胜了吧。他从床底下钻了出来，跑过去打开房门，第一句话就问：“敌人被打退了吗？”

一位老大爷对他说：“仗还在打呢！你是我们村里最勇敢的武士，为什么躲在家里呢？还不赶快到村外去杀敌啊！”

“什么？杀……杀敌？”横山吃惊地看着老大爷结结巴巴地说，“可……可是，我没有……马，怎……怎么去杀敌呢？”

“那就骑我的马去吧！”老大爷叫人把他那匹黄马牵来。

“不行，我……骑黄马不会打仗啊！”横山装出很为难的样子。“那你骑什么颜色的马才会打仗呢？”老人家问他。

“什么颜色……”横山不由得心里盘算起来：村里什么颜色的马都有，就是没有黑马，那我就说黑马吧！

“黑马！我只有骑黑马才能打仗。”横山说完，得意地坐了下来。他心里想：这回你们拿我没办法了。

说来也巧，村里有一位老农夫前几天刚从镇上买了一匹黑马。老农夫一听横山要骑黑马，满口答应说：“有，我有黑马。”说完，他急急忙忙赶回家把黑马牵来了。

横山一看黑马，又吓得浑身哆嗦起来，心想这下糟了。可是，话已经说出去了，再改口就不好了。他只好硬着头皮骑上黑马向村外走去。没一会儿工夫，横山来到了战场。只见两军对阵，刀来剑往，杀声震天。横山吓得连马也骑不住了，一不留神从马上摔了下来，刚好摔在一堆尸体旁。这一下摔得可不轻，过了好一阵子，横山才清醒过来，他看了看身旁的死尸和地上的血，又有了一个主意。他用手在地上沾了血，胡乱地抹在脸上，然后往后一倒，干脆装死。

大约又过了几小时，喊杀声渐渐小了，后来，连一点声音也没有了。横山这才睁开眼睛，伸手摸了摸自己的脑袋。还好，脑袋没丢。他看了看四周，连一个活人也没有。他这才站了起来，顺手割了一匹死马的尾巴，转身就往村里跑。

乡亲们看见横山回来了，都围了过来，七嘴八舌地问开了：

“横山君回来啦！勇敢的横山回来啦！”

“横山君，仗打完了吗？”

“横山君，敌人打败了吗？”

“横山君，你杀了几个敌人？”

“横山君，你负伤了吗？”

“横山君，你的马呢？”

大家都把横山当成了英雄，而横山呢，他也装出一副胜利凯旋的战士的样子说：“敌人已经被我打退了。我赶到战场的时候，看到我们的武士被敌人团团围住，可危险啦！我拔出大刀猛地向敌人冲去，我奋力冲杀，敌人纷纷倒下，不一会儿，我就杀了十几个敌人。”

“啊，你真勇敢！”乡亲们不由得赞叹起来。

“结果怎么样呢？”大家都很想知道结果。

“结果嘛，我拿着刀在敌群里横冲直撞，敌人看见我就逃，逃得慢的就没命了。”

“那么结果呢？”乡亲们还是问。

“后来敌人就逃走了，一个个都像丧家犬似的。”横山说完，哈哈大笑起来。

“那你骑的那匹黑马到哪里去了呢？”有人问。

“那匹黑马在混战中被敌人砍死了，真可惜。”横山装出伤心的样子，又扬了扬手里的马尾巴说：“你们瞧，为了纪念这匹黑马，我把它的尾巴割下来了。”

大家争着去看横山手中的马尾巴，不约而同地说：“奇怪，你骑的是黑马，怎么割下的却是白尾巴呢？”

“这个……这个……”

横山支吾了半天也想不出该怎么解释。就在这时，村外传来了马蹄声，村里的武士们打败了敌人胜利回来了。横山一看不好，他知道刚才的谎话很快就会被戳穿的。他赶紧推开人群，急急忙忙溜走了。走了不远，就听到背后有人说：“大家看啊！胆小鬼夹着马尾巴逃走啦，像不像一只丧家犬啊！”

三个吹牛鬼

从前有三个喜欢吹牛的兄弟，他们到处卖弄，弄得人家谁也不信他们说的话了。

在家里待不下去了，兄弟三人决定换个环境，到一个很远的地方去。

一天，他们在路上见到一个王子。他们望着王子身上穿的那套华丽衣服和满身的珠宝，便凑在一起想了个办法，要把王子的东西全部骗过来。

于是，他们亲热地拦住了王子："尊敬的王子啊！我们早就耳闻您的智慧和聪明了，请您答应和我们比赛讲故事吧。谁要是不相信别人讲的故事，他就必须做讲故事人的奴隶。至于奴隶呢，我想，您一定是知道的，奴隶的一切都得属于他的主人!"

这三兄弟为什么要和王子比赛讲故事呢？因为他们觉得自己吹牛的本领很高，年轻的王子一定会败给他们的。只要王子一输，王子就要做他们的奴隶了，那时王子的东西不就都属于他们三兄弟了吗？王子答应了，他们找了几个过路人来做证人，然后就在一棵大树下坐了下来。比赛正式开始了。

三兄弟中的老大第一个开始。他说道：

"在我还是个小孩时，有一次曾和弟弟们玩捉迷藏的游戏。我到全村最高的一棵大树上躲了起来，弟弟们找了一整天，也没找到我。望着渐渐黑下来的天，他们不再找我了。见弟弟们走了，我也想爬下树了，可那时天那么黑，树又那么高，我怎么也爬不下来。后来我想，如果我有根绳子，将绳子的一头拴在树上，顺着绳子，不就可以既安全又顺利地爬下树了吗？于是我就到附近的村子里，向村民借了一根粗绳子，靠着这根又粗又长的绳子，我终于爬下了树，回到了家里。"

王子听了这个前后矛盾的故事，并没有和他争辩，也没有对故事的内容表示不相信，他一句话也没说，只是微微笑了一下，然后，静静地看着三兄弟中的老二，等他接着往下吹。三兄弟非常吃惊，他们没想到王子居然没有上当。于是，就轮到老二开始吹了。他说：

"在我们和哥哥捉迷藏的那天，我不知道哥哥躲在村里最高的那棵大树上，所以便跑进森林去找哥哥。在森林里，我突然看见有一个黑影窜进了草丛，我还以为是哥哥呢，就追了过去，哪知道那黑影根本不是哥哥，而是一只饿虎。那只老虎张大着嘴巴，向我扑了过来。我一看已无处可躲，逃跑是根本来不及了，于是便灵机一动，猛地跳进了老虎那张血盆大口，我顺着老虎的喉咙爬进了它的肚子，为了早点能活着从老虎的肚里出来。我就在它的肚子里又踢又跳，大喊大叫。老虎实在受不了，它张开嘴巴，使劲把我吐了出来。我在空中飞行了好几百尺，才安全地落在家门口。就这样，我救了全村人的性命，因为从那天起，那只大老虎再也不敢到我们村子为非作歹了。”

听了老二的这番胡吹，王子仍然没有表示意见，他叫老三赶紧接着吹下去。老三心里非常害怕。他想：“我要是不能使王子不相信我的故事，那我们兄弟三个不都要变成他的奴隶了吗?”于是，他眉头紧皱，结结巴巴地吹了起来：

“有……一……天，我……从岸边走过，发……现渔夫们都很忧伤，我问他们这是为什么？他们告诉我说，他们已经有一年没抓到过一条鱼了，肚子都饿坏了。我对他们讲，我能够帮助他们把鱼找回来。于是，我便跳到水里，变成一条鱼，在水里寻找着。忽然我发现，原来有一条像天一样大的鱼，把海里所有的鱼都吞到肚子里去了。那条大鱼一看见我，便张开大口向我扑来。我马上又变了回来，拿着小刀向大鱼的嘴巴砍去，终于砍断了大鱼的嘴巴，使大鱼既合不拢嘴巴，也不能咬人了。然后，我又变成一条小鱼，游进了大鱼的肚子，把被它吃到肚里的鱼统统赶了出来，结果这些鱼全被渔夫们活捉了。我游上岸后，渔夫们把我当成了英雄，送给我许许多多的礼物。”

听完老三的胡诌以后，王子依旧没有表示一点怀疑。三个吹牛鬼见了，心里是又惊又怕！不过，他们想：“他不上我们的当？等一会儿轮到他讲时，我们小心一点，也绝不上他的当，就可以和他平手了，最多谁也赢不了谁就是了!”

拿定主意后，兄弟三人又重新振作了起来，他们竖起六只耳朵，一言不发地听王子讲了起来。

“我是一个王子，这你们都知道。”王子说，“我不但有富饶广阔的国土，而且还有数不尽的财物。可就在昨天，我的三个奴隶逃跑了。所以我就顺着他们逃跑的足迹，追到了这里，为的就是捉到这三个奴隶，现在我终于找到他们了。”王子说完，略一停顿地看着他们兄弟三个，又继续说：“你们可知道这三个倒霉的家伙是谁吗？就是你们这三个吹牛鬼!”

三兄弟一听，都吓坏了，因为他们要是同意了王子的说法，他们不都成了王子的奴隶了吗？如果不同意王子的说法呢？那不就等于承认他们比赛输了，而只好老老实实地去做王子的奴隶了吗？哎呀！究竟是对王子讲的表示赞成还是反对呢？兄弟三人张大了嘴巴，半天说不出话来。

最后，证人们下了判决，他们说："王子胜了，三个吹牛鬼都应成为王子的奴隶！"

可王子并没有真的把这三个吓成一团的吹牛鬼带回去做他的奴隶。他只是神情严肃地对这三个吹牛鬼说："你们必须记住，靠吹牛到处骗人是不会有好结果的。你们应该找一份正当的工作，靠劳动吃饭，老老实实做人才对。如果你们胆敢继续吹牛骗人，我就派卫士用刀割下你们的臭舌头。"

王子说完，扔下这三个呆若木鸡的吹牛鬼走了。

三个傻瓜

从前有三个农夫，别人都说他们是三个傻瓜，可他们却认为自己是最聪明的人，还总是去管别人的事。这三个人，一个是路柯夫人，叫萨蒙·格列，一个是木霍夫人，叫沙乌·米呵乌，第三个是日林人，叫叶林·梅林。他们是在一条大路上碰到的，决定去周游世界，见见各种人，也显示一下自己的聪明才智。

他们走啊，走啊，翻过了一座高山，到了美丽的索菲亚平原。

只见平原的当中有一棵高大的柳树，树下面站着一个神甫，神甫手里牵着一只鹅，神甫把绳圈的一头套在鹅的头颈上，另一头丢在树枝上，绕了几圈。

"此事没有我们就不行了！"三个人一边说，一边向柳树走去。

"喂，神甫！"萨蒙·格列在老远处就叫了，"你怎么这样对待可怜的鹅？"

"我要把鹅吊死。"神甫回答说。

"它有什么罪，你要吊死它？"叶林·梅林惊奇地问神甫。

"是这么回事。"神甫一本正经地回答，"昨天夜里我睡在院子里，就是这只鹅走到我面前，看见我的胡子，还以为是草地，就拔了起来！拔啊，拔啊，等我醒来时，已拔掉了一半！"

“噢，神甫，不要吊死它！”沙乌·米呵乌插进来说，“把它交给我们，我们知道怎么处死鹅：把它扔在水里淹死！”

“好，你们拿去吧！”神甫同意了，“你们要淹死它，不要让它到岸上来。”三个农夫拿了鹅，向河边走去。他们把鹅按在水里，等着鹅断气。他们按着，按着，到后来显得不耐烦了，他们想：现在鹅一定淹死了！于是他们放开了鹅。没料到，鹅从水下浮上来，张开翅膀，游到对岸去了，好像根本没事一样！

“唉！”叶林·梅林搔了搔后脑勺，说：“这只鹅真狡猾！伊斯基列河淹不死它，大概是太浅了！下一次我们再发现它拔神甫的胡子，就把它送到黑海去！在那里我们一定可以淹死这个无赖！”

三个农夫继续走。他们走啊，走啊，终于走累了，就倒在路边休息。不过他们睡不好：苍蝇飞来了，叮他们的鼻子、眼睛、耳朵！

“哎哟！”萨蒙·格列叫了起来，“苍蝇把我们当做狗来咬！我们回到神甫那里，问问他如何把全世界的苍蝇都消灭掉！要知道，这样伟大的事业，除了我们，别人都无法胜任！”

于是，农夫们就往回跑，闯进了神甫家里，叫道：

“请告诉我们，如何对付可恨的苍蝇？它们把我们当做狗来咬，用不了一小时，就会咬死一个人！”

“孩子们，你们就杀死苍蝇吧！”

“用什么去杀？”

“用木棍也行！没有人允许打人，可打苍蝇上帝自己也允许的！”

这时，正巧有一只苍蝇落在神甫的头上，沙乌·米呵乌一看，连忙拿起一根棍子朝神甫头上打了一下！神甫痛得叫出的声音也变了样，他妻子和孩子们闻声赶来，手执棍子向农夫们扑打过去，打得农夫们站也站不住！

后来，三个傻瓜农夫从神甫家走出来，到了克洛保伏村，看见路边有一只大甜瓜。

“这是什么怪东西？”萨蒙·格列弯下腰看着问。

“这是鸵鸟蛋！”日林人叶林·梅林叫道，“我们拿去孵个小鸵鸟出来，就可全区出名了！”

“我们到哪里去孵呢？”

“比较暖和的地方——太阳晒得热的地方！”

说到做到，农夫们把甜瓜拿到一座小山上，放在太阳烤得最热的地方，就依次孵蛋了：先一个人坐着，然后换一个人，最后轮到萨蒙·格列了，他坐在甜瓜上，不小心把甜瓜推了一下，甜瓜就从山上滚下去了，一直滚到乌荆子矮树丛里。农夫们一看大声叫着，挥着手，跑去追甜瓜。这时，从树丛里跳出一只兔子，看见他们，马上就逃！

“兄弟们，你们看！”萨蒙·格列叫起来，“小鸵鸟从蛋里出来了！我们追上去捉住它！”

他们奔下山去捉兔子，而兔子一下子钻进了森林里！“完了！”叶林·梅林搔搔后脑勺，说，“这只小鸵鸟出来得多么快！它的耳朵为什么这么长？我要是不捉住它，我就不叫叶林·梅林！”

“森林这么密，你怎么捉得到？”

“我们去买几把斧头，把树林都砍光，就一定能找到小鸵鸟。”

他们说到做到，买了三把斧头，就开始砍树木了。他们砍啊砍啊，砍得力气也没有了，就坐在森林边休息。这时，路上来了一个小贩，骑着一匹马，后面还有一匹小马在欢跳。这个小贩是个大骗子，他走到农夫们面前，问：

“喂，弟兄们，你们为何砍森林？”三个农夫把一切情况都告诉了小贩。

“善良的人啊，你们不要砍了！”狡猾的小贩说，“先让我试试看，你们的斧头是否适宜做这种工作？”

“你打算怎么试？”

“这很简单，我到家里后，从自己头上拔下一根头发砍一下，那把斧头就成了最好的。”

三个蠢农夫相信了小贩的话，就把斧头给了他，小贩骑上马，带着斧头走了。

农夫在路上等小贩回来，可是小贩根本没有回来。三个农夫身边只有小贩的一匹小马。

“兄弟们，你们知道，这个小贩骗了我们！”沙乌·米呵乌终于明白了，“我们打死这匹马吧！”

“怎么打死它呢？”

“把我们的全部裤子、帽子都压在它身上，赶它跑，它背着那么重的东西一定走不了多远，就会倒下来死掉。”

他们说干就干。三个农夫脱下裤子、帽子，都放在马背上，然后拼命地吆喝、叫喊。于是小马就飞快地跑了。

“唉！”叶林·梅林搔了搔后脑勺，说：“我们的帽子同裤子都完了！”

三个农夫没有办法，只得穿着衬裤，光着脚继续走。他们走啊，走啊，走到了一条河边，一看，河岸上有一棵柳树，树枝垂到了水面上。

“兄弟们，柳树为何垂在水面上？”萨蒙·格列问，“它是不是想喝水？”

“难道它是这么喝水的吗？”沙乌·米呵乌说，“柳树，你听着，应该把树枝伸到水里去！”

但是柳树还是原样站着，三个农夫看着就生气了。

“现在我们应该强迫它喝水！”

“对，应该强迫它！”叶林·梅林说，“我们派一个人爬到树梢上，吊在上面，另一个人抓住他的脚，第三个人再抓住第二个人的脚，我们大家一起往下拉，柳树一定伸进水里，不得不喝饱水。”

他们说干就干。三个人抓住柳树，吊了起来，可是柳树连动也不动，还是站在原地！

“兄弟们，我们往手上吐一点唾沫，再大家一起拉！”沙乌·米呵乌在树上面叫，“这样，柳树一定会弯下腰喝水的！”

于是，农夫们就这么干了。他们想往手里吐唾沫，手一放开，于是三个人都“扑通”掉到河里去了！

他们从河里出来时，湿得像落汤鸡，于是，就爬到一块大岩石上去晒干。

他们登上最高的岩顶上，往下一看：下面的山谷里一片浓雾，像云一样白。

“兄弟们，这是什么！”萨蒙·格列问。

“你难道看不出来？这是羽毛垫子！”沙乌·米呵乌回答说，“不过，不知是谁铺的，为什么不来问问我们这些聪明人？来，我们先跳下去，趁主人还没来，我们先在这柔软的垫子上舒舒服服地睡一觉吧！”

“好！”另外两个同意地说。

说到做到。三个农夫想也不想，手拉手，一边跑，一边喊着“乌——哈！”

就从悬崖上跳下了山谷！

从此后，他们不再干涉别人的事了。

嫦娥奔月

“嫦娥应悔偷灵药，碧海青天夜夜心。”这是唐代诗人李商隐《嫦娥》诗中的两句。嫦娥奔月的故事，早在我国古代就广泛地流传着。

传说嫦娥是天帝的侄女。她长得漂亮，天帝很喜欢她，她要什么，天帝就给她什么。她在天宫中过着优裕的生活。

后羿是天帝手下的一员大将，练就一身好武艺，射箭的技术很高，百步之内，百发百中。

当时，天狼为害天庭，天帝很害怕，派了几员大将去，都未能平定。天兵天将，个个惊恐，不敢出门。后羿自告奋勇，要去射杀天狼。他身背长剑，腰悬箭壶，手持彤弓，驾起火轮车，飞奔向前，与天狼搏斗了几天几夜，最后，一箭把天狼射死。从此，天庭安宁了。天帝封后羿为护卫大将军，掌管护卫军的大权。

嫦娥见后羿得到天帝的信任，长得威武英俊，就打定主意要嫁给他。

嫦娥知道，要成就这段婚姻，必得天帝做主。她就让侍者到银河里弄来一千颗明珠，再把明珠镶嵌在一顶王冠上。她自己拿了这顶王冠作为礼物给天帝送去，请求天帝成全她和后羿的婚事。

天帝知道后羿爱上了伏羲的女儿洛神，本来不想管这些闲事，但架不住嫦娥一再请求，又收了她这样贵重的礼物，就不好推辞，他又想，嫦娥是自己的亲侄女，和后羿结了亲，多了一层亲戚关系，后羿就更会成为自己的贴心人。想到这些，天帝对嫦娥说：“这事待我慢慢地想办法。”

过了些日子，天帝借故把洛神调离天宫，让她去管理洛水，不许她再返回天庭。

又过了几天，天帝吩咐摆酒宴，请后羿来吃酒。他暗中让人在后羿吃的酒里放上一种叫忘情草的药，后羿吃了这酒，就把以前和洛神相爱的事全忘了。等到后羿吃酒吃到微醉时，天帝命嫦娥出来给后羿敬酒。嫦娥在天宫也算得上是美人，加上打扮、穿戴得光彩照人，又增加了几分美色。天帝指着嫦娥对后羿说：“这是我侄女，人们都说她长得好看，手艺还极灵巧，我这顶王冠就是她亲手做的。我想把她嫁给你，不知将军意下如何？”

后羿喝了忘情酒，此时又喝得醉醺醺的，他看了看嫦娥，呆呆地向天帝点了点头。

就这样，嫦娥成了后羿的妻子。

一次，天帝得到下界尧帝的报告，说人间有许多恶兽为害。这些恶兽中有猰貐（yàyǔ）、凿齿、九婴、大风、封豕等，很是厉害。猰貐的形状就十分吓人，它长了一个龙头，四只爪子像猛虎，吼叫起来像狂豹，这只凶兽不知吃了多少人。凿齿也是个怪物，它长着野兽的头，毒蛇的身体，牙齿像锐利的锯齿。九婴是个九头水怪，它行凶的时候，左边的四个头能吐火，右边的四个头能喷水；大火能把庄稼烧死，大水能把村庄淹没。这些恶兽同时在各地为害，老百姓不能生产，无法生活。

上界天帝得到下界尧帝的报告，就派天兵天将到人间去除害，派了好几批去，都被恶兽吞食了。天帝很是害怕，就让后羿好好保卫他和天庭的安全。

后羿说："恶兽不除掉，人间不得安宁，天庭也难保安全。"后羿主动要求去除掉这些害人的猛兽，天帝怕恶兽危及天庭，就同意了后羿的请求。

后羿背上彤弓，挎着箭袋，来到人间。凭着他的神箭，在畴华之野射杀凿齿，在凶水之上除掉九婴，在青丘之泽射死大风。他跟踪猰貐的足迹，转战南北，终于把它射死。在桑林擒获了封豕，又在洞庭之畔除掉了害人的大毒蛇。

后羿为人民除了大害，人民感念他的功德，天帝又加封了后羿的官职。

后羿受到人民的尊敬与爱戴，又受到天帝的加封，嫦娥自是欢喜。但她感到很不满足，因为后羿常到外面去为大家办事情，很少在宫中陪伴她。

当时，天上有十个太阳，这十个太阳都是天帝的儿子。最初，十个太阳还都很规矩，他们每天一个个轮流着出来。百姓们的生产生活很正常。后来，有些太阳仗恃着老子的势力，逐渐骄横跋扈起来，有时八九个一起出去，胡作非为。江河湖海里的水干涸了，龙王对他们又怕又恨。地面上的庄稼苗干枯了，老百姓恨得要命。可天帝是他们的老子，人们有苦到哪里去诉！

这十个太阳中，只有最小的一个心肠好。他常劝说九个哥哥收敛些，不要一起出去胡闹。可哥哥们不听，他也无可奈何。

几个太阳成群结伙地出去胡闹，百姓们怨声载道。而下界尧帝打来的报告，半道上就被压下了，到不了天帝的手里。

这事不知怎么被后羿知道了。

一天，后羿走出天宫，到外面去办事，恰好碰见一群太阳乘坐着火轮车子到处闲逛，一个个指手画脚，吵吵闹闹。他们把太阳老十夹在中间。太阳老十低着头，好像被抓的俘虏。

后羿见这些太阳横行无忌，给人间带来灾害，很难过。他知道，他们是天帝的骄子，自己只是天帝手下的一员将官，管不了他们的事。可再看看老百姓受的罪，又觉得不能不管。他又想，如果出来制止，还牵涉到嫦娥的关系，也有一层难处。不管倒省事，可是刚除掉了各种猛兽，老百姓才过了几天好日子，又遇上这些太阳的残暴，怎么受得了！他决定用好言劝一劝他们。

谁知后羿刚一开口，就受到几个太阳的嘲骂。后羿耐着心性继续劝他们：

“我劝公子们回去歇歇吧，你们看，老百姓都快要热死了。”话音还没落，就听到一阵叫骂声：“滚开，滚开！我们愿意这样，百姓的冷热关你什么事！”

后羿拿出弓来想吓一吓他们：“公子们，回去吧，别再胡闹了，再胡闹我可当真不客气了。”

“你敢！你是什么东西！再多管闲事的话，我去告诉我爸爸，抽你的筋，剥你的皮！”

这一下可把后羿激怒了。可他还是忍着性子劝：“公子们，不要太任性了！再不听劝说，我可真的要放箭了。”

太阳老十也小声地劝哥哥们：“咱们回去吧，后羿将军的话有理。再说，那次要不是他射死天狼，我们也活不到今天。”九个哥哥不仅不听小弟弟的劝告，反而并排地站在一起，把强光射向大地，还把他们的一部分热集中成一个小白点，像银针一样向后羿刺去。

太阳老十见哥哥不听劝告，任意胡行，和后羿的关系闹得十分紧张，就趁着大家不注意，悄悄地溜走了。

后羿忍无可忍，他举起神弓，搭上箭，对准太阳老大，“飕”的一箭射去，那箭不偏不斜，直穿太阳老大的心窝。霎时间，天空中一团火球爆裂开，流火乱飞，金色的羽毛纷纷飘散，接着一团红亮的东西坠落在地上。

人们上前一看，原来是一只金色的三足乌鸦。

此时空中还有八个太阳，他们仍不肯收敛，继续在那里捣乱，后羿想着要为民除害，就顾不得许多，况且祸已经闯开了头，一不作，二不休，于是又连着开弓放箭。他一连又放了八支箭，八个太阳又应弦坠地。

不久，地面上渐渐凉爽起来，尧帝和下界的百姓都跪在地上行礼，感谢后羿的救命之恩。有的人担心："还有一个太阳没射死，他会不会来报复？"

后羿解释说："大家放心，太阳老十心地善良，他常劝说他的哥哥们不要为害人民，自己也做了一些有益的事，他是有功于人民的，大家不要怀疑他。"

从此，天上只有一个太阳，他无法同时遍照整个大地，就把时间安排好：

每天从东海扶桑树下出发，经过一天漫长道路的跋涉，到西边的昆仑山那边落下；然后再转到扶桑树下，睡一觉，再从东方升起。就这样，日复一日，把光明和温暖送给人间。他成了人间最敬爱的太阳神。

天帝得知后羿射死了他的九个儿子，很为恼怒。一气之下，他把后羿赶出天庭，贬谪到人间受苦。

后羿心想，你身为天帝，应该主持公道，没想到你也这样护短。你的儿子成天在外面为非作歹，难道你真的不知道吗？后羿很伤心，这倒并不单是因为自己遭贬，还因为他从没想到，天帝竟也有这样的私心。

嫦娥嫁给后羿，本来想跟着享一辈子荣华富贵，没想到后羿竟失去了天帝的欢心，被贬到人间，还把她也连带着赶出天宫。她天天把一肚子不高兴往后羿身上撒。

后羿知道嫦娥从小没受过什么委屈，如今受到自己的连累，被贬出天宫，觉得有些对不起她。不论嫦娥怎么埋怨，他也不计较，还尽可能想办法安慰她。

谁知嫦娥的脾气越来越大，骂后羿道："天帝看得起你，让你当了天官，你不体谅天帝的心意，自己逞能，被贬出天庭，连我也跟着你受苦！"

后羿小心地向她解释："不是我有意逞能，实在是他们把百姓害苦了，我怎么能看到人们受苦而不管呢？再说……"没等后羿再往下说，嫦娥又哭又叫，和后羿大吵大闹起来。

后羿为民除害，遭到贬谪，已经很难过，而嫦娥又天天埋怨他，使他心中更加异常烦闷。好在他心胸开阔，又是一个不愿在家里闲坐的人，于是每天背上弓，骑上马，到山林中去打猎。他常常借着与野兽的搏斗暂时忘掉心中的不快。

嫦娥却天天坐在家里哭一阵，又发一阵脾气。后羿回来安慰她，她却只是向后羿发脾气，诉委屈。后羿说："现在的生活虽然比不上天宫，可也不算差。你看，百姓为照顾咱们，把自己舍不得吃的瓜菜送给咱们吃。"嫦娥愁眉不展地说："百姓对咱们好有什么用？失去了天帝的欢心，从此再也回不了天宫，可不就全完了吗？"

"在这里有苦也有乐，和百姓在一起不也很好吗？"

"好什么！在人间，过几年就会变老。人失去了青春和美丽，还有什么意思？"

"我们在这里可以帮百姓做些事情，比在天宫闲着好。年老有什么可怕！"

"你不怕，我还怕呢！你有本事，就想个长生不老的办法！"

就这样，嫦娥天天在后羿的耳边絮絮叨叨，后羿实在听得烦了。

这天，后羿打猎回来，嫦娥絮叨了一番，说道："我想起来了，在天宫时我听说西王母会配制长生药，你去求求她，弄几剂来吃。"

"西王母在哪里？"后羿漫不经心地问。

"在昆仑山，虽说远，你为这事去跑一趟，也费不了多少时间。"

"好吧，西王母既有这样的灵药，我明天就去弄些来和你吃。"

嫦娥高兴了。这天，她除了几次催促后羿早动身，没说别的抱怨话。

昆仑山是西方的一座大山，传说是炎帝和黄帝的帝都之所，西王母也住在这里。昆仑山的下面有很深的弱水环绕着，弱水深不见底，即使一片羽毛掉在水里也会沉底，载人的船在水上更浮不起来。弱水的外面又有火山围着，火山上的火昼夜不息。无论什么东西，一碰到这火，立刻化为灰烬。西王母虽有长生灵药，因为一般人进不来，所以还没有谁得到过这种药。昆仑山的风景很美，气候适宜，一年四季温暖如春。山上高大的绿树，一年四季常青，遍山开着各种鲜艳的花朵。林中的鸟儿，宛转啼鸣，十分悦耳。

后羿来到山脚下，凭借着他的神力和不屈的意志，克服了重重困难，终于通过了水火的包围，登上了山顶，进了西王母的宫门，见到了西王母。

西王母衣着华丽，有三只青鸟在左右飞来飞去。西王母早就听说后羿为人间除了大害，对他的勇敢和献身精神很为赞赏，对他的不幸遭遇表示同情，得知后羿的来意，就拿出一包药来，说道："这药是将从不死树上采下的果子经过提炼之后制成的。不死树三千年开一次花，三千年结一次果，三千年才成熟。这果子很稀少，这药也很少。你把它拿去，如果你一个人吃了，就可以升天。要是分开两个人吃，虽不能升天，却都可以长生不老。"

后羿求到长生灵药，高高兴兴地往回走，准备回家和嫦娥一起吃。

后羿一到家，就把灵药拿给嫦娥看，说道："现在你该满意了吧？明天是好日子，我们一起来吃。"他还把一个人吃了可以升天，两个人分开同吃，都可以长生不老的话，详细对嫦娥讲了。

嫦娥看了看那包药，心里很高兴。再看看后羿，后羿的脸又黑又瘦，看他那疲倦的样子，就知道他这次去吃过大苦，受过大累。

后羿的确是疲劳得厉害。他一到家，饭也没顾上吃，水也没顾上喝，坐在那里，一会儿竟睡着了。

嫦娥看到丈夫疲劳成这个样子，不由得想起他去昆仑山后的日子：自从后羿走后，尧帝和当地的百姓常来看她，常常给她送来米面瓜果蔬菜之类好吃的东西，生活比以前好得多了。可是嫦娥总觉得人间比天宫差远了。她一心一意想回天宫。

"两个人吃了，可以长生不老；一个人吃了，可以升天。"后羿的这句话在她的耳边回荡，脑海中同时浮现出天宫中仙女跳舞，乐宫奏乐，厨人进膳等场面，她长叹了一口气，说道："人间生活虽好，怎么能和天宫相比？"

嫦娥的手不由得向那个药包伸去。手刚碰到那包药，心就不由得怦怦地直跳。她再看看后羿，后羿睡得死沉死沉的。

"该怎么办呢？回到天宫，还是留在人间？"嫦娥心中老是嘀咕着。她一时拿不定主意。再看看后羿，后羿睡得正香，脸上露出了微笑。嫦娥一时感到自己脸上有些发烧。她的手颤抖了一下，又缩了回来。

嫦娥镇静了一下，伸手取过纸包，刚要打开，"嫦娥……"后羿在梦中喃喃地说。这突如其来的一句，使嫦娥打了个寒噤。她看看后羿，后羿仍睡着，嘴里断断续续地说："明天是吉日……我们两人一起吃……"后面的话听不清了。原来后羿是在说梦话。

嫦娥心神不定，她站起身，在屋里走了一圈，然后坐在桌前，头也不抬地打开药包，迅速往嘴边一送。那药一入口，甜甜的，凉凉的，很快咽了下去。她走出房间，圆圆的明月挂在半天。她还没有决定此刻要干什么，就觉得身子轻飘飘地飞了起来，越升越高……"到哪里去呢？"嫦娥想。此时回天宫是不妥当的。天帝不会原谅她，众神也会嘲笑她。嫦娥此时心中很乱，到哪里去呢？她拿不定主意。

这时，她越升越高，已经离月宫不远了。她的脑中闪出一个念头："没有别的地方可去，先到月宫中躲藏几天再说吧。"

就这样，她一直向圆圆的月亮奔去。

月亮里有一座宫殿，名叫广寒宫。广寒宫外表虽然富丽堂皇，里面却极冷清。这里除了一只白兔，一只蟾蜍，一棵桂树之外，再也没有别的了。那时罚到月宫里砍树的吴刚还没有去。广寒宫这样冷清，是嫦娥没有想到的。

此时，面对着一片寂寞，嫦娥很失望、很灰心，但已经来了，只能在这里住下。可是时间越长，越感到这里冷清得难耐。此时她才想起丈夫给了她许多好处，想到家庭中的乐趣，觉得过去在人间的一切都值得怀念。她懊悔，怎么当时在一起的时候却没有感到它的可贵呢！她又埋怨自己，假使自己当时心胸宽一些，两人分吃那药，两人都长生不老，岂不比自己来这里过这冷清的月宫生活好！

嫦娥这时才真正懊悔。她多么想重新回到人间和丈夫一起生活啊，然而，已经晚了。

从此，嫦娥孤孤单单地住在月宫里，成了月宫里的神仙。

游牧民法官

一个穷困潦倒的人听说山里有宝石，就告别了自己的双亲，到深山里去碰碰运气。碰巧在第三天，穷人找到了一块绝妙的宝石。他一面走回家，一面高兴地自言自语道："我的双亲不会再挨饿了，我自己也可吃饱了。我还要买几匹马，牵几头羊，一些奶牛也可在我的帐篷边吃草了。"

在离家不远的时候，他遇到一个喇嘛，喇嘛问他：

"你从哪儿来？到什么地方去？为什么你这样高兴？"

穷人向他讲述了什么样的幸福降临到了自己身上。

喇嘛说："这是佛、佛像帮助你找到了宝石，你把宝石交给我，我将它带给你的双亲。你到庙里去，念一个月的经文感谢佛像，感谢它给你带来了幸福，一个月之内你不要回家。"

穷人听从了喇嘛的话，到庙里去朝拜各尊神像和念经文。

一个月以后，他回家了，周围一切如故，在旧帐篷里面悬挂着的是空皮口袋，口袋里既没有酸牛奶，也没有酸马奶，更没有奶油，一句话，什么也没有。

"为什么你们还贫困地生活着？"他向双亲说道，"应该卖掉宝石，另为自己造一座新的帐篷，买一些奶牛、羊……”

“什么宝石？”双亲惊奇地说道，“从哪儿给我们拿来了宝石？”

“难道喇嘛没有将宝石转交给你们吗？”

“我们连喇嘛的影子都没有看到过，”父亲说，“更甭说看到什么宝石啦！……”

这时穷牧民才明白，喇嘛欺骗了他。他去寻找骗子，找了很长时间，终于在一个寺院里找到了那个喇嘛。于是他向喇嘛请求要回自己的宝石。

喇嘛说：“我并没有从你那儿得到过什么东西。不错，我是有一块宝石，但这是我自己找到的！在我放出狗赶你之前，快滚开吧！”穷牧民来到可汗跟前，诉说喇嘛怎样骗走了他的宝石。可汗将喇嘛召来问道：“你拿走了这个人的宝石吗？”

不诚实的喇嘛回答说：“我并没有从他那儿拿过任何宝石。我仅有的一块宝石，是我自己找到的。”

可汗问穷牧民道：“谁看到你把自己拾到的东西转交给喇嘛的？你有证人吗？”

“我给他时，并没有任何人在场。”穷牧民回答说。

“既然是这样，那你也不必请求什么了。”可汗说。“你自己走吧，请不要再麻烦我了！”

穷牧民只好走回家，一边走一边哭着，迎面遇到一个游牧民法官。“你在哭什么呀？”游牧民法官问道。

穷牧民向他讲述了喇嘛怎样骗走了自己拾到的宝石，以及可汗未能够判断他们争论的是非。

游牧民法官听后说：“如果这样的争论也不能判断，那他算什么可汗。他喝饱了牛奶，却不能管理国家。”

这时，经过这里的一位大官听到了这些话，便转告给了可汗听。可汗命令抓住这个游牧民法官，并要立即带去见他。

游牧民法官被带到可汗那里。可汗说：

“如果你证实不了是喇嘛偷了这块宝石，我就命令将你拴在我的一匹烈性公马的尾巴上。”

喇嘛听到这话，笑着说道：“游牧民法官，你要与你的生命告别了！你可不能再嘲笑富人和喇嘛了吧！”

游牧民法官对喇嘛说：“请你证实一下，你自己找到了宝石。”

"我证实!"喇嘛回答说,"我有证明人,证明人有三个。"

"很好!"法官说,"明天请你在中午时来到可汗的帐篷,并将你的三个证明人都带来。"

第二天中午,喇嘛来到可汗的帐篷,同时带来了三个证明人。

可汗走出帐篷,游牧民法官命令审判开始。

法官将证明人安排在不同方向,让他们互相之间背对背,而他自己到河边去,在那里他取了五块一样大小的泥巴,然后转回来。法官给每个证明人一块泥巴,第四块泥巴给喇嘛,第五块给了穷牧民,然后说:

"我将从一数到一百,在这段时间里,你们每个人都要把泥巴捏成宝石的形状……"

当游牧民法官数到一百时,他立即从五个人手中取回泥土捏成的宝石形象,然后放到可汗面前。可汗看到,只有喇嘛和穷牧民捏成的形状与宝石一样,而喇嘛的三个证明人捏成的形状彼此都不一样。这时游牧民法官说:"穷牧民捏成的模型是正确的,因为宝石是他找到的。喇嘛捏成正确的模型,是因为他将这块宝石已收藏多时,因而多次看到这块宝石。而证明人从没有看到过这块宝石,所以他们每个人捏成了不同形状的宝石模型。喇嘛将假证人带到这儿来,这意味着,他没有发现这块宝石,这块宝石是他偷来的。"

可汗感到很惭愧,因为游牧民法官显然比他聪明,他马上将宝石交给穷牧民,而喇嘛和假证人都被赶出自己的国家。

两个邻居

许多年前,京都市有两个邻居。一个是穷鞋匠,一个是渔行的富老板。

渔行老板从早到晚剖鱼、煮鱼,他把鱼穿在竹签上,放在火炉上,熏好晒干。

他做的鳗鱼特别好吃,他把鳗鱼浸在酱油里,然后放在油锅里氽,再浇上一些醋。一句话,这个人精通自己的一行!

这个鱼制品店老板只有一个缺点:太吝啬,对谁也不肯欠账。

他的邻居穷鞋匠非常喜欢吃鳗鱼,但他从来没有一个余钱去买鱼尝尝味道。但穷有穷办法,我们的穷鞋匠找到了克制自己对鳗鱼的渴望的办法。

一天中午，到了吃饭时间，他走到鱼店老板家里，坐到熏鱼的炉子边，怀里掏出一块米饼。一边同鱼店老板谈话，一边贪婪地吸着熏鱼的香味。

这味道多好啊！鞋匠用鱼的香味就着米饼吃，他感到自己嘴里有一块又肥又柔软的鳗鱼。

后来，吝啬的鱼店老板发现了鞋匠的计谋，就决定无论如何要收他的钱。

有一天早晨，鞋匠正在补一只鞋子。鱼店老板走进鞋匠家，默默地交给他一张纸，纸上写着鞋匠去过鱼店几次，吸了几次熏鱼的香味。

“先生，这张纸为什么交给我？”鞋匠问。

“为什么？”老板叫道，“难道你以为每个人都可以到我店里来吸熏鱼的美好的味道吗？不对！这种享受必须付钱！”

鞋匠一句话也不说，口袋里掏出两枚铜币，放在茶杯里，用手掌捂住，开始摇茶杯，铜币发出很响的声音。

过了几分钟，他把茶杯放在桌子上，用扇子碰了碰鱼店老板拿来的纸条说：

“现在，我们抵消了债务！”

“怎么抵消？你说什么？你不肯付吗？”

“我已经付给你了！”

“怎么付的？在什么时候？”

“我以铜币的声音付了你鳗鱼的香味。你要是以为我的鼻子得到的比你的耳朵多，那么我可以把这个茶杯再摇几分钟！”

鞋匠说完，就伸手去拿茶杯。但吝啬的老板没等到发出声音，就已经急忙跑回自己的店里了。

两桩奇事

有一天，雷电击中了一个人的房子，这个人的财产一下子全烧光了，只剩下一只火烧不坏的铁锅。这个人名叫南杜加，他决定离开故乡，忘记不幸。

在出发前，他到一个邻居的家去，此人名叫拉克什门。他说：

“好朋友，我请你把我的唯一财产铁锅保存到我回来。”

南杜加在异乡度过了两年，第三年他思念故乡，回到了村里。南杜加回到家里后，对邻居说，他想看一看自己的那只铁锅。而拉克什门装出一副不幸的样子，说：

“我的朋友，真是不幸！你的那只铁锅被老鼠吃掉了！”

南杜加听了没有露出不相信邻居的话的样子，他高声说：

“那好吧，我要到河里去，走了那么多的路，我想去洗洗身子。请你的儿子帮我一个忙，把一切洗澡用具都搬到河边去。”

南杜加说完，就向河边走去。拉克什门7岁的男孩子跟在后面。

南杜加在岩石边选了一个荒僻的地方，洗完澡，就抓住拉克什门的儿子，把他推到山洞里，外面用大石头封住洞口。南杜加做完这一切后，好像没有事发生过一样，回家去了。晚上拉克什门惊慌地跑来找南杜加，叫道：

“南杜加！我的儿子呢？为什么他没有回家？”

“我的朋友，发生了不幸，在我洗澡时，一只燕子抓走了你的儿子！”

“你这无赖！你说什么?!”拉克什门叫道，“谁会相信，一只燕子会拖走一个7岁的男孩！我们去打官司！”

他们到了法官那里，拉克什门走上前先说：

“贤惠公正的法官！这个伪君子说，一只燕子从河边岩石上把我的7岁孩子拖走了，请你叫这个无赖把我儿子交出来……”

法官听完拉克什门的话后，对南杜加说：

“你以为我们都是笨蛋！你把孩子还给邻居！”

“孩子是被燕子拖走了，我怎么还得出呢？”

这时，屋子里的人都忍不住了，大声叫：“他说什么？燕子能把一个孩子举到空中？”

南杜加微笑了一下，说：“在老鼠能吃掉铁锅的地方，燕子当然能把一个7岁的孩子举到空中。”

于是南杜加告诉大家，他如何把一只铁锅放在邻居家里，以及后来又发生的那些事。

众人听了都笑了，说：“南杜加和拉克什门和好吧，不要吵了。拉克什门把铁锅还给南杜加，南杜加把儿子还给拉克什门。”

他们就这么办了，两个人满意地作了交换。

从此后，村民们常说：“在老鼠吃铁锅的地方，燕子会带走一个7岁的男孩！”

谁是孩子的真正母亲

两个女人为了一个婴孩争吵起来，她们俩都高声说自己是婴孩的母亲……结果她们决定去找法官判决。

法官听了她们双方的话，想出了下面的考验办法：他叫两个女人当着婴孩的面解决谁是孩子的真正母亲的问题。法官命令：两个妇女同婴孩站在法官面前（他派人在后边扶住婴孩），谁能把婴孩拉到自己的身边，婴孩就是谁的！

两个妇女每人拉着孩子的一只手把婴孩往自己身边拉。婴孩痛了，挣扎着放声大哭。听到婴儿的痛苦哭声，真正的母亲感到自己的心忍受不住这种考验，她没有力气了，放了手。孩子理所当然地留在另一个女人手里，孩子的哭叫声丝毫不能感动她，她刚才是用足力气要从自己对手的手中把孩子夺过来。

夺得孩子的女人一脸得意之色。

“那个输了的女人赢了，婴孩是她的！”这时法官宣布了判决，并解释说：“显然不忍心从另一个女人手里用力拉走孩子的女人是真正的母亲——对婴孩的爱怜使她放开了孩子，使孩子不受损伤。”

冒充的母亲被罚钱，法官把钱交给了婴孩的母亲。

主要参考文献

1. 佚名. 北方民间文学集. 沈阳：辽宁教育出版社，1991

2. 佚名. 中国古今中外名人故事选. 北京：中国青年出版社，1958

3. 少年读物丛书编写组. 中国历史故事选. 北京：中国少年儿童出版社，1970